L'orgueil du clan

NORA ROBERTS

L'orgueil du clan

Collection : NORA ROBERTS

Titre original : THE WINNING HAND

Traduction française de JEANNE DESCHAMP

HARLEQUIN®
est une marque déposée par le Groupe Harlequin

Photo de couverture
Homme : © NERIDA McMURRAY PHOTOGRAPHY/GETTY IMAGES/ ROYALTY FREE
Réalisation graphique couverture : V. ROCH

83-85, boulevard Vincent-Auriol, 75646 PARIS CEDEX 13.
Service Lectrices — Tél. : 01 45 82 47 47
www.harlequin.fr
ISBN 978-2-2802-8480-6

Chapitre 1

Lorsque sa vieille voiture rendit l'âme à quelques kilomètres de Las Vegas, Darcy Wallace envisagea sérieusement de rester sur place et de se laisser cuire sous le soleil implacable du désert jusqu'à ce que mort s'ensuive. Elle avait très exactement neuf dollars et trente-sept cents en poche. Et une longue route derrière elle qu'elle n'avait aucune envie de reprendre en sens inverse.

Les malheurs en série avaient commencé la veille au soir. Alors qu'elle faisait halte dans un Restoroute pour avaler un sandwich, un pickpocket avait filé avec son sac à main. Par chance, elle avait trouvé un billet froissé de dix dollars au fond d'une de ses poches. Mais ce modeste cadeau du destin était sans doute le dernier auquel elle pouvait prétendre. Car l'avenir était sans promesses et le passé définitivement barré.

Elle n'avait plus ni emploi ni logement dans le Kansas. Pas de famille non plus chez qui elle aurait pu se réfugier. Si elle avait pris la route de l'Ouest, c'était uniquement parce que sa voiture pointait dans cette direction et qu'elle était partie droit devant elle.

En quittant sa petite ville tranquille du Kansas, Darcy s'était promis de faire peau neuve, pourtant : son voyage serait une odyssée, un parcours initiatique, le début d'une nouvelle existence.

Dans les romans qu'elle dévorait depuis l'adolescence, des jeunes femmes qui n'avaient pas froid aux yeux jetaient un défi au monde et se battaient pour aller jusqu'au bout de leurs rêves, quitte à prendre le risque de tout perdre.

Aujourd'hui, l'heure était venue pour elle de refermer ses livres, d'oublier ses héroïnes, et de commencer à vivre par elle-même.

Voilà ce que Darcy s'était dit et répété en roulant vers l'ouest, tandis que sa vieille voiture avalait docilement les kilomètres. Si elle était restée à Trader's Corner, elle aurait fini par courber l'échine. Une fois de plus, elle aurait fait bravement ce qu'on attendait d'elle. Et elle se serait retrouvée prise au piège.

Voilà pourquoi, dans un ultime sursaut de révolte, elle avait quitté sa ville natale au beau milieu de la nuit, comme une voleuse. Mais après une semaine passée à rouler presque sans trêve, Darcy commençait à se demander si elle était vraiment faite pour mener une vie de risques et d'aventures. Et si elle appartenait à cette catégorie d'individus qui ne fonctionnaient bien que dirigés ? N'aurait-il pas été plus sage de rester sur les sentiers battus plutôt que de vouloir découvrir à tout prix ce qu'offrait le vaste monde ?

Avec Gerald, elle aurait eu une existence confortable : une grande villa avec piscine, une aide pour faire le ménage et des armoires pleines à craquer de tenues classiques mais élégantes. Ils se seraient échappés en hiver pour prendre le soleil sous les tropiques et se seraient reposés le week-end dans leur résidence secondaire sur la côte.

Et en échange de ce confort somme toute enviable, elle n'aurait eu à offrir qu'un peu de docilité. Tout ce que Gerald lui demandait, c'était l'obéissance. Qu'elle renonce à ses ambitions propres pour épouser les siennes.

A priori, cela n'aurait pas dû lui coûter puisqu'elle s'était conformée toute sa vie aux exigences d'autrui. Mais étrangement, elle n'avait pas pu se résigner à abdiquer devant Gerald.

Darcy contempla les étendues de sable, de rochers et de cactus qui l'entouraient de toutes parts. Avec un soupir, elle ferma les yeux et posa son front sur le volant. Pourquoi Gerald s'était-il mis en tête de vouloir l'épouser coûte que coûte ? Elle n'avait rien de particulièrement remarquable. Son visage était quelconque ; son intelligence raisonnable. C'était toujours en ces termes, en tout cas, qu'elle avait entendu sa mère parler d'elle.

Elle avait du mal à croire qu'elle attirait Gerald physiquement. Même si elle le soupçonnait d'apprécier le fait qu'elle soit de petite taille et plutôt menue — facile à dominer, autrement dit.

Un violent frisson parcourut Darcy. Au fond, elle avait une peur bleue de cet homme.

Il était entré dans un tel état de fureur lorsqu'elle s'était coupé les cheveux sur un coup de tête ! Mais que cela plaise ou non à Gerald, elle aimait sa nouvelle coupe un peu garçonne. Et elle avait le droit de faire ce qu'elle voulait de ses propres cheveux, non ?

Jusqu'à preuve du contraire, elle n'était pas la propriété personnelle de M. Gerald Peterson. Ce n'était pas à lui de décider comment elle devait s'habiller, se coiffer, se comporter ; pas à lui de déterminer quand elle devait sourire et quand elle devait se taire.

Darcy serra les poings. Si elle tenait bon maintenant, si elle poursuivait son chemin à pied plutôt que de rentrer tête basse, elle avait encore une chance d'échapper au destin cent pour cent domestique que Gerald avait tracé pour elle.

Si seulement elle ne lui avait pas dit dans un moment de faiblesse qu'elle acceptait de l'épouser ! Les doutes et les regrets l'avaient submergée presque instantanément. Très vite, elle lui avait rendu sa bague en lui présentant ses excuses. Mais elle aurait sans doute fini par céder quand même sous la pression si elle n'avait pas découvert qu'il l'avait manipulée. C'est Gerald qui lui avait fait perdre son emploi, Gerald qui était à l'origine de la menace d'expulsion dont elle faisait l'objet.

Il avait usé de son pouvoir et de son influence pour obtenir son consentement de force. Et il avait bien failli réussir. Affolée à l'idée de se retrouver à la rue et n'ayant personne vers qui se tourner, elle avait été à deux doigts de se rendre. Mais un dernier sursaut de dignité l'avait poussée à fuir pour tenter sa chance ailleurs.

Il faisait une chaleur insupportable dans la voiture immobilisée en plein désert. Darcy, en nage, s'essuya le front et poussa sa portière. Non, elle ne retournerait pas se réfugier auprès de Gerald. Et même si elle devait aller à pied désormais, avec moins de dix dollars en poche, elle avait récupéré une richesse inestimable : sa liberté.

Abandonnant sa valise dans le coffre, elle ne prit que le grand fourre-tout qui contenait ses possessions les plus précieuses. Puis, sans un regard en arrière pour sa vieille berline, elle se mit à marcher sur le bord poussiéreux de la route. Cette fois, c'était définitif : elle avait coupé tous les ponts.

Il ne lui restait plus qu'à découvrir ce que le vaste monde gardait en réserve pour la surprendre.

***

Il lui fallut plus d'une heure pour atteindre sa destination. Pourquoi continua-t-elle à suivre la Route 15, Darcy n'aurait su le dire. Au lieu de se diriger vers la zone des motels et des stations-service, elle marcha droit en direction de Las Vegas dont l'étonnante silhouette se découpait devant ses yeux fascinés.

Le soleil rougeoyant s'était couché derrière la chaîne de montagnes qui servait de toile de fond à cette oasis de couleurs insolentes, de formes spectaculaires, d'enseignes étincelantes. Darcy finit par oublier la faim qui la tenaillait depuis le matin. Elle aurait pu s'arrêter pour se restaurer, se reposer, boire un peu d'eau. Mais elle trouvait une certaine satisfaction à poser tout simplement un pied devant l'autre, tout en gardant les yeux rivés sur les constructions démesurées qui découpaient sur l'horizon leurs profils insolites.

Las Vegas... Elle imaginait une ambiance déchaînée, une atmosphère où tout n'était qu'érotisme, passion du jeu, triomphe et désespoir, cynisme et perdition. Les hommes auraient le regard dur, les femmes pousseraient des éclats de rire hystériques. Dans un de ces hauts lieux du vice, elle trouverait un emploi et elle serait aux premières loges pour assister au spectacle.

Elle avait tellement hâte de voir, de vivre, d'expérimenter ! Elle voulait la foule et le bruit, le sang chaud et les nerfs d'acier. Tout en elle aspirait à découvrir un univers radicalement opposé à celui qu'elle avait connu depuis l'enfance. Darcy posa la main sur le fourre-tout qui contenait ses manuscrits et sourit.

Quelque part, dans une petite chambre qu'elle louerait à Las Vegas, elle écrirait en prenant pour sujet ses nouvelles expériences. A demi-morte d'épuisement, elle trébucha en montant sur un trottoir. Gênée, elle reprit son équilibre et regarda autour d'elle. Les rues étaient noires de monde, pleines de gens qui semblaient savoir où ils allaient. Même si le crépuscule tombait à peine, les lumières de la ville clignotaient déjà, lançant leur invite au jeu et au plaisir.

Des familles entières se pressaient autour d'elle. Les pères en short, avec leurs jambes nues rougies par le soleil implacable du désert ; des enfants aux yeux écarquillés, des mères éblouies, à l'allure surexcitée.

Malgré sa fatigue, Darcy avait conscience d'ouvrir, elle aussi, des yeux comme des soucoupes. Abasourdie, elle errait sans but, sidérée de découvrir un sphinx immense, des villas florentines, un palais des Doges au cœur du désert, la statue de la Liberté égarée loin de New York. Aveuglée par les néons, fascinée par la danse des fontaines en Technicolor, elle se sentait comme Alice, perdue dans un pays des merveilles en version résolument adulte.

Portée par la foule, elle se trouva devant deux tours jumelles, blanches comme la lune et réunies par un pont incurvé. Autour de ce saisissant bâtiment déferlait un océan de fleurs, sauvages, colorées, exotiques. Une cascade chutait de terrasse en terrasse pour finir sa course dans un bassin.

Gardant l'entrée du pont, se dressait une immense statue d'Indien, chevauchant un étalon en or. Son visage et son torse étaient en cuivre. Darcy le trouva magnifique, avec sa coiffure de guerrier et sa lance brandie. Elle aurait été prête à jurer que les yeux sombres de la statue étaient vivants et rivés sur elle. Le regard mystérieux de l'Indien la mettait au défi de se rapprocher, d'entrer, de tenter sa chance.

Les jambes flageolantes, le ventre vide depuis la veille, Darcy pénétra dans l'immense casino-hôtel le Comanche. L'air climatisé l'enveloppa d'un coup d'un manteau de fraîcheur bienvenue. Le hall d'entrée était de dimensions vertigineuses et carrelé dans des tons audacieux d'émeraude et de saphir. Darcy en eut le vertige. De grands cactus et des palmiers luxuriants dans d'immenses pots en cuivre transformaient l'espace en une sorte de serre géante. Partout des arrangements floraux étaient disposés sur des tables gigantesques. Et les lys dégageaient une odeur si merveilleuse que les yeux de Darcy se remplirent de larmes.

Une cascade d'eau claire ruisselait le long d'un mur pour se déverser dans un bassin où évoluaient d'étranges poissons multicolores aux couleurs fluorescentes. De sa vie, Darcy n'avait vu autant d'audace, de splendeur, de luxe exhibé. Le bâtiment abritait de nombreuses boutiques qui proposaient en vitrine quelques pièces d'allure aussi coûteuse que les grands lustres en or et en cristal qui éclairaient la galerie. Darcy observa un instant le manège d'une élégante femme blonde entre deux âges qui évaluait les avantages comparés de deux colliers en diamant, comme d'autres hésiteraient sur le choix d'une lessive.

Darcy porta la main à la bouche pour réprimer le fou rire qui menaçait de monter. Ce n'était pas le moment de se faire remarquer. S'il y avait un endroit au monde où elle n'avait pas sa place, avec ses neuf dollars et trente-sept cents en poche, c'était bien ici, dans ce palais des

Mille et Une Nuits où le dieu Argent régnait en maître incontesté.

Suivant le mouvement de la foule, elle se laissa porter par le flot. La tête lui tourna lorsqu'elle entendit l'étrange musique qui émanait du casino. Il y avait le son métallique des pièces tombant les unes sur les autres, des tintements de cloches, des bourdonnements, des sons électroniques, des rires, des exclamations de dépit et des cris de triomphe.

Darcy sentit monter en elle une bouffée d'excitation si intense qu'elle en oublia la faim, la fatigue, le vertige. Il y avait des machines à sous partout, étranges personnages en métal avec des visages mouvants où tournoyaient les formes et les couleurs. Les gens s'agglutinaient autour, les uns debout, d'autres perchés sur des tabourets. Tous avaient à la main des gobelets en plastique d'où ils tiraient fébrilement des pièces pour nourrir les bouches avides des machines. Sous l'œil intrigué de Darcy, une des joueuses actionna un bouton rouge, attendit que les figures cessent de tourner, puis poussa un grand cri de joie lorsqu'une triple barre noire s'afficha au centre. Avec un son musical, la monnaie se déversa dans une sorte de bol en argent.

Darcy ne put s'empêcher de sourire.

Elle aimait la folle gaieté qui émanait de cet endroit. Ici, la vie semblait tourner en accéléré, dans un délire continu. Tout devenait possible, le pire comme le meilleur.

Elle n'avait jamais joué de sa vie — pas de l'argent, en tout cas. L'argent, dans le milieu d'où elle venait, était la récompense du labeur. Et on ne le dépensait qu'à bon escient.

Alors pourquoi Darcy avait-elle déjà la main sur les

quelques billets qui lui restaient en poche ? « C'est le moment ou jamais, non ? » songea-t-elle sans parvenir à réprimer tout à fait le fou rire qui lui montait aux lèvres. A quoi d'autre lui serviraient ses neuf dollars et trente-sept cents ? Elle pouvait les investir dans un repas, bien sûr. Mais une fois la nourriture avalée, que lui resterait-il ?

La tête vide, les oreilles sifflantes et bourdonnantes, Darcy allait et venait, observant les humains face à leurs vis-à-vis en métal. Tous ces gens riaient, s'amusaient, démystifiaient l'argent en le jetant joyeusement dans les gueules avides des machines. N'était-ce pas pour atteindre à cette même légèreté qu'elle avait quitté le Kansas ? Parce qu'elle voulait jouer son va-tout ? Se mettre en situation de tout perdre ?

Ce fut alors qu'elle la vit : la machine la plus grande, la plus étincelante, la plus haute de toutes. Des étoiles et des lunes stylisées figuraient sur sa face. Le levier qu'il fallait actionner était presque aussi gros que son bras et se terminait par une boule rouge étincelante.

Le mot « Jackpot » apparaissait, écrit en lettres clignotantes. Et des points rouges défilaient sur une bande noire. « 1 800 079,37 dollars », lut-elle. Quelle somme étrange ! De nouveau, Darcy effleura l'argent qu'elle avait encore en poche. Et découvrit avec stupéfaction que la somme qu'elle possédait correspondait aux trois derniers chiffres du jackpot.

Et si c'était un signe ?

Darcy s'approcha et dut s'y prendre à deux fois pour lire le mode d'emploi. Il lui fallait jouer au moins trois dollars si elle voulait avoir une chance de gagner le jackpot. Avec un dollar, elle n'aurait rien, même si elle parvenait à aligner les lunes et les étoiles sur trois rangs.

« Lance-toi, prends le risque ! » chuchota une drôle de voix à son oreille. Une autre, plus sévère — plus familière aussi — riposta aussitôt : « Ne sois pas ridicule. Tu crois que c'est le moment de gaspiller le peu qui te reste ? »

« Allez, murmura la voix séductrice. Laisse-toi vivre, pour une fois. Qu'est-ce que tu attends ? »

— Je ne sais pas, marmonna Darcy. Et je suis fatiguée d'attendre, de toute façon.

Avec la sensation étrange de flotter, elle sortit ses derniers billets de sa poche.

Sans quitter la salle de casino des yeux, Robert MacGregor Blade griffonna ses initiales sur une reconnaissance de dette qu'un des caissiers venait de lui présenter. L'homme assis à une des tables où la mise était de cent dollars perdait avec une évidente mauvaise grâce.

Mac fit discrètement signe à un des agents de sécurité habillés en smoking.

— Gardez-le à l'œil, O.K. ? Je pense qu'il ne va pas tarder à nous créer des ennuis.

— Je m'en occupe, monsieur.

Repérer les fauteurs de trouble potentiels et prévenir les coups d'éclat était aussi naturel pour Mac que de prendre une douche le matin en se levant. Fils et petit-fils de joueur, il était quasiment né dans une salle de casino. Et si son grand-père, Daniel MacGregor, n'avait pas amassé son immense fortune dans les maisons de jeux, il avait réalisé ses coups de poker en affaires, en rachetant des sociétés en perte de vitesse ou en pariant sur des projets qu'il jugeait révolutionnaires. L'immobilier avait été le premier amour de Daniel. Et à présent encore, à quatre-vingt-dix ans passés, il continuait à acheter, à vendre, à développer et à préserver, comme il l'avait fait sa vie durant.

Quant aux parents de Mac, ils avaient fait connaissance sur un casino flottant, quelque part en mer, au large des Bahamas. A cette époque, Serena, sa mère, faisait ses débuts dans la vie active en travaillant comme croupière à bord d'un casino. Son père, lui, était un grand habitué des tables de black-jack. Entre Serena MacGregor et Justin Blade, l'amour avait tout de suite été au rendez-vous. Même s'ils avaient été furieux de découvrir que ce n'était pas le hasard qui les avait mis en présence. C'était Daniel, grand romantique devant l'Eternel, qui avait orchestré leur rencontre. Un exploit dont l'incorrigible vieillard ne manquait d'ailleurs jamais de se vanter.

Lorsqu'il avait rencontré sa mère, son père avait déjà créé son premier Comanche, à Las Vegas. Et il avait également monté un second casino à Atlantic City. Serena était devenue son associée dans un premier temps. Puis, très vite, elle avait partagé aussi son lit, son nom et sa vie.

Mac était l'aîné des quatre enfants de Justin et de Serena. Né à Atlantic City, il savait gagner aux dés avant même de connaître ses tables de multiplication. Aujourd'hui, à trente ans, il avait l'entière responsabilité du Comanche de Las Vegas. Depuis quelques années, ses parents lui laissaient quasiment carte blanche pour diriger l'établissement.

Mac adorait son métier et son casino-hôtel faisait partie de ceux qui tournaient le mieux à Las Vegas. Tout comme son grand-père et son père, il jouait pour gagner, mais il ne trichait jamais. Pour les MacGregor comme pour les Blade, l'honnêteté avait toujours été la règle d'or.

Mac sourit lorsqu'une jeune cliente qui jouait à une table où la mise s'élevait à cinq dollars poussa un cri de victoire en faisant un black-jack. Parmi tous les clients présents ce soir-là, quelques-uns sortiraient avec les poches plus pleines qu'ils ne les avaient en entrant. Mais la majorité d'entre eux repartiraient perdants. La vie est un jeu où rien n'est acquis d'avance. Et le casino avait toujours l'avantage.

Vêtu avec l'élégance recherchée que requéraient ses fonctions, Mac déambulait avec aisance dans le casino. De ses ancêtres comanches, il avait hérité le teint cuivré et la chevelure d'un noir de jais. Il avait un visage mince, aux pommettes saillantes, à l'expression toujours un peu énigmatique.

Le côté écossais de son hérédité apparaissait dans le bleu pur de ses yeux. Il ne manquait jamais de prendre le temps de saluer un habitué ou d'échanger un sourire. Mais il ne se perdait pas en bavardages inutiles. Silencieux, presque félin, il était toujours en action, toujours en mouvement.

— Monsieur Blade ?

Il s'immobilisa lorsque l'une des hôtesses chargées de tourner dans la salle lui fit signe de l'attendre.

— Oui, Sarah ?

— J'ai remarqué une jeune femme bizarre, près des machines. Elle est plantée devant la grande, la progressive. Ses vêtements sont froissés, comme si elle ne s'était pas changée depuis deux ou trois jours. Elle a le regard un peu fixe et les mains qui tremblent. Une droguée, peut-être… Ça fait un moment qu'elle marmonne en fixant la machine, comme si elle attendait une révélation. Je me demande si je ne devrais pas aller chercher un des portiers ?

Mac secoua la tête.

— Laissez, je vais jeter un œil.

— Elle est toute pâle, toute perdue. Ce n'est pas une prostituée, ça c'est clair. Mais soit elle est très malade, soit elle a absorbé Dieu sait quelle substance hallucinogène.

— Ne vous inquiétez pas, Sarah. Je m'en occupe.

Renonçant à gagner l'ascenseur privé qui reliait la salle de casino à son bureau, au premier étage, Mac rebroussa chemin et se mit à la recherche de la jeune toxicomane en question. Son personnel de sécurité était formé pour régler discrètement ce genre de problème, mais il mettait un point d'honneur à intervenir personnellement chaque fois qu'il en avait le temps et l'occasion.

A quelques pas de là, Darcy était en train de glisser ses trois derniers dollars dans le ventre de la bête clignotante.

— Tu es folle, folle à lier, murmura-t-elle en récupérant son ultime billet de un dollar que la machine venait de recracher.

Elle le lissa soigneusement et, malgré le cri de protestation horrifiée qui s'élevait en elle, le glissa de nouveau dans la fente prévue à cet effet. Elle avait sans doute perdu la tête, mais qu'y avait-il de plus excitant que de commettre enfin un acte totalement déraisonnable ?

Darcy ferma les yeux, prit trois profondes inspirations, puis agrippa la boule d'une main tremblante.

Et tira.

Des étoiles et des lunes se mirent à tourner et à danser devant ses yeux. Les couleurs se brouillèrent, une petite musique aigrelette s'éleva. L'absurdité de la situation la fit sourire. Les formes défilaient ; sa tête tournait ; sa vie était suspendue à un fil. Et tout ce mouvement semblait ne jamais devoir prendre fin.

Le sourire de Darcy s'élargit lorsque les différents symboles commencèrent à se stabiliser à leur place définitive. « Comme c'est beau », songea-t-elle, stupidement ravie.

Les étoiles clignotaient ; les lunes brillaient. Chaque fois que les contours se brouillaient et menaçaient de se confondre, Darcy clignait furieusement des paupières pour rajuster sa vision. Elle ne voulait pas rater une seule seconde du spectacle. Les rouleaux tournaient de plus en plus lentement. Des alignements se formaient. Nets et géométriques, comme si le même motif se répétait à l'infini.

Se sentant vaciller, Darcy dut se retenir en posant la main sur la machine. Au moment précis où sa paume entra en contact avec le métal, le tourbillon de lunes et d'étoiles cessa. Et ce fut l'explosion.

Au premier hurlement de sirènes, elle se rejeta en arrière. Au sommet de la machine, des lumières se mirent à danser un sabbat infernal. Puis il y eut un roulement de tambour, comme une proclamation de guerre, le tout souligné par des coups de sifflet et des tintements de cloche. Autour d'elle, régnait une agitation sans pareille. Tous les autres joueurs convergeaient dans sa direction en criant et en gesticulant.

Les jambes coupées, Darcy demeurait figée sur place. Quel acte monstrueux avait-elle bien pu commettre pour déchaîner un tintamarre pareil ?

— Nom d'un chien, elle a décroché le gros lot, la petite !

Quelqu'un la prit par les épaules et l'entraîna dans une danse endiablée. Incapable de respirer, elle se débattit faiblement. Autour d'elle, les gens poussaient, tiraient, lançaient des exclamations dont elle ne parvenait pas à capter le sens. Les visages devant elle se brouillaient et se déformaient, une masse de corps inconnus l'acculaient peu à peu contre la machine.

Darcy suffoquait. Un océan furieux roulait dans sa tête, un marteau frappait dans sa poitrine.

Mac dut se frayer un chemin parmi la foule surexcitée avant de découvrir enfin sa cliente à problèmes. C'était un tout petit bout de fille, frêle comme un roseau, qui semblait à peine avoir atteint l'âge légal pour entrer dans un casino. Ses cheveux couleur caramel avaient été coupés par une main inexperte et une frange trop longue tombait sur une paire d'yeux immenses à l'expression sidérée. Elle avait un visage pointu de lutin, d'un blanc presque cireux.

Ses vêtements en coton paraissaient effectivement fatigués par une nuit passée dans le désert. Mac lui prit le bras et la sentit trembler. La fille n'était pas droguée, non. Juste terrifiée.

Luttant pour ne pas tomber, Darcy leva les yeux vers le nouveau venu. Elle reconnut le guerrier Indien qui gardait l'entrée du casino et son cœur malmené fit un grand bond dans sa poitrine. Elle songea confusément que son sort reposait entre ses mains, qu'il revenait à cet homme de la sauver une fois pour toutes ou de l'achever définitivement.

— Je regrette d'avoir provoqué ce… ce tintamarre, bredouilla-t-elle faiblement en rassemblant ses dernières forces. Qu'est-ce… qu'est-ce que j'ai fait, au juste ?

Mac eut un léger sourire. Cette fille-là n'était peut-être pas une lumière. Mais elle était clairement inoffensive.

— Ce que vous avez fait ? Vous avez juste touché le jackpot, mademoiselle.

— Ah…

Et elle tomba inanimée.

Darcy se réveilla avec une merveilleuse sensation de douceur sous la joue. De la soie, comprit-elle. Un merveilleux satin de soie, comme la chemise de nuit qu'elle s'était achetée un jour dans un accès de folie, en sacrifiant d'un coup deux semaines entières de salaire. Mais elle n'avait jamais regretté son moment d'extravagance.

Elle soupira de plaisir.

— Allez… encore un petit effort. Revenez parmi nous… vous n'êtes plus très loin.

— Pardon ?

Darcy cligna des paupières, éblouie par le rayon de lumière d'une lampe au pied incrusté de pierres précieuses. Croyant à un mirage, elle referma les yeux.

Mac passa une main sous la tête de la jeune femme et la souleva pour porter un verre d'eau à ses lèvres.

— Pardon ? marmonna-t-elle encore.

— Vous vous répétez. Buvez donc un peu d'eau, ça vous aidera à émerger.

Darcy avala docilement une gorgée de liquide, les yeux rivés sur la main d'homme aux longs doigts hâlés qui tenait le verre. Elle découvrit qu'elle était allongée sur un lit. Un lit immense, digne d'une reine, avec un couvre-pied de soie.

Elle tourna un regard méfiant vers l'homme qui se tenait penché sur elle.

— Je croyais que vous étiez le grand guerrier Indien de l'entrée, admit-elle tout bas.

Il sourit.

— Vous n'étiez pas si loin du compte.

Reposant le verre, il s'assit sur le bord du lit. Vaguement inquiète, elle se déporta sur le côté opposé du matelas.

— Je suis Mac Blade, le directeur du Comanche.

— Darcy. Darcy Wallace, se présenta-t-elle à son tour. Pourquoi suis-je ici ?

— J'ai pensé que vous seriez plus confortablement installée que sur le sol du casino. Vous vous êtes évanouie.

— Moi ?

Mortifiée, elle ferma les yeux.

— Oui, je me souviens, maintenant. Je suis désolée.

— Vous aviez de bonnes raisons de perdre connaissance. C'est même une réaction assez courante lorsqu'on gagne d'un coup près de deux millions de dollars.

Elle écarquilla ses prunelles d'ambre et porta la main à sa gorge.

— Euh… excusez-moi, je n'ai pas encore la tête très claire. Vous dites que *moi* j'ai gagné près de deux millions de dollars ?

— Vous avez mis l'argent, vous avez tiré le levier et vous avez eu le jackpot.

Elle était toujours aussi pâle. Comme une petite fée anorexique, songea Mac, vaguement attendri.

— Vous aurez des papiers à signer, bien sûr. Mais nous réglerons les questions financières demain, trancha-t-il. Souhaitez-vous voir un médecin ?

— Non, c'est inutile. Je suis juste un peu… je ne sais

pas comment dire. J'ai du mal à réfléchir clairement. La tête me tourne tellement.

Se découvrant des instincts de soignant qu'il ignorait posséder, Mac la souleva pour arranger les oreillers dans son dos.

— Souhaitez-vous que j'appelle un de vos proches pour qu'il vienne partager la bonne nouvelle avec vous ?

— Non, surtout pas.

La violence de son refus surprit Mac. Mais il ne fit aucun commentaire.

— Comme vous voudrez.

— Je ne connais personne ici, précisa-t-elle plus calmement. Je suis de passage, en fait. Hier soir, on m'a volé mon sac dans l'Utah. Et ma voiture est tombée en panne à quelques kilomètres de Las Vegas. Je crois que c'est la pompe à essence, cette fois.

Mac réprima un sourire amusé.

— J'imagine que c'est une possibilité, en effet. Et comment avez-vous fait pour arriver jusqu'ici ?

— J'ai marché droit devant moi et je me suis retrouvée chez vous. Enfin… je crois.

Elle avait du mal à se souvenir de son parcours exact, en vérité. Peut-être avait-elle erré longuement dans la ville avant d'atterrir dans ce casino. Il y avait tant de choses à voir dans ce lieu étrange.

— Il me restait neuf dollars et trente-sept cents en poche, précisa-t-elle.

— Et vous les avez mis dans une machine à sous ? s'exclama Mac en se demandant s'il avait affaire à une folle ou à une joueuse hors pair. En tout cas, vous n'avez pas perdu votre soirée. Votre capital s'élève désormais à un million huit cent quatre-vingt-neuf dollars et trente-sept cents.

— Oh, mon Dieu.

Enfouissant son visage dans ses mains, Darcy fondit en larmes. Mac était issu d'une famille où l'élément féminin était bien représenté : voir une femme pleurer ne l'avait jamais perturbé outre mesure. Il resta tranquillement assis là où il était et la laissa sangloter tout son soûl.

Drôle de fille, malgré tout. Lorsqu'il l'avait soulevée dans ses bras, elle lui avait paru plus légère, plus fragile qu'un enfant. Mais d'après le récit qu'elle venait de lui faire, elle avait marché sur des kilomètres dans le désert, sous le soleil implacable de fin de printemps. Puis elle avait pris le risque de jouer ses derniers dollars, alors qu'elle n'avait manifestement rien pour assurer ses arrières.

Soit cette fille avait une force intérieure rare, soit elle était complètement cinglée. Quoi qu'il en soit, elle avait joué gagnant. Elle était riche, désormais. Et il lui incombait — au moins temporairement — de veiller sur elle.

— Je suis désolée, murmura-t-elle en s'essuyant le visage avec les mains. Je ne pleure jamais d'habitude. Je ne sais pas ce qui m'a pris.

Elle accepta le mouchoir qu'il lui tendait avant d'enchaîner avec un sourire gêné :

— Je suppose que je devrais me lever, réagir, me secouer un peu… Mais je ne sais pas très bien par où commencer, admit-elle en tournant vers lui son joli visage chiffonné.

— Et si nous commencions par le commencement ? Depuis quand n'avez-vous rien mangé, Darcy ?

— Hier soir. Ce matin, je me suis acheté une glace, mais elle a fondu avant que j'aie eu le temps de la terminer.

— La première chose à faire, c'est de vous alimenter... Je vais vous commander un repas, annonça Mac en se levant. Il vous sera servi en bas, dans le salon. En attendant, pourquoi ne pas prendre un bain et essayer de vous détendre ?

Elle se mordit la lèvre.

— Je n'ai pas de vêtements, j'ai laissé ma valise dans le coffre de ma voiture... Oh, mon Dieu, mon sac ! Je l'avais emmené.

— Je l'ai ici.

La voyant de nouveau livide, il souleva l'espèce de besace qu'il avait placée près du lit.

— C'est ça ?

Elle ferma les yeux de soulagement.

— Oui. Je vous remercie... J'ai eu peur qu'il ne soit perdu. J'ai l'équivalent d'une année de travail, là-dedans.

— Tout est là, vous voyez. Et vous trouverez un peignoir dans la salle de bains.

Darcy s'éclaircit la voix. Même si cet homme avait fait preuve d'une grande gentillesse à son égard, elle n'avait pas à s'attarder avec un parfait inconnu dans une chambre luxueuse aux plafonds décorés de miroirs.

— Je vous remercie. Mais je ne peux pas rester ici indéfiniment. Il faut que je trouve à me loger pour la nuit. Si vous pouviez juste m'accorder une petite avance et m'indiquer un hôtel...

— Parce que celui-ci ne vous convient pas ?

— Celui-ci quoi ?

— Cet hôtel, répéta Mac avec une patience qu'il jugea admirable. Et cette suite.

— Elle est absolument magnifique.

— Alors mettez-vous à l'aise. Cette chambre vous est offerte pour la durée de votre séjour.

Darcy se redressa en sursaut.

— *Offerte ?* A moi ? Vous voulez dire que je peux rester ici ?

— C'est une tradition, dans cette maison. Nous accueillons gratuitement les gros parieurs. Ce qui est indiscutablement votre cas.

— Mon cas ?

— La direction espère que vous remettrez une partie de vos gains en circulation en les dépensant dans nos boutiques et à nos tables de jeu. Votre chambre et vos repas sont à notre charge, en revanche.

Darcy balança ses jambes hors du lit et se leva lentement.

— Vous voulez dire que je bénéficie de tout ce luxe gratuitement parce que je viens de vous coûter deux millions de dollars ?

Le sourire de Mac se fit redoutable.

— En vous retenant ici, je me donne une chance d'en récupérer une partie.

Debout devant lui, Darcy fut de nouveau saisie de vertige. Mais d'une autre nature, cette fois. Elle n'avait jamais vu un homme pareil. Il était beau comme un héros de roman.

— Cela me paraît fair-play, en effet. Je vous remercie pour tout, monsieur McBlade.

Il serra la main qu'elle lui tendait.

— Pas McBlade, non. *Mac.* Mac Blade.

— Oh, excusez-moi. Vous devez me prendre pour une idiote. J'ai l'impression de me comporter en parfait zombie depuis que je suis arrivée à Las Vegas.

— Vous vous sentirez mieux une fois que vous serez

reposée et restaurée. Retrouvez-moi dans mon bureau demain matin à 10 heures. Et nous reparlerons de tout cela calmement.

— Dans votre bureau, oui… Entendu.

— Las Vegas vous souhaite la bienvenue, mademoiselle Wallace, lança-t-il par-dessus son épaule en descendant la volée de marches qui menait dans le salon.

— Merci.

Darcy le suivit et demeura bouche bée en découvrant le décor dans les tons émeraude et saphir, les boiseries en ébène, les bouquets et les plantes exotiques.

— Monsieur Blade ? cria-t-elle.

— Oui ?

Il se retourna, leva les yeux et songea qu'elle avait l'air d'une enfant perdue — un agneau égaré parmi les loups.

— Que vais-je faire de tout cet argent ?

Il sourit, non sans une pointe inattendue de tendresse.

— Les idées viendront, vous verrez.

Darcy le vit actionner un bouton, et une porte coulissante en cuivre s'écarta sans bruit. Un ascenseur privé, comprit-elle. Restée seule, elle se laissa tomber assise à même le sol et se pinça le bras à plusieurs reprises. Si c'était un rêve ou une hallucination due au soleil du désert, elle n'avait qu'une envie : que le mirage ne se dissipe jamais.

En vérité, elle n'avait pas seulement pris la fuite. Elle venait de trouver la liberté, définitivement.

Chapitre 2

Terrassée par la fatigue, Darcy s'endormit dans une bulle irisée qui n'éclata pas au petit matin. A 6 heures, elle ouvrit les yeux et découvrit son propre reflet dans le grand miroir ovale au plafond. Doutant de ce que ses yeux voyaient, elle leva lentement la main, la porta à sa joue et constata qu'au-dessus de sa tête, la créature alanguie dans ses draps de soie faisait le même geste.

Ainsi tout ce qui lui était arrivé depuis la veille était bien réel ? Elle, Darcy Wallace, paradait dans un lit de star, entourée d'une montagne de coussins, dans un décor digne d'un palais oriental. Incroyable. Plus rien ne la forcerait jamais à retourner à Trader's Corner. Plus jamais elle ne se coucherait dans le modeste lit à une place qu'elle avait gardé depuis l'enfance.

La simple pensée qu'elle ne s'endormirait plus le soir sur le maigre matelas inconfortable qu'elle avait toujours connu procura à Darcy une intense bouffée de joie. Elle fut prise d'un fou rire inextinguible qui la laissa à bout de souffle. Comme ivre, elle se laissa rouler d'un bord à l'autre du lit, lança les jambes en l'air, serra les oreillers contre son cœur puis bondit sur ses pieds pour danser sur le matelas.

Lorsqu'elle retomba sans force sur le lit, Darcy admira la chemise de nuit de soie qui lui avait été livrée la veille, ainsi que quelques autres articles vestimentaires de base, choisis dans une des boutiques de la galerie marchande. Le tout, gracieusement fourni par la direction de l'hôtel Comanche. Accepter de la lingerie de la part du beau Mac Blade constituait une sévère infraction à ses principes. Mais Darcy était de trop bonne humeur pour s'arrêter à des détails aussi mesquins.

Elle se leva d'un bond pour explorer sa suite. La veille au soir, elle avait été trop groggy pour profiter des merveilles qui l'entouraient. Mais elle comptait bien rattraper le temps perdu ce matin. Attrapant une télécommande, elle s'amusa à ouvrir et à fermer les stores. A travers les immenses baies vitrées, elle découvrit la vue sur cet univers étrange qu'était Las Vegas. La ville encore endormie somnolait dans une atmosphère uniforme, toute en nuances de bleus et de gris. Le petit jour laiteux semblait émaner de la substance même du désert.

A quel étage était située sa suite ? Au vingtième ? Au trentième ? Darcy éclata de rire. Qu'importait la hauteur ! Elle avait le monde à ses pieds. Un monde neuf, excessif, bizarre et enchanteur.

Un autre bouton de la télécommande lui permit de faire glisser un panneau mural. Darcy découvrit un home cinéma complet ainsi qu'une chaîne hi-fi. Une fois qu'elle eut testé tous ces appareils compliqués et mis la musique à fond, elle dévala les marches pour passer dans la partie séjour de sa suite. Elle ouvrit les rideaux, sentit chacun des bouquets de fleurs, essaya les deux canapés ainsi que les quatre fauteuils, admira la cheminée en marbre et tomba en arrêt devant le grand piano blanc. Comme il n'y avait personne pour lui interdire de le toucher, elle se percha sur le tabouret et joua « Au Clair de la lune » en chantant à tue-tête. Derrière un panneau laqué, elle trouva un petit réfrigérateur qui contenait — ô merveille — deux bouteilles de champagne. Enchantée par ces trouvailles, elle tournoya sur une musique de valse et passa dans les toilettes du bas. De nouveau, elle sourit toute seule. Même là, il y avait une télévision ainsi qu'un téléphone !

Fredonnant gaiement, elle gravit les marches chromées qui menaient à sa chambre. La salle de bains attenante était une merveille. D'un noir extraordinairement sensuel, la baignoire à remous était si grande qu'elle aurait pu aisément abriter quatre personnes. La pièce à elle seule était presque aussi vaste que le studio qu'elle occupait à Trader's Corner.

Darcy secoua la tête. Si on lui installait un lit dans un coin, elle se contenterait volontiers de cet espace pour les quelques jours à venir. D'abondantes plantes vertes formaient une jungle sympathique sur le bord de la baignoire. Sur des étagères s'alignaient de très jolis flacons contenant des sels de bain, des huiles et des crèmes aux parfums si suaves que Darcy en gémit de plaisir.

Dans le dressing attenant, elle trouva un peignoir ainsi que des mules en coton avec le logo du Comanche, un miroir à trois faces, deux élégants petits fauteuils ainsi qu'une table. Là encore, un gracieux bouquet avait été arrangé dans un vase en cristal.

Et tout cela rien que pour elle.

Darcy n'en croyait pas ses yeux. Elle savait que ce genre de luxe inouï existait ailleurs qu'au cinéma. Mais de là à imaginer qu'elle serait amenée un jour à évoluer comme chez elle dans un décor pareil ! Non, ce n'était pas possible. Pas elle, la petite bibliothécaire tranquille venue du fin fond du Kansas. A présent que le gros de son excitation était retombé, Darcy se demanda s'il n'était pas temps de remettre les pieds sur terre.

Et si tout cela n'était qu'un malentendu, une erreur ?

De son périple à pied le long de la route poussiéreuse, elle ne conservait qu'un souvenir imprécis. Comme si sa mémoire s'était brouillée à partir du moment où elle était descendue de sa voiture en panne pour marcher comme un automate en direction de Vegas. Elle avait gardé à la mémoire quelques images, quelques bribes : les lumières qui clignotaient sur les machines à sous, les symboles qui avaient tournoyé devant ses yeux fatigués, le vacarme qui s'était déchaîné, sa peur panique. Puis, comme dans la scène finale d'une pièce de théâtre, il y avait eu l'apparition de Mac Blade, avec sa stature de guerrier, son visage lisse d'Indien, son aisance et son allure.

— Arrête de te poser des questions, murmura-t-elle tout haut. Même si cela ne doit durer qu'une heure, autant vivre le rêve jusqu'au bout.

Non sans appréhension, cependant, elle décrocha son téléphone.

— Ici le service d'étage. Bonjour, mademoiselle Wallace.

En entendant son nom, Darcy se retourna en sursaut, comme si quelqu'un l'avait observée à son insu par-dessus son épaule.

— Euh… bonjour. Je me demandais si je pouvais vous commander un café ?

— Bien sûr. Et pour le petit déjeuner ?

Darcy hésita. Elle ne voulait pas abuser de la situation.

— Un toast ou deux, ce serait possible ?

— Mais certainement, mademoiselle Wallace. Cela vous suffira ?

— Oh oui, ce sera parfait.

Reposant le combiné, Darcy courut dans la chambre, éteignit la musique et écouta les informations pour vérifier si on n'avait pas remarqué de cas d'hallucinations collectives récemment dans l'Etat du Nevada.

Dans son bureau au-dessus de la salle de casino, Mac quittait rarement les écrans de sécurité des yeux. On y voyait des joueurs glisser des pièces dans les machines à sous, parier à la roulette, ou suivre d'un regard fasciné les gestes du croupier aux tables de black-jack. Quelques acharnés qui avaient commencé à jouer la veille continuaient inlassablement à défier le hasard. Si bien que les robes de soirée et les smokings côtoyaient les jeans et les shorts.

Dans un casino, qu'il fasse jour ou nuit dehors, personne ne voyait la différence. Il n'y avait ni contraintes de temps ni obligations vestimentaires et pas d'autre réalité souvent que celle du jeu. Sans même regarder le fax qui se déroulait derrière lui, Mac sirotait un café et arpentait la pièce tout en parlant avec son père au téléphone.

Tout en sachant que Justin, dans son casino de Reno, faisait sans doute la même chose que lui.

—… Tout à fait, oui. Je lui ai donné rendez-vous ici dans quelques minutes, poursuivit Mac. Hier soir, elle n'était pas en état de digérer la nouvelle.

— Alors, dis-moi, à quoi ressemble-t-elle, notre super gagnante du jackpot ? s'enquit Justin.

Mac continuait à se déplacer sans relâche, vérifiant que

chacun des employés était à sa place, observant l'attitude de ses croupiers.

— Pour l'instant, je ne peux pas en dire grand-chose. Elle est jeune. Nerveuse. J'ai l'impression qu'elle est partie de chez elle dans des conditions un peu compliquées. Il semblerait qu'elle soit entrée ici plus ou moins par hasard.

— Et elle est originaire d'où ? demanda encore Justin.

Sourcils froncés, Mac se reporta en arrière dans le temps et laissa la voix de Darcy résonner une nouvelle fois à ses oreilles.

— Mmm... D'une petite ville rurale du Midwest, je pense. Je la verrais bien institutrice en maternelle. Elle n'avait plus un *cent* en poche lorsqu'elle a touché le jackpot.

— Apparemment, c'était son jour de chance. Tant qu'à avoir un gagnant, autant que ce soit une institutrice fauchée sortie de sa campagne.

Mac sourit.

— Il est certain qu'elle est rafraîchissante. Elle n'a pas cessé de se répandre en excuses. Elle est à peu près aussi à l'aise ici qu'une souris invitée à un congrès de matous affamés... A part ça, elle est très mignonne, précisa-t-il en songeant aux grands yeux dorés de Darcy. Mais d'une naïveté presque inquiétante. Les loups n'en feront qu'une bouchée, si tu veux mon avis.

— Tu as l'intention de t'interposer entre les loups et l'agneau ? s'enquit doucement son père.

Mac haussa les épaules. Il aurait dû s'attendre à cette question. Il avait la réputation dans la famille de toujours prendre parti pour les opprimés.

— Je n'ai pas vraiment le temps de jouer les bons bergers. Mais je veux quand même lui donner quelques conseils. La presse tambourine déjà à la porte. Je ne peux pas laisser cette gamine toute seule sans lui recommander au moins un avocat. Surtout que les vautours suivent les loups de près.

Mac savait que Darcy serait assaillie sans répit par les solliciteurs les plus variés. On la supplierait de verser de l'argent pour telle et telle cause, on lui ferait miroiter de juteux investissements censés tripler ses gains en quelques mois. Il y aurait dans le lot quelques personnes honnêtes et bien intentionnées. Mais le gros du bataillon serait constitué d'escrocs patentés.

— Tu as raison. Prends-la sous ton aile, au moins les deux ou trois premiers jours… Tu me tiens au courant, Mac ?

— Bien sûr. Comment va maman ?

— Serena est en pleine forme. Elle parle de faire un saut à Vegas pour te voir avant de repartir pour Atlantic City. Le bébé lui manque déjà.

— Mmm… Et à toi, il ne te manque pas, peut-être ?

— Il faut reconnaître que ces bébés grandissent tellement vite que ce serait dommage de rater trop d'étapes.

Mac ne put s'empêcher de sourire. Il savait que son père aurait été capable de ramper sur du verre brisé pour avoir le privilège de rendre visite à sa petite-fille.

— Comment va-t-elle, la petite Anna ?

— Elle fait ses dents. Gwen et Bran passent des nuits difficiles.

— C'est le prix à payer pour le bonheur d'être parent.

— Inutile d'ironiser, Mac. J'ai connu pas mal de nuits blanches à cause de toi, mon garçon.

— C'est bien ce que je dis, non ? On n'a rien sans rien en ce bas monde… Ah, voici la fée inquiète.

— La quoi ?

— Notre nouvelle millionnaire… Entrez, entrez, ajouta-t-il à l'intention de Darcy qui hésitait sur le seuil… Je te rappelle demain, d'accord ? Embrasse maman de ma part.

— Je pense que tu pourras l'embrasser toi-même dans quelques jours.

— O.K. A plus tard.

Dès que Mac eut reposé le combiné, Darcy se confondit une fois de plus en excuses.

— Je suis vraiment désolée, je ne savais pas que vous étiez au téléphone. Votre secrétaire… je veux dire, votre assistante, m'a dit que vous m'attendiez et que je n'avais qu'à entrer. Mais je peux revenir plus tard si vous êtes occupé.

Patient de nature, Mac la laissa bredouiller jusqu'au bout. Il en profita pour l'observer et constata qu'un bain, une bonne nuit de sommeil et des vêtements neufs avaient fait des miracles. Mais si elle avait l'air propre et reposée, à présent, elle n'avait rien perdu de sa nervosité pour autant.

— Et si vous vous asseyiez, Darcy ?

Elle prit place dans un fauteuil en cuir vert et croisa sagement les mains sur ses genoux.

— Je me demandais si… s'il n'y avait pas eu une erreur, balbutia-t-elle, plus timide et effarée que jamais.

Perdue dans son grand fauteuil, elle avait l'air d'un lutin perché sur un champignon.

— Une erreur à quel propos ?

— Cette histoire de jackpot… Tous ces dollars… Ce matin, à tête reposée, je me suis dit que ces choses-là n'arrivaient jamais dans la vraie vie.

— Elles arrivent dans les établissements comme celui-ci. C'est une inéluctabilité statistique.

Mac cala une hanche contre un coin de son bureau.

— J'ose espérer que vous avez plus de vingt et un ans ?

— J'en aurai vingt-quatre en septembre… Oh, mon Dieu, je ne vous ai pas encore remercié pour les vêtements.

Darcy s'ordonna mentalement de ne pas penser à la lingerie fine que Mac avait choisie à son intention. Mais ce fut plus fort qu'elle. Ses joues s'empourprèrent.

— C'était une aimable attention de votre part, monsieur Blade.

— Je vous en prie. Tout était à votre taille ?

Darcy se sentit rougir de plus belle. Le soutien-gorge en dentelle d'une délicate couleur pêche lui allait à la perfection. Et elle n'osait imaginer comment il avait pu se faire une idée aussi précise de ses mensurations.

— Parfaitement, oui. Je vous remercie.

— Et comment avez-vous dormi ?

— Comme quelqu'un à qui on aurait jeté un sort. En fait, c'est la première bonne nuit que je passe depuis une semaine que je suis partie de chez moi.

Quelques délicates taches de rousseur ornaient son joli petit nez et une légère odeur de vanille émanait de sa personne. Mac avait plaisir à la regarder.

— D'où venez-vous, Darcy ?

— D'une petite ville du Kansas, Trader's Corner.

Les mornes plaines du Midwest, autrement dit. Mac se félicita intérieurement de ses propres talents d'observation.

— Et quelle activité exercez-vous à Trader's Corner ?

— Je suis… enfin, j'étais bibliothécaire.

Pas tout à fait une institutrice, donc. Mais pas loin.

— Et c'est indiscret de vous demander pourquoi vous êtes partie de chez vous ?

— Je me suis enfuie, en fait.

La vérité lui avait échappé avant qu'elle ait eu le temps d'inventer une explication plausible à ses errances. Le problème, c'est qu'elle avait du mal à réfléchir face au sourire de cet homme. Il fallait reconnaître, d'autre part, qu'il savait écouter. Sans même qu'elle s'en rende compte, il l'avait poussée à s'exprimer avec une totale franchise, alors qu'elle ne le connaissait ni d'Eve ni d'Adam.

Quittant son bureau, Mac vint se percher sur l'accoudoir du fauteuil placé à côté du sien.

— Vous avez des ennuis, Darcy ?

— Non, plus maintenant. J'en aurais eu si j'étais restée, mais…

Elle s'interrompit net et porta la main à sa bouche.

— N'allez pas croire que… Enfin, je n'ai rien fait de mal. Ce n'est pas la police que je fuis.

Elle avait l'air tellement désemparée que Mac réussit à ne pas sourire. Même si on avait de la peine à imaginer la sage Darcy Wallace poursuivie par les autorités.

— Je sais que vous ne fuyez pas la police. Mais vous n'êtes pas partie de chez vous sans raison, Darcy. Votre famille sait-elle où vous êtes ?

— Je n'ai plus de famille. J'ai perdu mes parents il y a un an.

— Je suis désolé.

— Ils sont morts accidentellement. Leur maison a pris feu durant la nuit et ils ne se sont pas réveillés.

— Ça a dû être un gros choc pour vous.

Darcy opina d'un signe de tête.

— C'est arrivé tellement vite… En quelques heures, tout

avait disparu. Je ne vivais déjà plus chez eux, à l'époque. Mais mon déménagement ne remontait qu'à quelques semaines… Si ça s'était passé un mois plus tôt, je… Par moments, je m'en suis voulu d'être encore vivante.

Avec un haussement d'épaules fataliste, Darcy se tut et détourna les yeux.

— C'est pour ça que vous avez décidé de quitter le Kansas ?

Elle hésita à acquiescer et à en rester là. Mais au point où elle en était, autant dire toute la vérité :

— En partie, oui. Mais il y a eu d'autres raisons : j'ai perdu mon emploi récemment et j'étais sur le point d'être expulsée de chez moi. Si j'étais restée, je me serais retrouvée sans ressources. Je n'avais pas mis grand-chose de côté depuis que j'avais commencé à travailler. Je suppose que je ne suis pas très douée pour tenir un budget, admit-elle piteusement.

— Ce n'est pas toujours facile d'économiser sur un petit salaire. Et pour ce qui est des ennuis d'argent, vous êtes tirée d'affaire, en tout cas, lui rappela Mac, désireux de lui voir retrouver le sourire.

Les beaux yeux dorés s'écarquillèrent et elle secoua la tête.

— Sérieusement, je ne vois pas au nom de quoi vous me donneriez comme ça deux millions de dollars, sous prétexte que j'ai glissé quelques billets d'un dollar dans la fente d'une machine.

— Je ne vous donne rien. Vous avez *gagné* cette somme, Darcy… Tenez, venez voir.

Il lui prit la main et la plaça de manière à ce qu'elle voie les écrans.

— Le casino est ouvert jour et nuit et les clients défilent en permanence. Des gens viennent et laissent des sommes importantes. Certains gagnent, c'est vrai, mais les perdants sont majoritaires. Il y en a qui viennent pour se divertir, pour le plaisir du jeu. D'autres s'accrochent parce qu'ils espèrent faire fortune. Certains sont des pros qui jonglent avec des techniques complexes, d'autres se fient à leur intuition.

Fascinée, Darcy observa la scène. Sur les écrans, tout se déroulait en silence : un mouvement continu de roulette, de cartes, de dés et de jetons.

— On dirait du théâtre, murmura-t-elle.

— C'est exactement cela. Une pièce sans dénouement ni entracte qui se poursuit indéfiniment... Vous avez un avocat ?

Darcy perdit aussitôt le sourire.

— Un avocat ? Pourquoi ? J'ai besoin de quelqu'un pour me défendre ?

— De quelqu'un pour vous protéger surtout. Vous êtes sur le point de toucher une somme très importante. Une fois que l'Etat aura pris sa part, vous allez découvrir que vous avez beaucoup d'amis — dont certains dont vous n'aurez jamais entendu parler. Des démarcheurs variés vous assiégeront pour vous proposer des investissements tous plus miraculeux les uns que les autres. Dès l'instant où le récit de votre aventure paraîtra dans les journaux, toute cette vermine sortira en rampant pour se frayer un chemin jusqu'à vous.

Avec une expression consternée, Darcy se leva d'un bond.

— Les journaux, vous dites ? Ah non, surtout pas ! Il ne faut pas qu'on parle de moi dans la presse. Je ne dirai rien aux journalistes, monsieur Blade. Personne ne saura que j'ai gagné cet argent.

Mac réprima un soupir. Autant se rendre à l'évidence : miss Chaperon rouge avait grand besoin d'un protecteur si elle voulait traverser la forêt sans tomber dans la première gueule ouverte venue.

— Réfléchissez un peu, Darcy. A votre avis quel reporter résisterait à un fait divers pareil ? « Une jeune bibliothécaire orpheline venue du Kansas arrive à pied au Comanche de Vegas et joue son dernier dollar… »

— Il m'en restait neuf, protesta-t-elle.

— Quelle différence ? Il ne vous restait rien et vous touchez le pactole. Si vous croyez que les médias ne vont pas s'emparer de l'événement, c'est que vous êtes une extraterrestre.

Mac Blade avait raison, bien sûr. C'était une très jolie histoire qu'elle venait de vivre. Une histoire presque miraculeuse, même.

— N'y a-t-il aucun moyen pour que je garde l'incognito ? demanda-t-elle d'une voix presque suppliante. Je ne veux pas que ça se sache à Trader's Corner.

— Pourquoi ? La célébrité a son charme, non ? Ils rebaptiseront une des rues de la ville pour lui donner votre nom, commenta Mac, faussement désinvolte, en voyant l'éclair de panique dans ses yeux.

Darcy se rassit en soupirant.

— Je ne vous ai pas tout dit, admit-elle. La principale raison pour laquelle je me suis enfuie, c'est un homme, Gerald Peterson. Il est issu d'une des familles les plus en vue du Kansas. Ce sont de grands industriels, très fortunés. Et Gerald, sans que personne sache pourquoi, s'est mis en tête de m'épouser. Il s'est même montré très insistant.

— Et alors ? Aucune loi n'interdit aux filles de dire « non, merci », dans l'Etat du Kansas, si ?

Darcy soupira. Formulé ainsi, cela paraissait tellement simple ! Ce Mac Blade devait vraiment la prendre pour une oie blanche.

— Dire non est une chose. Mais Gerald n'est pas habitué à ce qu'on contrarie sa volonté. Et il trouve toujours moyen d'obtenir ce qu'il veut.

— Et ce qu'il veut, c'est vous, en l'occurrence.

— Apparemment. C'est du moins ce qu'il s'est mis en tête. Mes parents étaient ravis qu'un homme comme lui s'intéresse à moi. Qui aurait pu croire que j'attirerais l'attention de quelqu'un comme lui ?

— Vous plaisantez ?

Elle lui jeta un regard surpris.

— Pourquoi dites-vous cela ?

— Aucune importance, rétorqua Mac en balayant sa question d'un geste de la main. Donc, pour en revenir à Gerald, il veut vous épouser et j'imagine que vous avez refusé. Etait-ce une raison suffisante pour partir de chez vous ventre à terre ?

— L'histoire est un peu plus compliquée que cela… Il y a quelques mois, j'ai craqué sous la pression et je me suis engagée à l'épouser. J'étais parvenue à la conclusion que c'était la seule solution raisonnable. Et il était persuadé que je lui céderais tôt ou tard, de toute façon.

Embarrassée par sa propre faiblesse, Darcy scruta un instant ses mains qu'elle tenait croisées sur les genoux.

— Pour Gerald, cela allait tellement de soi… Je crois qu'il ignore le sens du mot « non ». Ça doit être génétique, chez lui. Le jour où je lui ai dit oui, par pure faiblesse, j'ai compris tout de suite que j'avais commis une grosse erreur. J'ai essayé de lui expliquer que j'avais eu un moment d'égarement, mais il n'a rien voulu entendre... Et puis, il y avait la question de la bague, ajouta-t-elle, sourcils froncés.

A la fois amuséet fasciné par son récit, Mac l'encouragea à poursuivre.

— L'histoire de la bague ?

— Oh, c'est tout bête, en fait. Je ne voulais pas de bague de fiançailles en diamant. Pourquoi au juste je n'en sais rien, mais j'avais envie de quelque chose d'original, de différent. Je le lui ai dit très clairement, d'ailleurs. Mais là encore, il n'a rien voulu entendre. J'ai eu droit à mon diamant de deux carats, qu'il avait fait estimer et assurer au préalable. Gerald m'a tout expliqué sur l'intérêt que représentait un tel placement. Et... et je n'ai pas eu envie d'entendre ces précisions.

— J'imagine, oui, commenta Mac en secouant la tête.

— Je ne m'attendais pas à des fiançailles romantiques... Je savais que je n'avais rien à espérer sur ce plan-là. J'aurais été mieux inspirée de prendre Gerald tel qu'il était, je suppose.

— Et pourquoi cela ?

— Parce que tout le monde s'extasiait sur la chance que j'avais d'avoir décroché un fiancé pareil. Mais quand j'ai eu cette bague au doigt, je ne me suis pas sentie chanceuse du tout. Au contraire. J'avais l'impression d'étouffer, de ne plus exister. Lorsque je lui ai rendu son diamant de deux carats estimé et assuré, Gerald n'a pas dit grand-chose mais il était furieux. Ça a duré comme ça deux jours, puis, d'un coup, il s'est calmé. Il m'a dit que j'étais un peu perdue mais que je finirais par me reprendre. Il m'a assuré d'un ton magnanime que sa porte restait ouverte et qu'il saurait attendre le temps qu'il faudrait. Et deux semaines plus tard, comme par hasard, j'avais perdu mon emploi.

Darcy se força à regarder Mac. Et elle constata avec étonnement qu'il écoutait. Qu'il écoutait *vraiment,* avec attention et non pas distraitement, en pensant à autre chose, comme le faisaient la plupart des gens.

— Le conservateur de la bibliothèque m'a parlé de restrictions budgétaires et de réorganisation interne. Et sur le coup, j'étais tellement sous le choc que je l'ai cru. Mais j'ai réalisé ensuite que la famille Peterson faisait chaque année des dotations conséquentes, et que la bonne marche de la bibliothèque dépendait de leur générosité. Je me suis rendu compte également que les Peterson étaient propriétaires de l'immeuble où j'ai mon appartement. Gerald avait mis tous les atouts de son côté pour que je revienne en rampant.

— Mais vous ne lui avez pas donné cette satisfaction. Vous lui avez fichu l'équivalent d'un bon coup de pied au derrière, au contraire. Pas aussi violent qu'il l'aurait mérité, mais c'est déjà ça.

Darcy soupira.

— Tel que je le connais, il doit être humilié et dans une colère noire. Je ne veux pas qu'il découvre où je suis partie. J'ai peur de lui, en fait.

Les yeux bleus de Mac étincelèrent.

— Il vous a frappée ?

— Jamais. Gerald n'utilise pas la force physique. Intimider lui suffit… Mais je ne voudrais pas qu'il me retrouve, monsieur Blade. Si Gerald était amoureux de moi, ce serait différent. Mais il s'acharne simplement parce qu'il ne supporte pas qu'on lui résiste. Il pense qu'une petite personne tranquille et bien élevée comme moi ferait une épouse commode dont il pourrait disposer à son gré.

— La petite personne tranquille et bien élevée se sentirait beaucoup plus forte si elle lui disait non en face.

Darcy baissa les yeux.

— Je sais. Mais je ne peux pas.

Mac réfléchit quelques instants.

— Nous ferons l'impossible pour éviter que votre nom ne soit divulgué dans la presse. Mais je vous préviens que tôt ou tard, les paparazzi finiront par vous identifier. Au début, les journalistes seront ravis de cultiver la carte de la « mystérieuse inconnue qui refuse de se faire connaître ». Mais cela ne durera pas longtemps. Les énigmes sont faites pour être percées.

— Que ce soit le plus tard possible, alors.

— O.K. Nous tâcherons de faire au mieux. Mais revenons aux questions concrètes. Je ne peux pas vous verser l'intégralité de vos gains aujourd'hui. Il vous faudra une pièce d'identité pour commencer. Et j'imagine que vous n'avez plus rien puisqu'on vous a volé votre sac. Ce qui nous ramène à la question de l'avocat.

Darcy se mordilla la lèvre d'un air préoccupé.

— Je n'en connais aucun. J'ai juste eu affaire au notaire de la famille lorsque mes parents sont décédés. Mais je n'ai pas envie de faire appel à lui.

— Cela ne paraît pas très indiqué, en effet, pour quelqu'un qui veut réinventer sa vie en repassant par la case départ.

Mac vit un sourire s'épanouir peu à peu sur les traits

de la jeune femme. Difficile de ne pas remarquer qu'elle avait une jolie bouche charnue, avec une lèvre supérieure délicieusement incurvée.

— Réinventer ma vie, oui, c'est exactement ce que j'aimerais faire. J'ai l'intention d'écrire, lui confia-t-elle.

— D'écrire quoi ?

Avec un rire joyeux, Darcy se renversa contre le dossier de son fauteuil.

— Des romans d'amour et d'aventure. Des histoires merveilleuses mais proches de la vie quand même... Vous devez penser que ce n'est pas très raisonnable.

— Pourquoi ? Cela me paraît tout à fait naturel, pour une bibliothécaire toujours entourée de livres, d'avoir envie d'en écrire à son tour.

Elle commença par ouvrir de grands yeux. Puis, peu à peu, son regard se mit à briller aussi fort que les lumières de Las Vegas.

— Vous êtes la première personne à réagir de façon aussi positive. Gerald était très choqué par mon projet. Il me disait qu'il fallait du talent pour écrire des romans et que je me couvrirais de ridicule si j'essayais de me faire éditer.

— Gerald est un imbécile, trancha Mac. C'est au moins une chose que nous pouvons établir avec certitude. Quant à vous, il ne vous reste plus qu'à vous acheter un ordinateur portable et à vous mettre au travail.

Darcy porta la main à son cœur.

— Il n'y a rien — strictement plus rien — qui puisse m'en empêcher, n'est-ce pas ?

Lorsque ses yeux ambre se remplirent de larmes, elle les essuya résolument.

— Non, je ne veux pas recommencer à pleurer. C'est

juste un peu déroutant qu'une vie puisse basculer ainsi du pire vers le meilleur, simplement en tirant sur un levier…

— Je trouve que vous avez très bien fait face jusqu'ici. Et je suis certain que vous saurez tirer le meilleur parti de la chance qui vous est donnée.

Sidérée par cette marque de confiance inattendue, Darcy ne trouva rien à répondre.

— Je ne suis pas certain que ce soit complètement déontologique, mais mon oncle est avocat, reprit Mac après un temps de silence. Si vous le souhaitez, je peux l'appeler. C'est quelqu'un de scrupuleusement honnête.

— Vous voulez bien faire cela pour moi ? Je vous remercie pour tout, monsieur Blade. Vous…

— Mac, l'interrompit-il. Chaque fois que je fais don de presque deux millions de dollars à une jeune femme, j'attends d'elle qu'elle m'appelle par mon prénom.

Elle éclata d'un rire joyeux qu'elle se hâta d'étouffer.

— Je suis désolée. Mais le montant paraît tellement démesuré.

— Pour être démesuré, il l'est, oui, acquiesça Mac sans sourire.

Darcy reprit instantanément son sérieux.

— Oh, mon Dieu, je n'avais pas réfléchi à la perte que cela représente pour le Comanche. Rien ne vous oblige à me verser la somme en une seule fois. Nous pouvons fixer des mensualités ou quelque chose comme ça.

Sur une impulsion, Mac lui prit le menton et scruta ses traits.

— Vous avez le cœur tendre, n'est-ce pas, Darcy du Kansas ?

Un vide se creusa dans l'esprit de Darcy. La main de Mac était si ferme, ses yeux d'un bleu si profond…

Ce fut comme si son cœur se retournait lentement sur lui-même pour venir se placer à l'envers dans sa poitrine. Un soupir mourut sur ses lèvres.

— Pardon ? murmura-t-elle. Vous avez dit quelque chose ?

Du pouce, il suivit le tracé de sa mâchoire. Elle avait une ossature délicate ; une peau douce comme de la soie. « Halte-là, Mac. On ne joue pas à ces jeux-là avec des Petit Chaperon rouge égarés dans les bois. »

Il recula d'un pas.

— Je disais que le Comanche paye toujours ses dettes rubis sur l'ongle. Et tant pis pour mon pauvre vieux grand-père malade : il se passera de l'opération des reins que j'avais promis de financer.

— Oh, mon Dieu, non. Vous ne pouvez pas lui faire ça ! Je…

— Mais je plaisante !

Enchanté par sa réaction, Mac rugit de rire.

— Vous êtes beaucoup trop facile à émouvoir, Darcy. Je vous conseille de garder un profil bas jusqu'à ce que mon oncle ait pris vos intérêts financiers en main. Tenez, je vais vous faire une petite avance en liquide pour que vous puissiez parer au plus pressé.

Passant derrière son bureau, il ouvrit le tiroir où il gardait sa caisse.

— Avec deux mille dollars, vous devriez être tranquille pour quelques jours. Il faudra penser à faire dépanner votre voiture. Pour le reste, vous ne devriez pas avoir de trop gros frais, dans un premier temps. Sachant que vous bénéficiez d'un crédit illimité dans toutes les boutiques de l'hôtel. Vous n'aurez qu'à donner votre nom, ils sont prévenus.

D'une main experte, il compta les billets de cent et de cinquante.

— Excusez-moi, mais j'ai un peu de mal à respirer, murmura Darcy faiblement.

Mac leva les yeux et fronça les sourcils avec inquiétude en la voyant penchée, les coudes sur les genoux, le visage enfoui dans les mains. Il s'approcha pour lui effleurer la tête.

— Ça va aller ?

— Oui, oui. Juste une petite seconde... Je suis vraiment désolée d'être une telle charge pour vous.

— Vous n'êtes pas une charge du tout. Mais j'aimerais autant que vous ne vous évanouissiez pas une seconde fois.

Darcy se força à relever la tête.

— Non, non, je vous le promets. C'est juste un petit vertige.

Lorsque le téléphone sonna, elle tenta de se lever.

— J'abuse de votre temps. Je suis désolée. Je vous laisse immédiatement.

— Stop ! Ne bougez pas, surtout, ordonna-t-il en s'emparant du combiné. Deb ?... Je ne veux pas savoir qui c'est, non. Dites-lui que je rappellerai.

Il raccrocha sans attendre la réponse de son assistante et constata avec soulagement que Darcy reprenait des couleurs.

— Ça va mieux ?

— Beaucoup mieux, oui. Je suis désolée.

— Arrêtez de vous excuser toutes les cinq minutes. C'est exaspérant, comme habitude.

— Je suis déso...

Serrant les lèvres, elle s'éclaircit la voix.

— Parfait. C'est mieux comme ça, déclara Mac en lui

fourrant la liasse de billets dans la main. Et maintenant, allez jouer au casino, écumez les boutiques, offrez-vous un massage ou un soin du visage. Faites-vous plaisir. Et dînez avec moi ce soir.

Pourquoi lui proposait-il de lui consacrer sa soirée ? Stupéfait d'avoir émis cette invitation non programmée, Mac demeura un instant interdit.

— Dîner avec vous ce soir ? s'exclama Darcy en se demandant pourquoi il fronçait les sourcils comme ça. Eh bien, oui, merci… très volontiers.

Mal à l'aise, elle glissa les billets dans une poche.

— Et maintenant que je peux mener une vie de princesse, je ne sais même pas par où commencer, admit-elle avec une petite moue contrite.

— L'ordre n'a aucune importance. Faites simplement tout ce dont vous avez envie.

Ce fut plus fort qu'elle. Elle ne put s'empêcher de darder sur lui un regard rayonnant.

— C'est une philosophie merveilleuse. Je vous laisse à votre travail et je vais essayer de la mettre en pratique.

Elle voulut s'esquiver discrètement mais Mac prit le temps de la raccompagner jusqu'à la porte. Plongeant son regard dans le sien, Darcy s'efforça de trouver les mots justes.

— Vous m'avez sauvé la vie. Je sais que ça paraît mélodramatique, mais c'est ce que je ressens.

— Votre vie, vous l'avez sauvée vous-même. Maintenant, il ne vous reste plus qu'à en prendre soin.

Elle lui tendit la main. Et comme la tentation était trop forte pour qu'il puisse garder entièrement ses distances, stoïque, il se pencha pour la porter à ses lèvres.

— A ce soir.

— A ce soir, dit-elle gravement.

Mac suivit des yeux sa silhouette menue. Elle semblait flotter dans le couloir comme un ange tombé du ciel par erreur. Pensif, il referma la porte. *Darcy du Kansas, la bibliothécaire…* Pas son type. Elle était même l'exact opposé des femmes avec qui il sortait d'ordinaire. La légère attirance qu'il ressentait n'était rien de plus que de la sollicitude. Un sentiment quasi fraternel.

Quasi.

Mais pas tout à fait quand même.

Tout le pouvoir de cette fille résidait dans ses yeux, en fait. Comment rester insensible à ce regard de faon traqué ? Et puis il y avait ce contraste irrésistible entre la timidité de petite fille et les soudains débordements d'enthousiasme. Sans parler de sa gentillesse. Une gentillesse authentique qui n'avait rien de mièvre ou d'affecté.

Parce qu'elle était l'innocence même. Autrement dit, pas son type. Il avait toujours apprécié les femmes averties qui jouaient le jeu sans se bercer d'illusions. Or Darcy Wallace avait de l'existence une vue hautement romantique. Et il n'aurait pas le cœur de susciter chez elle des espoirs qu'il ne serait pas en mesure de satisfaire.

Cela dit, il ne pouvait pas l'abandonner non plus à son sort.

« Alors contente-toi de la mettre sur la bonne voie, mon vieux. Et pour le reste, bas les pattes. »

Une fois cette noble résolution prise, Mac décrocha son téléphone et appela son oncle, Caine MacGregor.

Chapitre 3

C'était comme si elle avait changé de planète, d'univers.

Poussant prudemment la porte de la boutique, Darcy songea qu'elle était devenue une personne différente dans un monde différent. La veille encore, elle serait restée le nez collé contre la vitre à admirer toutes ces coûteuses splendeurs de loin. Aujourd'hui, elle pouvait acheter tout ce qu'elle voulait — y compris la veste de soirée noire brodée de perles dont elle avait envie et qui coûtait une petite fortune. Parce que la mystérieuse alchimie du hasard l'avait soudain hissée, sans étape intermédiaire, de la base jusqu'au sommet.

S'aventurant plus loin dans la boutique, elle s'approcha d'une vitrine où était exposé un très bel assortiment de bijoux fantaisie. Elle avait toujours rêvé de porter des jolies choses étincelantes à ses bras, à ses oreilles, à son cou.

Et pourtant, elle n'avait pas ressenti le moindre plaisir lorsque Gerald lui avait glissé son diamant au doigt. Parce que cette bague si coûteuse, il ne l'avait achetée que pour lui, au fond.

Et parce que cette bague n'était pas un cadeau mais un joug.

— Puis-je vous aider ?

Darcy sursauta.

— Eh bien… je ne sais pas.

La vendeuse eut un sourire indulgent.

— Vous cherchez quelque chose de particulier ?

— Difficile de choisir alors que tout est si beau.

Le sourire commercial se fit plus chaleureux.

— Je vous remercie. Nous sommes très fiers de notre sélection. Si vous avez besoin d'aide, je suis à votre disposition. Mais vous pouvez regarder autant qu'il vous plaira.

— Je suis invitée à dîner ce soir et je n'ai rien à mettre, admit Darcy, mise en confiance.

— C'est toujours ce que l'on se dit lorsqu'on a envie de craquer pour un nouveau vêtement, n'est-ce pas ?

— En l'occurrence, mes placards sont réellement vides… Il me faudrait une robe, je crois, précisa Darcy en voyant que la vendeuse ne paraissait pas particulièrement choquée par son aveu.

— C'est pour un dîner officiel ? Un dîner en tête à tête ?

— En tête à tête.

Darcy rougit et secoua la tête.

— Mais ce n'est pas un rendez-vous galant pour autant, se hâta-t-elle de préciser.

— Un dîner d'affaires, alors ?

Darcy se mordit la lèvre.

— Je pense qu'on pourrait appeler ça comme ça.

La vendeuse eut un sourire averti.

— Mais il est plutôt pas mal, ce monsieur qui vous invite à dîner ?

— Oh, oui. C'est un homme magnifique.

— Mmm… Et il vous attire ?

— Il faudrait être morte et enterrée depuis dix ans pour rester de marbre devant lui, reconnut Darcy avec un léger soupir. Mais il m'a invitée par gentillesse. Pas parce que je lui plais.

La vendeuse l'examina d'un regard professionnel.

— Mmm... On pourrait peut-être essayer de faire en sorte qu'il change d'avis en cours de soirée. Voyons... Je pense que j'ai deux ou trois modèles qui devraient vous intéresser.

Une fois équipée d'une robe de cocktail, de la petite veste de soirée brodée de perles, d'un sac et d'une paire de boucles d'oreilles, Darcy se vit expédiée d'autorité dans le salon de coiffure voisin.

— Et surtout exigez d'être coiffée par Charles, recommanda Myra, la vendeuse. C'est un génie.

— Et peut-on savoir ce qui leur est arrivé, à vos cheveux ? s'exclama le dénommé Charles lorsqu'elle eut pris place dans un fauteuil. Une catastrophe naturelle ? Une maladie fatale ? Une invasion de rongeurs ?

Terrifiée de se voir ainsi apostrophée, Darcy se fit toute petite sous la cape blanche dans laquelle on venait de la draper.

— Je les ai coupés moi-même, admit-elle d'une petite voix.

— Et votre appendice ? Vous prendriez le premier bistouri venu pour le retirer toute seule ?

Darcy rentra la tête dans les épaules.

— Non.

— Vos cheveux méritent autant de respect que le reste de votre corps. Et vous devez les confier aux soins d'un professionnel.

Dominant le fou rire nerveux qui menaçait, elle se contenta d'un timide sourire d'excuse.

— Je sais. Vous avez entièrement raison. J'ai pris les

ciseaux sur un coup de tête. C'était un acte de rébellion, en fait.

Le coiffeur glissa les doigts dans ses cheveux et examina une mèche avec une moue sceptique.

— De rébellion contre quoi ? Les lois de l'esthétique ?

— Oh non, jamais de la vie. C'était à cause d'un homme, pour être exacte. Il passait son temps à me dire comment je devais me coiffer. Alors j'ai tout coupé.

— Cet homme-là était coiffeur ?

— Coiffeur ? Oh, non, pas du tout. Gerald est plutôt dans les affaires.

— S'il est dans les affaires, qu'il se mêle des siennes au lieu de s'occuper de la façon dont vous vous coiffez. Couper vos cheveux a été un acte de courage dont je pourrais à la rigueur vous féliciter. Mais la prochaine fois que vous vous rebellerez, faites-le chez un coiffeur.

— Je vous le promets... Vous pensez qu'il n'y a plus rien à en tirer, alors ? s'enquit-elle timidement, prête à bondir de son fauteuil pour prendre la fuite.

Le regard courroucé de Charles la cloua littéralement sur son siège.

— Mais, ma chère enfant, vous voulez rire ? J'ai déjà accompli des miracles sur des cas infiniment plus désespérés que le vôtre.

Darcy ne s'était jamais sentie bichonnée comme ce matin-là. Elle n'avait qu'à s'abandonner et tout s'organisait autour d'elle. Une fois son crâne massé, ses cheveux shampouinés, elle fut ramenée dans le fauteuil de Charles qui la considéra d'un œil presque radouci.

— Il vous faudra un soin des mains, ordonna-t-il tout

en faisant claquer ses ciseaux avec assurance... Sheila, programmez un rendez-vous pour... comment vous appelez-vous, déjà ?

— Darcy.

— Pour Darcy, donc. Et prévoyez également un soin de beauté des pieds.

Un soin de beauté des pieds ? Encore une merveille qu'elle se promit d'apprécier pleinement.

— Vous croyez que ça s'impose ? demanda-t-elle malgré tout, craignant de se montrer trop frivole.

— Non seulement ça s'impose, mais vous allez me promettre d'arrêter de vous ronger les ongles.

Les joues en feu, Darcy fit disparaître ses mains sous la cape blanche.

— C'est une de mes mauvaises habitudes, admit-elle.

— Une habitude qui manque d'élégance, ma chère. Cela dit, vous avez la chance d'avoir une très bonne qualité de cheveux. Et comme la couleur est belle, nous n'y toucherons pas... Qu'est-ce que vous vous mettez sur le visage ?

— Une crème hydratante. Mais je l'ai perdue.

Mal à l'aise sous le regard scrutateur du coiffeur, elle se massa le bout du nez.

— Ah non, les taches de rousseur sont charmantes. Je vous interdis d'y toucher.

— Vous croyez ? Je pensais que...

— Lâchez le bistouri une fois pour toutes, jeune fille, et laissez les pros penser à votre place lorsqu'il s'agit de votre beauté. Je m'occuperai de votre visage moi-même. Si le résultat ne vous plaît pas, vous ne payez pas. Si vous êtes contente, en revanche, vous m'achetez les produits.

Encore un risque à prendre ? Pourquoi pas puisqu'elle était en période de chance ?

— Ça marche.

— Ah ! Je vois que vous commencez à comprendre.

Il lui fit pencher la tête et recommença à couper.

— Parlez-moi de votre vie sentimentale maintenant.

— Je n'en ai pas.

Charles fit onduler ses épais sourcils noirs, étrangement mobiles.

— Vous en aurez bientôt une. Quand je coiffe une femme, le résultat ne se fait pas attendre.

En milieu d'après-midi, Darcy regagna sa suite, les bras chargés d'achats. Elle flottait toujours sur un petit nuage. Déchargeant ses paquets sur le canapé, elle courut s'examiner dans le miroir. Myra la vendeuse avait dit vrai : Charles était un authentique génie. Sa coiffure avait de l'allure et un brin d'impertinence. Même s'il avait été obligé de lui couper les cheveux très court, la coupe était merveilleusement féminine.

Quant à son visage… C'était incroyable, tout ce que l'on pouvait accomplir avec des tubes, des crayons et des poudres. Aucun maquillage au monde ne pourrait faire d'elle une beauté fatale, bien sûr. Mais de quelconque, elle était quasiment devenue jolie.

— Darcy Wallace, *tu es presque jolie*, s'écria-t-elle en souriant à son reflet… Ah ! J'oubliais les boucles d'oreilles !

Elle se précipitait pour les récupérer parmi tous les sacs sur le canapé lorsqu'elle vit que son répondeur clignotait. Stoppée net dans son élan, elle contempla la petite lumière menaçante. Qui avait bien pu l'appeler alors que personne ne savait où elle était ? Les journalistes, déjà ?

Pressant nerveusement les mains l'une contre l'autre, elle secoua la tête. Non. Pas encore. Mac s'était engagé à ne pas communiquer son nom. Le cœur battant, elle actionna la touche « Ecoute » et une voix impersonnelle l'informa qu'elle avait deux messages.

— Ici, Deborah Miggets, l'assistante de M. Blade. M. Blade passera vous prendre à 19 h 30 pour vous emmener dîner. Si l'heure ne vous convient pas, n'hésitez pas à rappeler pour modifier le rendez-vous.

— L'heure me convient à merveille, monsieur Blade, murmura Darcy en poussant un soupir de soulagement.

Le second message était d'un certain Caine MacGregor qui se présentait comme étant l'oncle de Mac et qui lui demandait de rappeler lorsqu'elle aurait un moment de libre.

Darcy hésita un instant sur la conduite à tenir. Caine MacGregor était sans doute l'avocat dont Mac lui avait parlé. Un homme qui lui parlerait formalités, démarches et papiers à signer. Darcy fit la moue. Elle n'était pas pressée d'aborder sa nouvelle vie sous un angle pratique. C'était tellement plus romantique de rester dans l'illusion du miracle.

Mais elle savait qu'une personne bien élevée ne laissait jamais un appel sans réponse. Laissant son sens du devoir prendre le dessus, Darcy prit son téléphone et composa le numéro que ce M. MacGregor lui avait laissé.

Lorsque Darcy ouvrit la porte de sa suite et qu'elle trouva Mac Blade tenant une rose blanche à la main, elle dut se rendre à l'évidence : sa terne petite vie provinciale s'était muée du jour au lendemain en une succession ininterrompue de miracles. Mac aurait pu sortir tout droit d'une des histoires qu'elle griffonnait depuis des années dans ses carnets. Il était grand, distingué, d'une beauté saisissante et juste assez redoutable pour ajouter malgré tout à leur rencontre une touche de suspense et de danger. Et pour couronner le tout, il était issu d'une des familles les plus célèbres d'Amérique.

Encore sous le coup de la nouvelle qui l'agitait depuis qu'elle avait passé son coup de fil à Boston, elle porta les deux mains à sa poitrine.

— Caine MacGregor est votre oncle !

Mac hocha la tête.

— En effet.

— Et il était ministre de la Justice !

Mac lui prit la main et y plaça la rose.

— C'est juste.

— Alan MacGregor a été président !

Il sourit.

— Aussi étrange que cela puisse paraître, je l'avais déjà entendu dire. Vous ne voulez vraiment pas me laisser entrer ?

— Si, si, bien sûr… Mais votre oncle était *président* des Etats-Unis, articula-t-elle lentement, comme si elle craignait de ne pas avoir été comprise. Pendant *huit* ans.

— Bravo ! Vous avez brillamment réussi votre contrôle d'histoire.

Mac pénétra dans la suite, referma la porte derrière lui et examina Darcy de la tête aux pieds.

— Mais vous êtes merveilleuse !

— Euh… vous trouvez ?

Distraite de ses considérations par le regard réjoui dont Mac l'enveloppait, elle jeta un œil sur sa tenue.

— Je n'aurais jamais choisi seule un modèle pareil, commenta-t-elle, sourcils froncés, en examinant sa robe courte couleur cuivre. Mais Myra, de la boutique en bas, m'a assuré qu'elle était faite pour moi.

— Myra a un goût très sûr.

« Et elle mérite une augmentation », ajouta Mac en son for intérieur.

— Elle a été adorable avec moi.

— Tournez-vous.

Avec un léger rire, Darcy pivota sur elle-même, révélant une paire de jambes étonnamment parfaites.

— Je ne les vois pas, dit-il.

— Pardon ? s'inquiéta Darcy en cherchant si elle n'avait pas par hasard oublié d'enlever une étiquette. Qu'est-ce que vous ne voyez pas ?

— Les ailes. Je m'attendais à voir des petites ailes de fée dans votre dos.

— Après les expériences que je viens de vivre, je crois que je n'aurais pas été surprise d'en sentir pousser ! s'esclaffa-t-elle gaiement.

— Et si nous prenions un verre ici en attendant l'heure du dîner ? Vous me raconterez comment s'est passée votre première journée de millionnaire.

Il se dirigea vers le réfrigérateur pour en sortir une bouteille de champagne. Enchantée à la perspective de passer la soirée avec la miraculeuse incarnation d'un personnage de roman, Darcy le suivit des yeux. Elle adorait le regarder. Sa façon de se mouvoir était totalement fascinante. Il avait cette grâce animale dont elle avait déjà lu des descriptions dans les livres. Tout y était : la souplesse, l'assurance, le soupçon de menace dans l'allure et le regard.

Darcy laissa échapper un petit soupir comblé. Elle ne se lasserait jamais de le contempler.

— C'est Charles qui m'a coupé les cheveux.

— Charles ?

— Dans votre salon de coiffure.

— Ah, le fameux Charles, commenta Mac en prenant deux flûtes sur une étagère. Les clientes tremblent devant lui mais y retournent toujours.

— J'ai vraiment cru qu'il allait me jeter dehors lorsqu'il a vu que j'avais coupé mes cheveux moi-même, admit-elle en tirant sur une courte mèche couleur caramel. Mais il a fini par prendre pitié de moi et il a accepté de réparer les dégâts. Charles a des opinions très tranchées.

Mac plissa les yeux pour examiner sa coupe.

— Dans votre cas, je crois que Charles a su voir les petites ailes.

Les yeux brillant d'humour, Darcy accepta la flûte qu'il lui tendait.

— Ailée ou pas ailée, je suis interdite de ciseaux désormais. Et s'il me surprend encore une fois à me ronger les ongles, je serai punie. Je n'ai même pas osé l'interroger sur la nature du châtiment qu'il me réservait… Oh, mais cette boisson est une merveille, murmura-t-elle lorsqu'elle eut savouré une première gorgée.

Les yeux clos, elle porta de nouveau le verre à ses lèvres.

— Une fois que l'on a connu cela, comment peut-on boire autre chose ?

Un plaisir si impunément sensuel illuminait ses traits que Mac sentit le sang s'accélérer dans ses veines. « Attention,

Mac. C'est une petite fille perdue dans la forêt », songea-t-il éprouvant le besoin de se rappeler à l'ordre.

— Et qu'avez-vous fait aujourd'hui, à part subir les foudres de Charles ? s'enquit-il après avoir pris la précaution de placer le bar entre elle et lui.

— En fait, j'ai passé l'essentiel de mon temps dans le salon de coiffure. La liste des soins auxquels Charles estimait nécessaire de me soumettre n'a pas cessé de s'allonger. Sheila s'est occupée de mes mains et de mes pieds. J'ai failli m'endormir tellement c'était délicieux. Et touchez comme j'ai la peau douce maintenant !

Il prit la main qu'elle lui tendait en toute innocence. Elle était fine, étroite, délicate, aussi fragile que des doigts d'enfant.

— C'est très agréable, en effet, commenta-t-il en résistant à la tentation de la porter à ses lèvres.

— Vous avez senti ? C'est extraordinaire, non ? Et ce n'est pas fini. Les pieds et les mains, ce n'est pas tout, d'après Charles. Il m'a fait prendre rendez-vous chez Alice pour que j'essaye la balnéothérapie. Absolument indispensable, m'a-t-il dit. Mais avant d'aller me faire envelopper d'algues et de boue, je devrai me lever tôt pour faire une heure de stretching et de cardio-training au club de remise en forme. Il pense que j'ai beaucoup négligé ma forme jusqu'à présent. Charles a des principes très stricts... Je peux avoir encore un peu de champagne ?

— Bien sûr.

Partagé entre l'amusement et le désir frustré, Mac la resservit.

— Votre hôtel ici, c'est le paradis. Rien ne manque. J'ai l'impression d'avoir atterri dans un château enchanté.

De nouveau, elle but en fermant les yeux, le visage illuminé de plaisir.

— Quand j'étais petite, je rêvais d'être une princesse — comme toutes les petites filles, je suppose. Et le prince était obligé de tuer le dragon pour venir me délivrer. Cela dit, j'en étais malade pour le dragon. Mais une fois que le prince réveillait la princesse, le château s'animait et tout le monde se mettait à boire et à danser, et il y avait des fleurs et des miroirs partout. Un peu comme ici, quoi.

Darcy s'interrompit et plaqua la main sur sa bouche.

— Je cause, je cause… je crois que le champagne me monte à la tête. Ce n'est pas de contes de fées que je voulais vous parler. Votre oncle…

— Nous poursuivrons cette discussion pendant le dîner.

Détachant ses doigts de la flûte, il la posa sur le bar. Puis il repéra son sac sur une console et le lui plaça d'autorité entre les mains.

Elle lui jeta un regard interrogateur lorsqu'il l'entraîna vers l'ascenseur.

— Je pourrais avoir encore un peu de champagne pendant le dîner ?

Mac ne put s'empêcher de rire.

— Vous savez quoi, jeune fille ? Vous pouvez avoir tout ce que vous voulez.

— Tout ce que je veux… oh, mon Dieu.

Avec un soupir presque extatique, elle se renversa contre la cloison de verre fumé de la cabine. L'ascenseur s'éleva vers le restaurant panoramique situé au dernier étage. Dans l'espace clos, Mac respira son odeur. Elle avait acheté de l'eau de toilette — des notes subtiles de bois de rose et de fruits séchés. Des fragrances légères qui émanaient d'elle comme une invite subtile à cueillir un fruit défendu.

Par mesure de sécurité, il fourra les mains dans ses poches et veilla à les y laisser.

— Et vous avez essayé le casino ?

— Non, pas encore. J'ai fait un petit tour mais je n'ai pas osé m'y mettre.

— Vous auriez tort d'être inquiète. Vos débuts au jeu ont été plutôt convaincants.

Elle lui adressa un sourire rayonnant.

— Il est vrai que j'aurais difficilement pu commencer de façon plus spectaculaire.

Ils passèrent sous une voûte de palmiers, traversèrent une sorte de salon extérieur, puis pénétrèrent dans une salle de restaurant magnifique, entièrement éclairée à la bougie. Les couverts en argent étincelaient sur le blanc des nappes damassées. Le maître d'hôtel qui vint s'incliner devant eux était petit, tout rond et rappela à Darcy un personnage d'*Alice au pays des merveilles*.

Elle songea rêveusement qu'elle était prête à suivre le lapin blanc d'Alice loin, toujours plus loin, dans cet invraisemblable univers enchanté.

— Steven, voici une jeune femme qui est grand amateur de bon champagne.

— Mais certainement, monsieur. Je vous fais apporter tout de suite notre meilleure bouteille.

— C'est un monde merveilleux, murmura Darcy pensivement en suivant le maître d'hôtel des yeux. Ça doit être très excitant de vivre ici en permanence. Vous ne vous en lassez pas ?

— Jamais, non. Je suis né avec une paire de dés dans une main et un paquet de cartes dans l'autre. Mon père et ma mère se sont rencontrés autour d'une table de black-jack, à bord d'un paquebot de croisière. Ma mère distribuait les cartes ; mon père s'est assis en face d'elle, ils se sont regardés et ça a été l'électrochoc.

Darcy soupira en se représentant la scène.

— J'imagine que la nuit était douce et que votre mère était très belle.

— Elle l'est toujours.

— Et lui était brun, ténébreux, un peu redoutable ?

— *Très* redoutable. Mais ma mère n'a jamais eu peur du risque. C'est une joueuse, elle aussi.

— Et ils ont gagné l'un et l'autre… Vous avez une grande famille ?

— Grande et indisciplinée.

— Les enfants uniques sont toujours fascinés par les grandes familles indisciplinées. Je suppose que vous ne vous sentez jamais seul ?

Mac se tut un instant avant de répondre. *Elle* avait été solitaire, en tout cas. Il imagina une petite fille triste, de longs après-midi vides, des rêveries à n'en plus finir.

— Non, la solitude, chez nous, est un concept vide de contenu.

Il s'interrompit lorsque le sommelier s'inclina devant lui pour lui montrer l'étiquette de la bouteille de champagne. Fascinée par le rituel, Darcy suivit chaque étape avec le plus grand intérêt : la serviette blanche élégamment drapée, la gestuelle du sommelier, le pschitt étouffé du bouchon.

— C'est une merveille, commenta-t-elle, lorsque, sur un signe de Mac, elle se vit chargée de la dégustation préliminaire. J'ai l'impression de boire de l'or liquide.

Son observation lui valut un sourire approbateur du

sommelier qui finit de remplir leurs deux verres, puis déposa la bouteille dans un seau à glace en argent.

Mac fit tinter sa coupe contre la sienne.

— Et maintenant parlez-moi de votre conversation avec mon oncle. Vous l'avez eu au téléphone, apparemment ?

Elle hocha la tête.

— Au début, je n'ai pas fait le rapport avec l'ancien ministre de la Justice. Et puis tout à coup, en parlant, je me suis dit : « MacGregor à Boston ! » et j'ai compris que c'était lui. Je me suis mise à bredouiller comme une idiote... Vous vous rendez compte ? J'ai pour avocat un ancien garde des Sceaux. Cela fait un drôle d'effet tout de même. M. MacGregor m'a promis qu'il s'occuperait de tout : les papiers d'identité et tout le bataclan. Il avait l'air de penser que cela irait assez vite.

— Les MacGregor se laissent rarement arrêter par les complications administratives.

— J'ai lu quantité d'articles au sujet de votre famille. Votre grand-père est un véritable personnage de légende.

— Il serait ravi de vous l'entendre dire. C'est une personnalité en tout cas. Je crois qu'il vous plairait.

— Ah vraiment ? Et de quel genre de personnalité s'agit-il ?

Mac réfléchit un instant. Comment décrire Daniel MacGregor ?

— Il est extravagant, outrancier. Grand, massif, sonore. Quand il rit, il fait trembler les vitres. C'est un Ecossais de pure souche qui a bâti son empire en partant de rien. Il fume des cigares en cachette et ma grand-mère fait semblant de ne rien remarquer. C'est un as au poker. Il bluffe comme il respire. Avec ça, il a un cœur d'or et il adore sa famille.

— Vous l'aimez, votre grand-père.

— Beaucoup, oui.

Comme elle semblait avoir un faible pour les belles histoires d'amour, Mac lui raconta comment le jeune Daniel, une fois fortune faite, s'était mis à la recherche d'une épouse docile à Boston. Et comment il avait fixé son choix sur Anna, la plus indocile des femmes.

Darcy resta suspendue à ses lèvres pendant tout le temps de son récit.

— Quelle force intérieure elle devait avoir pour devenir médecin malgré la désapprobation de ses parents ! A cette époque, le chemin était pavé d'obstacles.

— C'est vrai. Ma grand-mère ne dit jamais un mot plus haut que l'autre mais elle a une force de caractère étonnante.

— Et vous avez des frères ? des sœurs ?

— Un frère, deux sœurs, tout un assortiment de cousins, des neveux, des nièces. Lorsque nous nous retrouvons tous, personne ne s'entend plus parler. Tout le monde crie, s'embrasse, s'exclame en même temps.

— Mais vous ne voudriez surtout pas qu'il en aille autrement.

— Non, c'est vrai.

Darcy ouvrit distraitement le menu qu'on venait de lui apporter.

— Je me suis toujours demandé ce que cela faisait d'avoir une grande... Oh ! Ces noms de plat fabuleux ! Comment parvient-on à choisir entre ces merveilles ?

— Ça dépend. Qu'est-ce que vous aimez ?

Elle darda sur lui ses yeux dorés.

— Tout.

— Alors commandez ce qui vous tente.

*
* *

Darcy testa et dégusta tant qu'elle le put. Le foie gras, les délicats légumes cuits al dente, tous les plats aux noms poétiques évoquant des délices inconnus. Incapable de résister à la tentation, Mac piqua un peu de son homard sur sa fourchette et la lui glissa entre les lèvres. Les yeux clos, elle avala et gémit de bonheur.

C'était la première fois qu'il voyait quelqu'un comme Darcy, avec un talent naturel pour le plaisir qu'elle n'avait manifestement encore jamais eu l'occasion de mettre en œuvre. Inutile de préciser qu'elle serait un véritable trésor au lit. Là aussi, de toute évidence, elle prendrait le temps d'apprécier, de goûter, de savourer.

Mac n'avait malheureusement aucun mal à imaginer les petits gémissements et les murmures, les éveils et les caresses.

Elle souleva les paupières, révélant un regard émerveillé.

— C'est un délice. Tout ici n'est que bonheur et volupté.

Une volupté à laquelle Darcy s'abandonnait sans lutter. Mille sensations mêlées se conjuguaient pour couler en elle : les bulles du champagne, les saveurs et les arômes, la flamme vacillante des bougies, le regard de l'homme assis en face d'elle.

Se penchant vers Mac, elle lui confia à voix basse :

— Vous avez un visage extraordinaire. J'adore vous regarder.

De la part de n'importe quelle autre femme, il aurait pris cette déclaration pour une invite. Mais Darcy Wallace était un cas à part.

Elle sourit et secoua la tête.

— Si je vous dis les choses de façon aussi directe,

c'est parce que je me sens à l'aise avec vous. D'habitude, avec les hommes, je suis plutôt tendue et empruntée. Mais avec vous, je sors tout ce qui me passe par la tête.

Mac haussa un sourcil amusé.

— Autrement dit, je ne vous fais aucun effet, c'est ça ? Vous êtes cruelle pour ma vanité de mâle.

Darcy éclata de rire.

— Votre vanité n'a rien à craindre. Vous êtes le genre d'homme qui fait fantasmer toutes les femmes. Mais je ne ressens aucune tension avec vous parce que je sais que je ne vous intéresse pas.

— Et qu'est-ce qui vous fait penser que vous ne m'intéressez pas ?

Louchant sans vergogne sur l'assiette de Mac, Darcy se demanda si elle oserait lui demander une seconde bouchée de son homard.

— Ma qualité de femme, précisa-t-elle distraitement. Les hommes comme vous ne remarquent pas les filles comme moi. Ils s'arrêtent à des physiques beaucoup plus voyants que le mien.

— Ah oui ? Vous avez observé cela ?

— J'aime bien regarder comment les couples se forment, découvrir ce qui fait que les hommes et les femmes s'attirent ou se repoussent mutuellement.

— Vous voyez beaucoup de choses, Darcy Wallace, mais vous n'êtes peut-être pas très attentive à la façon dont les hommes réagissent en votre présence. Vous ne me laissez pas indifférent, contrairement à ce que vous semblez penser. Au contraire, même.

Voyant la surprise se peindre sur ses traits expressifs, il se pencha plus près.

— Vous êtes fraîche comme un bouton de rose. Et

délicieusement jolie, poursuivit-il en cédant à la tentation de lui poser une main dans la nuque.

Le regard troublé de Darcy effleura brièvement sur sa bouche avant de retourner plonger dans le sien. Il entendit son souffle glisser sur ses lèvres et fut tenté de les cueillir entre les siennes. Mais il la sentit trembler sous ses doigts, comme un oiseau prisonnier qui aurait soudain perdu l'usage de ses ailes.

— Vous êtes bien silencieuse, tout à coup. Ça y est ? Vous êtes « empruntée », à présent ?

Incapable d'articuler ne serait-ce qu'une syllabe, Darcy se contenta de hocher nerveusement la tête. Pendant une fraction de seconde, elle avait cru que la bouche de Mac allait se poser sur la sienne. Une bouche ferme, chaude, experte. Sa main qui reposait toujours dans sa nuque faisait naître des picotements et des frissons qui se propageaient jusque dans les régions les plus reculées d'elle-même.

Notant la lueur d'émoi et de panique dans son regard, Mac accentua un instant la pression de sa main dans sa nuque.

— C'est dangereux de mettre un joueur au défi, Darcy, conclut-il sur un ton qu'il espérait fraternel. Un dessert ?

— Euh…

— Vous aimeriez en commander un ?

— Je ne crois pas que je pourrais encore avaler quoi que ce soit, admit-elle faiblement.

Pas avec un estomac noué et des mains soudain tremblantes. Mac eut un sourire distinctement redoutable.

— Vous avez envie de tenter votre chance ?

La voyant déglutir, il précisa charitablement :

— Je pense aux tables de jeu, bien sûr.

***

— A quoi voulez-vous jouer ? demanda-t-elle lorsqu'ils pénétrèrent dans le casino.

— Honneur aux dames. Je vous laisse le choix.

— Eh bien…

Darcy se mordilla la lèvre et s'efforça d'oublier que la main de Mac reposait au creux de son dos. Elle avait beau se répéter qu'un homme comme lui ne pouvait s'intéresser à une fille comme elle, il était difficile de faire abstraction des sensations qu'il suscitait.

— Je crois que je vais essayer le black-jack. Il suffit de savoir compter jusqu'à vingt et un, non ?

— C'est légèrement plus compliqué que cela. Mais allons-y pour le black-jack. Nous allons commencer par un jeu où la valeur du jeton est à cinq dollars. Le temps que vous vous familiarisiez un peu avec les règles.

Mac lui trouva une place à une table où le croupier était connu pour sa patience et sa sympathie envers les novices.

— Combien voulez-vous mettre, pour commencer ?

— Vingt ? Ça ira ?

— Vingt mille, c'est un peu ambitieux, pour une débutante.

Elle demeura un instant bouche bée puis éclata de rire.

— Vingt mille ? Vous êtes fou ! Je pensais à vingt dollars.

Amusé, Mac secoua la tête.

— A ce tarif-là, vous ne risquez pas d'entamer votre fortune. Mais le suspense ne sera pas énorme non plus.

Comme il sortait son portefeuille, elle l'arrêta d'un geste.

— Non, non, c'est inutile. J'ai la somme sur moi.

Comme ça, j'aurai vraiment l'impression de jouer *mon* argent.

— Ce sera votre argent de toute manière. Et je ne risque pas de récupérer grand-chose de mes pertes, si vous vous contentez de mettre vingt dollars en jeu.

— Méfiez-vous. Il se pourrait en plus que je vous dépouille de quelques dollars supplémentaires... Vous gagnez, monsieur ? demanda Darcy à son voisin de tabouret, un petit homme corpulent vêtu d'un veston à gros carreaux noirs et blancs.

Avec un clin d'œil amical, il porta sa bière à ses lèvres.

— Pour l'instant, j'ai cinquante dollars de plus qu'en entrant. Mais il n'est pas dit que ça dure... Ce garçon est impossible à battre, ajouta-t-il en désignant le croupier d'un geste du menton.

L'employé du casino sourit gaiement.

— Et pourtant, vous revenez chaque fois à ma table, monsieur Renoke. Vous devez être sensible à mon charme.

Renoke salua cette boutade d'un grognement et tapota ses cartes.

— Donnez-m'en encore une petite, mon garçon.

Il tapota l'épaule de Darcy.

— On dirait que vous me portez chance.

— Je l'espère bien. J'aimerais jouer aussi.

— Je change vingt dollars, annonça le croupier en prenant son billet.

Darcy empila soigneusement ses quatre jetons devant elle.

— Messieurs, mesdames, vos mises ?

— Posez un jeton là, conseilla Mac.

Les cartes volaient entre les mains du croupier,

tombaient sans bruit sur la feutrine verte. Darcy reçut un six, puis un huit.

— Et maintenant ? Qu'est-ce que je fais ?

— Vous piochez.

Sourcils froncés, elle leva les yeux vers Mac.

— Mais si je tire un huit ou plus, je brûle, non ?

— Vous ignorez la valeur de la carte cachée du croupier. Donc, il faut appliquer la règle des probabilités.

— Mmm... Si vous le dites...

Darcy piocha un dix et fit la moue.

— J'ai perdu.

— C'est vrai. Mais vous avez perdu correctement, précisa le croupier en souriant. En respectant la règle élémentaire.

Elle continua à perdre correctement deux fois de plus, puis, le visage tendu par la concentration, plaça son dernier jeton et fit black-jack.

— Super ! Et je n'ai même pas eu à réfléchir pour y arriver ! Je crois que je vais essayer de jouer un petit peu au feeling pour voir... Juste pour essayer, précisa-t-elle en tournant un regard d'excuse vers Mac.

— C'est votre argent et c'est votre partie. Vous êtes libre.

Non sans surprise, Mac la vit procéder en dépit de toute logique, accumuler une dizaine de jetons, en reperdre sept, puis recommencer, peu à peu, à élever la pile. Tout en jouant, elle bavardait avec Renoke et gagnait plus souvent qu'à son tour.

Elle avait déjà multiplié par dix sa misérable mise initiale de vingt dollars ! Cette fille était positivement incroyable. Du coin de l'œil, Mac vit soudain l'attitude crispée d'un croupier à une table proche. Signe que son employé devait être confronté à un client difficile.

— Je reviens, murmura-t-il en posant un instant la main sur l'épaule de Darcy.

Il ne lui fallut pas longtemps pour repérer l'origine du problème. L'homme assis face à la première case n'avait plus devant lui que trois jetons d'une valeur de cent dollars. Agé d'une quarantaine d'années, le joueur malchanceux avait manifestement trop bu et se montrait mauvais perdant.

— Je vais vous dire une chose, mon gars : si vous n'êtes pas capable de faire votre boulot honnêtement, vous n'avez pas votre place dans ce métier.

Comme il s'en prenait violemment au croupier, les autres joueurs quittaient la table un à un pour aller chercher leur bonheur dans des sphères moins agitées.

— Bon sang, mais vous trichez comme vous respirez, dans ce casino ! La petite garce qui était là avant vous ne valait pas mieux que vous. Je veux qu'on fasse quelque chose, tonna l'homme en tapant bruyamment du poing sur la table.

— Oui ? Vous avez un problème, monsieur ? demanda Mac d'une voix dangereusement calme.

— Vous, fichez-moi la paix. Et mêlez-vous de vos affaires.

— Ce sont mes affaires, justement. Je me présente : Mac Blade. Et ce casino m'appartient.

— Ah ouais ?

L'homme leva son verre et le vida d'un trait.

— Eh bien, je ne vous félicite pas pour vos méthodes, Blade : votre casino, c'est arnaque et compagnie. Vos croupiers croient qu'ils peuvent plumer la clientèle mais j'ai repéré leur tactique. Je me suis déjà fait saigner de trois mille dollars. Et je n'aime pas me faire avoir.

Deux agents de sécurité se précipitaient déjà vers la table. Mac leur fit signe de rester à distance.

— Si vous souhaitez déposer une réclamation, monsieur, je vous prie de me suivre dans mon bureau, déclara-t-il avec une courtoisie glaciale.

— Je ne mettrai pas les pieds dans votre bureau pourri ! hurla l'homme en renversant son verre d'un revers de la main. Ce que je veux, c'est m'éclater un peu.

— Je vous suggère de récupérer votre argent et d'aller vous éclater ailleurs.

— Vous me jetez à la porte ?

L'homme se leva. Debout, il vacillait un peu, mais il était grand, puissant et ses poings étaient crispés par la rage.

— Vous n'avez pas le droit de me mettre dehors.

Mac demeura de marbre.

— Vous croyez ?

L'homme jeta un regard autour de lui, repéra les agents de sécurité tout proches. Jurant avec force, il ramassa ses jetons.

— Tu t'en sors bien, l'Indien. Je n'ai aucune chance contre tes sbires. Mais la prochaine fois, je réfléchirai à deux fois avant d'aller jouer dans un bouge tenu par des saloperies d'indigènes.

Aveuglé par la rage à son tour, Mac saisit l'homme par les pans de sa chemise.

— Ne remettez plus jamais les pieds ici, vous m'entendez ? Si d'aventure je vous revois à l'une de mes tables, vous ne ressortirez pas sur vos deux pieds. Vous êtes prévenu.

Il fit signe à ses gardes d'approcher.

— Escortez ce… gentleman à la caisse. Puis vous le raccompagnerez jusqu'à la porte.

— Tu me payeras ça, sale métis ! hurla l'homme tandis qu'on l'entraînait rapidement hors de la salle.

Les nerfs tendus à se rompre, Mac se retourna en sursaut lorsqu'une petite main vint se poser sur son bras.

D'instinct, Darcy se rejeta en arrière, terrifiée par le regard qu'il darda sur elle.

— Je ne comprends pas qu'il ait pu vous dire des choses pareilles. Quel individu sordide !

— Ne croyez surtout pas qu'il appartienne à une espèce rare. Il est même d'un type assez commun.

Darcy frissonna. Il y avait un tel potentiel de destruction dans le regard de Mac qu'elle serait tombée foudroyée sur place s'il avait tourné sa violence contre elle.

— Personne ne devrait se comporter comme il l'a fait, murmura-t-elle en se penchant pour ramasser les débris du verre que l'homme avait jeté par terre.

Mac lui prit la main et la releva de force.

— Que faites-vous, bon sang ?

— Je voulais juste nettoyer un peu le…

— Stop. Arrêtez ça immédiatement. D'ailleurs, je ne veux plus vous voir. Vous n'avez pas votre place dans un endroit comme celui-ci.

Il la traîna d'autorité vers la sortie.

— Ne vous méprenez pas, Darcy : il n'y a pas de nobles princes dans les salles de jeu. Et encore moins de gentilles princesses. Nous ne sommes pas dans un château enchanté. Ça grouille d'ordures comme celle-ci dans le coin.

— Oui, mais…

Il marchait si vite en direction de la partie hôtel du bâtiment qu'elle devait presque courir pour se maintenir à sa hauteur.

— Votre place est à Trader's Corner, entre deux rayons de livres, à la bibliothèque municipale.

— Ah non ! Sûrement pas ! Il est hors de question que je retourne dans le Kansas.

Il la tira dans l'ascenseur.

— Mais ouvrez les yeux, Darcy, bon sang ! Ils ne feront qu'une bouchée d'une fille comme vous. J'ai bien failli vous gober moi-même. C'est vous dire.

— *Vous ?* se récria-t-elle. Je ne comprends rien à ce que vous me racontez.

— Justement ! C'est bien là le problème. J'aime autant que vous continuiez à ne rien comprendre.

Furieux, frustré et dégoûté de lui-même, il contempla les grands yeux ambre écarquillés, la lèvre inférieure si délicieusement charnue qui commençait à trembler.

— Je dois descendre pour finir de régler l'incident. Vous, vous ne bougez plus d'ici, vous m'entendez ? C'est un ordre.

— Mais…

— J'ai dit : restez ici, articula-t-il lentement en la poussant hors de l'ascenseur.

Il fallait qu'il l'éloigne de lui. Et rapidement, de préférence. Avant qu'il ne commette une erreur stupide. Comme souder sa bouche à la sienne, par exemple.

— Vous me causez du souci, Darcy Wallace du Kansas, murmura-t-il comme elle rivait sur lui un regard effaré.

Ils continuèrent à se fixer en silence jusqu'à ce que les portes de l'ascenseur se referment.

Chapitre 4

Le lendemain matin, Darcy se rendit bravement au centre de balnéothérapie à l'heure fixée pour son rendez-vous. Mais seulement parce qu'elle aurait jugé impoli d'annuler. La jolie bulle de bonheur irisée avait fini par éclater et le cœur n'y était plus. Même les bains aux algues, le massage aux huiles parfumées et le masque de beauté ne parvinrent pas à la distraire de sa tristesse.

Mac ne voulait plus d'elle au Comanche et elle n'avait nul autre endroit où aller.

Le fait qu'elle avait désormais les moyens de prendre un billet d'avion pour la Grèce, l'Egypte, les Andes ou Honolulu ne changeait rien au fond du problème. C'était ici, à Vegas, qu'elle avait envie de rester. Elle voulait cette ville un peu folle, ces lumières, le bruit des machines à sous, les foules et l'ambiance louche.

Elle voulait jouer au casino, s'enivrer au champagne et se racheter des boucles d'oreilles. Elle voulait quelques jours encore d'une vie où des hommes au visage magnifique qui aurait pu être sculpté dans le cuivre s'occupaient d'elle comme si elle était digne de leur intérêt.

Et plus que tout, elle voulait la compagnie magique de Mac avant que son carrosse ne se retransforme en citrouille et ses robes du soir en oripeaux.

Mac n'était pas seulement fascinant à regarder. Il

était également beau de l'intérieur. Et il avait une façon de poser ses extraordinaires yeux bleus sur elle qui lui donnait envie de chanter, de danser et de rire aux éclats. Il était attentif et savait écouter. Etrangement, elle ne se sentait ni ridicule ni maladroite lorsqu'elle se trouvait en sa compagnie.

Mais Mac était un homme occupé et elle avait abusé de son temps et de sa patience. Au fond, elle n'avait jamais été douée que pour une chose : se tenir en retrait et observer. Elle était faite pour se fondre dans le décor, pas pour parader sous les projecteurs. En se montrant en pleine lumière, elle avait eu tôt fait de lasser un homme habitué à des fréquentations plus brillantes.

Et tous ces dollars tombés du ciel ne changeaient rien à sa personnalité profonde. Les jolies robes, le maquillage, la coupe impertinente ne la transformaient qu'en surface. Sous les dehors plus sophistiqués, elle restait telle qu'en elle-même : quelconque, naïve et sans grâce particulière.

— Vous allez adorer ce soin, Darcy.

Chassant au loin ses pensées sombres, Darcy se concentra sur la masseuse. Elle avait déjà oublié son prénom, ce qu'elle jugea particulièrement discourtois de sa part. Allongée à plat dos sur la table de massage, elle fixa la petite plaque épinglée sur la poitrine de la jeune femme.

— Vous croyez, Angie ?

— Faites-moi confiance.

Au grand désarroi de Darcy, la dénommée Angie entreprit d'enduire ses seins de boue tiède.

— Oh !

— C'est trop chaud ?

— Non, non… ça va.

S'efforçant vainement de ne pas rougir, elle demanda faiblement :

— Et pourquoi faites-vous cela ?

— Cela vous donnera une peau irrésistible.

— Mais personne ne la verra, ma peau, à cet endroit-là ! protesta-t-elle, étonnée.

Angie se mit à rire.

— Hé, ne vous découragez pas si vite. Vous êtes à Vegas, ici. La ville de toutes les chances.

— Vous avez peut-être raison.

Renonçant à essayer de la contredire, Darcy ferma les yeux et se laissa badigeonner docilement.

Sa peau irrésistible et elle venaient juste de regagner sa suite lorsqu'on sonna à la porte. Sa langue se colla à son palais et refusa d'en bouger lorsqu'elle vit son visiteur.

— Vous avez une seconde ? demanda Mac en entrant. Je n'ai pas beaucoup de temps, mais je voulais vous avertir que les médias ont le mors aux dents. Pour l'instant, ils jouent à fond sur la piste de la femme inconnue. Ils exploiteront le suspense pendant quelques jours mais ça ne s'arrêtera pas là. Tôt ou tard, ils découvriront où vous vous cachez. Il vaut mieux que vous soyez préparée.

— Je ne retourne pas dans le Kansas, lança-t-elle avec force.

Mac haussa les sourcils.

— C'est votre droit.

— J'ai assez d'argent, avec l'avance que vous m'avez donnée, pour prendre une chambre d'hôtel.

— Vous êtes donc si pressée de vous en aller ?

— Vous m'avez dit que je n'avais rien à faire ici.

— Je ne me souviens pas d'avoir affirmé une chose pareille.

Il n'avait pas oublié son accès de colère de la veille, en revanche. Et il n'excluait pas qu'il ait pu manquer de délicatesse dans ses propos.

Il se passa la main dans les cheveux.

— Loin de moi l'idée de vous mettre à la porte. Ecoutez, Darcy, je…

— Je sais. Je vous accapare alors que vous avez cette immense structure à gérer. Vous vous sentez responsable de moi, mais rien ne vous oblige à me materner. Je peux survivre sans être tout le temps dans vos jambes. Je suis très bien dans cette suite, pour écrire. C'est ce que j'ai fait hier soir après que…

Mac leva la main pour arrêter le flot de paroles.

— Je suis désolé pour mon accès d'humeur. Cet imbécile m'a exaspéré et j'ai sans doute eu des paroles malheureuses. Mais cet incident m'a permis de réaliser que la vie nocturne à Vegas n'avait rien d'une promenade bucolique dans les vertes plaines du Kansas. Et que vous ne devriez en aucun cas venir seule, de nuit, dans un casino.

— Autrement dit, vous pensez que je suis naïve et stupide, conclut-elle, mortifiée.

— Je ne vous considère absolument pas comme quelqu'un de stupide.

Au grand étonnement de Mac, les yeux dorés jetèrent des éclairs.

— Juste naïve, alors. Et incapable de se débrouiller. Une pauvre gourde sortie de son trou perdu du Midwest.

Mac soupira.

— Ce n'est tout de même pas moi qui suis arrivé ici

à pied, sans argent, sans papiers et sans autre possession que les vêtements que j'avais sur le dos !

— Et alors ? Ça ne m'a pas empêchée de traverser la ville sans encombre, d'entrer ici et de faire fortune.

— Un point pour vous, reconnut Mac.

Mais Darcy était trop remontée pour s'arrêter là.

— Et si vous croyez que c'était la première fois que je voyais un homme soûl, vous vous faites des idées. Nous aussi, nous avons des alcooliques, au Kansas. Je sors de Trader's Corner, pas d'un couvent de bénédictines !

Mac lutta pour ne pas sourire.

— Il y a une nuance, en effet.

— Et vous n'êtes pas obligé de vous occuper de moi comme si j'étais un chiot maladroit, toujours prêt à se jeter sous la première voiture venue. Il n'y a aucune raison pour que vous vous fassiez du souci pour moi.

— Je n'ai pas dit que je me faisais du souci pour vous, j'ai dit que vous me causiez du souci.

— C'est pareil !

— C'est tout à fait différent, au contraire.

— Et en quoi, je vous prie ?

Mac prit le temps de scruter ses traits. Elle avait les joues en feu et le regard étincelant. Mais il discerna la fierté blessée sous le masque de colère. Et il était seul responsable de l'humiliation qu'elle ressentait.

Il soupira.

— Vous ne me laissez décidément pas le choix. Si vous me causez du souci, c'est parce que…

Glissant les bras autour de sa taille, il attendit que les lèvres de Darcy s'entrouvrent sous l'effet de la surprise avant de les couvrir des siennes.

Le monde bascula. Darcy voulut rassembler ses pensées

mais ce fut peine perdue. Elles s'étaient éparpillées dans le plus parfait désordre et pas moyen de les agencer de nouveau les unes par rapport aux autres. La bouche de Mac était telle qu'elle se l'était représentée : brûlante, ferme et experte. Mais ses lèvres avaient cessé d'être une félicité imaginée pour devenir une réalité concrète. Darcy se sentit irrépressiblement entraînée dans un espace inconnu où tout était éclat et vibration. Les couleurs se firent plus intenses, puis s'estompèrent pour se mélanger et se confondre inexorablement.

La langue de Mac vint chercher la sienne, taquinant, lançant son invite. Le baiser était si doux, si fluide qu'elle ne put que se laisser emporter dans le vide, glissant sans force vers le fond liquide de l'oubli.

Mac resserra la pression de ses bras autour de sa taille. Comme une noyée, Darcy se raccrochait à ses épaules. Sous son veston, il sentait ses ongles courts s'enfoncer dans sa chair. Alors même que sa bouche s'ouvrait, que son corps se donnait, il sentait son anxiété, sa panique. De petits gémissements étonnés ponctuaient le parcours d'une défaite, signaient son impuissance à lui résister.

Cette capitulation effarée exacerbait son désir, le poussant à prolonger son baiser bien au-delà de ce qu'il avait escompté. Et pourquoi d'ailleurs ne pas aller jusqu'au bout de ce qu'ils avaient entrepris ? Rien ne l'empêchait de la prendre là, dans sa suite. Elle était excitée, consentante. Et même si elle était encore innocente, elle n'en avait pas moins passé l'âge de la majorité. Or il y avait longtemps qu'il n'avait pas désiré une fille avec cette intensité presque douloureuse.

Darcy garda les yeux clos lorsqu'il l'écarta de lui. Il vit la pointe délicate de sa langue effleurer ses lèvres gonflées.

Puis elle les frotta doucement l'une contre l'autre, avec la même délectation gourmande que lorsqu'elle avait goûté sa première gorgée de champagne.

Soulevant les paupières, elle révéla un regard flou, rêveur, à l'éclat voilé. Deux cônes rosés s'étaient dessinés sur ses joues pâles. Un frisson parcourut ses épaules fragiles.

Mac enfonça les poings dans ses poches. Non seulement il avait envie de la prendre, mais il l'aurait volontiers avalée toute crue. Il aurait voulu l'absorber tout entière en lui, jusqu'à ne plus garder que les gémissements, les soupirs et l'extase.

— Pourquoi… pourquoi avez-vous fait cela ? s'enquit-elle dans un souffle.

« Sois prudent avec elle, Mac », se dit-il.

— Parce que j'en avais envie. Cela vous ennuie ?

Elle le fixa longuement.

— Non, répondit-elle avec une gravité charmante. Non, je ne crois pas.

— Tant mieux. Car je n'ai pas terminé.

— Aaah, soupira-t-elle, visiblement ravie.

Il la ramena contre lui. De nouveau, leurs corps se trouvèrent, s'ajustèrent.

— Eh bien… prenez votre temps, chuchota-t-elle en fermant les yeux.

Son évidente innocence avait quelque chose de follement excitant. Non, elle n'était plus une enfant. Mais elle était seule, fragile. Et à sa merci. Et il n'avait pas le droit de tirer avantage de la belle image de « sauveur » qu'elle avait plaquée sur lui.

Luttant pour se ressaisir, il appuya son front contre le sien.

— Darcy, vous êtes une fille dangereuse.

Elle ouvrit de grands yeux effarés.

— Moi ?

La stupéfaction dans sa voix ne contribua en rien à alléger la tension qui nouait le ventre de Mac, lui électrisait dangereusement les reins. Il jugea que c'était mauvais signe. Avoir envie de faire l'amour était une chose. Désirer — immodérément — une fille en particulier faisait partie de ces cas de figure épineux auxquels il se débrouillait pour échapper d'ordinaire.

— Mortellement dangereuse, même, murmura-t-il avant de reculer d'un pas.

Incapable de rompre entièrement le contact, il garda les mains posées sur ses épaules. Le visage de Darcy était toujours levé vers le sien. Son regard restait troublé, ses lèvres à peine entrouvertes, comme humides de rosée, n'attendaient qu'une chose : qu'il se penche pour y cueillir un second baiser.

Il se sentait comme un chat à qui on aurait placé un pot de crème sous le nez.

— Vous avez déjà eu un amant ?

Darcy baissa les yeux et fixa les boutons de la chemise de Mac. Elle avait aimé sentir la chaleur de sa peau sous ses paumes. Et il lui tardait d'explorer de nouveau la gamme de sensations neuves dont il venait de lui donner un échantillon. Pourquoi lui posait-il tant de questions au lieu de l'embrasser sans plus de formalités ?

— Un amant ? Pas exactement, non, marmonna-t-elle.

Mac haussa les sourcils.

— Ce n'est pas une réponse, ça, Darcy. La sexualité offre certes des variations infinies. Mais entre avoir et ne pas avoir eu un amant, il n'existe guère de situations intermédiaires.

Il semblait avoir renoncé à l'embrasser une seconde fois. Pourquoi l'avait-il sollicitée pour la repousser ensuite ? Frustrée — et vaguement vexée —, elle fronça les sourcils.

— J'ai des notions en matière de sexualité, lui assura-t-elle crânement.

Mac secoua la tête. Il soupçonnait les « notions » de Darcy d'être de nature purement livresque. Elle n'avait pas la moindre idée de ce qu'il avait envie de lui faire. Sinon, elle aurait pris la fuite aussi vite que le lui permettaient ses jolies petites jambes de fée.

— Mais vous ne savez pas qui je suis, Darcy. Et vous ignorez tout du monde dans lequel je vis. Avec ses règles et ses pièges.

— L'ignorance n'a rien d'irrémédiable. Et j'ai envie de tout apprendre.

— Croyez-moi, Darcy : il est des choses auxquelles il vaut mieux renoncer de s'initier.

Il lui lâcha les épaules lorsque le téléphone sonna.

— Je vous laisse répondre.

Elle décrocha avec impatience.

— Allô, oui ?

— Tiens, tiens ! Et à qui donc ai-je affaire ?

La voix à l'accent écossais était si impérieuse qu'elle déclina aussitôt son identité.

— Darcy Wallace, monsieur.

— Wallace ! Je ne connais guère de nom plus honorable. Vous ne seriez pas, par hasard, une descendante de William Wallace, le grand héros écossais ?

Sidérée, elle se passa la main dans les cheveux.

— C'est effectivement un lointain ancêtre du côté de mon père, mais…

— C'est une belle ascendance que vous avez là, mon

petit. Vous pouvez être fière du sang qui coule dans vos veines. Etes-vous une femme mariée, Darcy ?

— Non, je suis célibataire. En fait, je…

Sourcils froncés, Darcy s'interrompit net.

— Excusez-moi, mais vous êtes… ?

— Daniel MacGregor. Et ravi de faire votre connaissance, Darcy Wallace.

Il lui fallut quelques secondes pour retrouver sa voix.

— Enchantée, monsieur MacGregor.

— L'enchantement est réciproque. Mais dites-moi, il paraît que mon petit-fils est en visite chez vous ?

Darcy s'humecta nerveusement les lèvres en songeant au baiser qu'ils venaient d'échanger.

— Euh, oui… il est ici. Vous souhaitez lui parler ?

— Volontiers, oui. Vous avez une jolie voix toute fraîche. Quel âge avez-vous donc ?

— Vingt-trois ans.

— Vingt-trois ans ! A la bonne heure. Et je parie que vous jouissez d'une santé robuste ?

Totalement déconcertée, Darcy jeta un regard interrogateur à Mac.

— Euh, oui, je suis en bonne santé, dans l'ensemble.

Mac jura tout bas et lui prit d'autorité le combiné des mains.

— Tu veux que je vérifie l'état de sa dentition pour toi, grand-père ?

— Ah, te voilà, toi ! s'exclama Daniel sans l'ombre d'un remords dans la voix. Ta secrétaire a bien voulu transférer l'appel. Naturellement, si tu appelais un peu plus souvent ta grand-mère, je ne serais pas obligé de te courir après d'un bout à l'autre de ton casino. Mon Anna se sent négligée par l'aîné de ses petits-enfants.

Mac soupira. S'abriter derrière son épouse pour réclamer sa famille à cor et à cri faisait partie des ruses traditionnelles de Daniel.

— Je vous ai eus longuement au téléphone, pas plus tard que la semaine dernière.

— A nos âges, Mac, une semaine, c'est long comme une vie entière.

— Despote, va ! Vous deux, vous ne vieillirez jamais.

— C'est bien notre intention, en effet. Je viens d'apprendre par ta mère — qui prend la peine de nous appeler de temps en temps, *elle* — que tu t'es fait dépouiller de la somme rondelette d'un million huit cent mille dollars et des poussières ?

Du coin de l'œil, Mac vit Darcy, debout devant la fenêtre, contemplant la ville à ses pieds.

— Ça fait partie des aléas du métier. L'argent est fait pour circuler, non ?

— A qui le dis-tu ! Et la fille à qui je viens de parler est celle qui a raflé la mise ?

— Oui.

— Ma foi, c'est une Wallace. Jolie voix limpide. Bien élevée. Et physiquement, comment est-elle ?

Mac sourit en posant une fesse sur l'angle du bureau. Il connaissait les obsessions matrimoniales de son grand-père.

— Pas mal si on fait abstraction de la bosse et du strabisme.

Tout en écoutant vibrer le grand rire sonore de Daniel, il ouvrit distraitement le cahier d'écolière posé devant lui.

— Donc elle est jolie. Tu as des vues sur elle, je parie ?

Tournant les yeux vers Darcy, Mac vit ses cheveux courts

auréolés de lumière. Elle avait les mains croisées devant elle et paraissait aussi délicate qu'une fleur du désert.

— Non, répondit-il d'un ton ferme et définitif. Pas du tout.

— Et pourquoi donc ? Tu as l'intention de rester seul toute ta vie ? Un homme de ton âge a besoin d'une compagne stable. Et d'une famille.

Laissant Daniel disserter sur le devoir, la responsabilité et la nécessité de transmettre le nom que son père lui avait donné, Mac lut une page du cahier de Darcy. Il était question d'une femme assise seule dans le noir, contemplant les lumières de la ville scintillant dans la nuit. Un sentiment déchirant de solitude émanait de ces lignes.

Pensif, il referma le manuscrit et vit Darcy, les yeux perdus dans le vide. Il profita d'une pause dans le discours de Daniel pour rétorquer calmement :

— Tout cela est bien beau, mais n'oublie pas que je vis à Vegas, grand-père. Et je n'ai pas encore fait le tour de toutes les danseuses de music-hall de la ville.

Un silence interloqué s'installa à l'autre bout du fil. Puis Daniel éclata de rire.

— Toi, tu as toujours eu le sens de la repartie. Tu sais que tu me manques, Robbie ?

Daniel était le seul à l'appeler parfois par le diminutif qu'on lui donnait enfant.

— Toi aussi, tu me manques. Et le reste de la famille aussi, d'ailleurs.

— Alors arrache-toi des bras de tes danseuses de french cancan pour quelques jours et viens rendre visite à ta pauvre vieille mamie.

De toute évidence, Anna MacGregor devait se trouver

hors de portée de voix. Mac sourit en songeant au châtiment qui attendait Daniel si son épouse l'entendait utiliser les trois termes infamants de « mamie », « pauvre » et « vieille » pour la désigner.

— Commence déjà par embrasser ma *pauvre vieille mamie*, comme tu dis, de ma part.

— Je le lui transmettrai. Mais je te signale qu'elle préfère recevoir les marques d'affection de son petit-fils autrement que par téléphone. Et maintenant, repasse-moi la jolie demoiselle Wallace, s'il te plaît. Je bavarderais bien encore un petit moment avec elle.

— Non.

— Aucun respect, ces jeunes, bougonna Daniel. J'aurais dû te dresser au martinet quand tu étais petit.

— Il est trop tard pour rattraper le temps perdu, maintenant. Sois sage, O.K. ? Et à bientôt. Je te rappelle.

— Je compte sur toi.

Mac reposa le combiné et se tourna vers Darcy.

— Désolé pour l'interrogatoire que Daniel vous a fait subir. C'est une de ses mauvaises habitudes.

Toujours debout devant la fenêtre, elle continuait à lui tourner le dos.

— Aucune importance. C'est un homme impressionnant, votre grand-père.

— L'écorce est dure mais le cœur est tendre.

— Mmm…

Darcy luttait contre les larmes. Elle savait à quel point il était impoli d'écouter les conversations téléphoniques d'autrui. Mais comment aurait-elle pu éviter d'entendre ce que disait Mac ? Et ses paroles l'avaient tirée de son état de confusion pour la remettre brutalement dans la réalité.

Les danseuses de music-hall. Quoi de plus naturel

pour un homme comme lui d'être attiré par les jambes interminables, les corps proportionnés à la perfection, la beauté exotique des visages ? S'il l'avait embrassée, *elle*, c'était donc par curiosité et non par désir. Ce qui en soi était pardonnable, bien sûr. Mais elle avait beau se raisonner, elle ne pouvait s'empêcher d'éprouver un sourd sentiment de révolte. Elle avait très bien vécu jusqu'ici avec ses sens encore assoupis. Pourquoi était-il venu les réveiller pour la laisser ensuite sur sa faim ?

— Nous avons dévié du but initial de ma visite, reprit Mac après un temps de silence.

Lorsque, enfin, Darcy se tourna vers lui, elle lui parut calme, posée, indifférente. A première vue, du moins. Mais avec Darcy, Mac ne parvenait pas à s'arrêter à des impressions superficielles. Et en scrutant ses traits avec plus d'attention, il vit qu'elle était vexée.

— Et maintenant, vous êtes en colère.

— Non, je suis irritée, pas en colère. Quel était le but… *initial* de votre visite ? s'enquit-elle, non sans une pointe de sarcasme inattendue dans la voix.

Tenté de la reprendre dans ses bras, Mac se leva et enfonça les mains dans ses poches.

— La presse, les médias. Je sais que vous ne souhaitez pas que votre identité soit divulguée. Mais nous recevons un nombre incalculable d'appels. Pour ma part, je garderai le silence, mais je ne peux pas répondre de l'ensemble de mon personnel. Des centaines de personnes travaillent au Comanche et certaines d'entre elles connaissent votre nom. Même si je leur demande la discrétion, il y aura des fuites. C'est inéluctable.

Darcy soupira. Sans doute devrait-elle être reconnaissante à Mac de lui fournir un sujet d'inquiétude susceptible de lui faire oublier que, dix minutes auparavant à peine, ils étaient encore dans les bras l'un de l'autre, bouches et souffles mêlés.

— Je n'ai plus qu'à me faire une raison puisque je n'échapperai pas à la publicité. Vous devez penser que c'est pure lâcheté de ma part de ne pas vouloir révéler à Gerald où je me trouve ?

— Je n'ai pas à porter de jugement.

— Je *suis* lâche, admit-elle d'un air de défi. Je préfère acquiescer que contredire, j'aime mieux fuir que me battre. Mais ma couardise ne m'a pas si mal réussi, après tout. C'est grâce à elle que je suis ici, avec vous et sur le point de devenir riche.

— Il ne peut pas vous faire de mal, Darcy.

— Oh ! si, il peut me faire du mal.

Avec un léger soupir, elle se passa les mains sur le visage.

— Les mots peuvent blesser. Ils font des bleus au cœur et des cicatrices à l'âme. J'aime encore mieux être giflée que lacérée à coups de paroles cruelles... Mais on n'échappe pas à son destin, apparemment. Combien de temps pensez-vous qu'il me reste ?

— Une journée ou deux.

— Alors je vais profiter au mieux du répit dont je dispose. J'imagine que vous avez à faire ? Je ne voudrais pas vous retenir, Mac.

— Vous me jetez à la porte ?

Elle sourit faiblement.

— Je sais que vous êtes un homme occupé. Et je n'ai pas besoin de baby-sitter.

— Très bien.

La gorge serrée, elle regarda Mac s'éloigner d'un pas

indifférent. Il avait déjà la main sur la poignée, lorsqu'il se retourna lentement.

— J'avais envie de vous embrasser encore. Très envie, même. Mais cela n'aurait été raisonnable ni pour vous ni pour moi.

Le cœur de Darcy tressaillit dans sa poitrine.

— Qui vous dit que je ne suis pas fatiguée d'être raisonnable ? Maintenant que j'ai pris goût au jeu, je pourrais être tentée de prendre des risques.

L'éclair qui jaillit dans le regard de Mac la fit frissonner.

— Attention, Darcy du Kansas. Jouer gros n'est pas forcément un bon calcul pour une novice. Première règle à observer pour qui décide de se frotter aux jeux de hasard : ne jamais miser ce qu'on ne peut pas se permettre de perdre.

Lorsqu'il referma doucement la porte derrière lui, elle secoua la tête.

— Et pourquoi faudrait-il nécessairement que je perde, Mac du Nevada ?

Darcy passa une bonne partie de la journée à écrire dans sa suite. Le garagiste qui avait dépanné sa voiture appela pour l'informer que la réparation était terminée et qu'elle pouvait venir récupérer le véhicule. Sur une impulsion, elle lui demanda s'il connaissait quelqu'un qui souhaitait l'acheter. De sa vie passée, elle ne voulait rien garder hormis ses carnets de notes et ses manuscrits.

Lorsque le mécano lui proposa mille dollars, elle accepta sans marchander et se hâta d'aller signer le contrat de vente. En regagnant sa suite, elle trouva un magnifique ordinateur portable posé en évidence sur le bureau. Avec un petit mot précisant que la direction du Comanche le mettait gracieusement à sa disposition pendant la durée de son séjour. Ravie, Darcy le caressa, l'ouvrit, expérimenta quelques fonctions, puis entreprit de retranscrire ses manuscrits.

Elle ne s'arrêta que lorsque ses doigts s'ankylosèrent, que sa vue se brouilla et que son ventre cria famine. Il aurait été tentant de prendre son téléphone et de se faire livrer un plateau repas dans sa suite.

Mais elle avait déjà passé les vingt-trois premières années de sa vie cachée au fond de son trou. N'était-il pas grand temps de changer de politique ?

Darcy prit son sac, appliqua une discrète touche de rouge à lèvres et se dirigea résolument vers la porte. Elle prendrait un repas dans un des restaurants du Comanche et commanderait même un peu de vin.

Puis elle irait faire un malheur au casino.

Lorsque Darcy pénétra dans la salle de jeu, les tables étaient presque toutes occupées et une lourde odeur de tabac et de parfum flottait dans l'air. Elle avait l'intention de prospecter un peu, pour commencer — d'observer les comportements, d'étudier les techniques. Elle aimait l'ambiance qui régnait dans le casino. Le clinquant et le cynisme. L'excitation et le risque.

Déambulant entre les tables, elle vit un homme en bras de chemise avec un fin cigare fiché entre les lèvres perdre cinq mille dollars sans qu'un seul muscle de son visage ne bouge.

Incroyable.

Elle s'intéressa à la roulette, avec sa petite balle en

argent qui bondissait de case en case. Vit des piles de jetons se former puis disparaître. Pair ou impair. Noir ou rouge.

Fascinant.

En arrière-plan s'élevait le vacarme incessant des bandits manchots qui clignaient sans relâche, lançant leur appel. Bien décidée à varier les expériences, Darcy s'intéressa aux méthodes d'une dame d'un âge déjà vénérable, appuyée sur un déambulateur. La femme marmonnait, pestait, parlait sans cesse à la machine. Et finit par pousser un cri de jeune fille lorsque les pièces dégringolèrent.

— Ah, quand même, cinquante dollars, ça commence à ressembler à quelque chose.

— Félicitations, dit Darcy. C'est du poker, n'est-ce pas ?

— Et comment, que c'est du poker ! Ça fait des heures que cette machine ne lâche presque rien. Mais elle commence à chauffer, là… Allez, c'est reparti.

Jugeant que le poker sur machine avait l'air distrayant, Darcy décida de s'y atteler à son tour. Elle trouva un appareil inoccupé et s'installa sur un tabouret. Après avoir lu les instructions, elle glissa un billet de vingt dollars dans la fente, appuya sur un bouton et sourit, ravie, lorsqu'elle vit apparaître sa première main.

De son bureau, Mac l'observait sur ses écrans. Avec un sourire indulgent, il secoua la tête. Elle jouait une mise à la fois, comme la débutante qu'elle était. Si elle voulait arriver à quelque chose, elle devait en jouer quatre. Et un dollar pour chaque main.

Il était tristement évident qu'elle n'avait jamais touché un jeu de poker de sa vie. Mais il garderait un œil sur elle. Et ferait en sorte de limiter ses pertes à quelques centaines de dollars.

Mac tourna un bref regard vers la porte lorsqu'il entendit frapper. Et poussa une exclamation de joie en voyant la tête de sa mère se dessiner dans l'embrasure.

— Salut, beau gosse.

— Bonjour, beauté.

Enlaçant la taille de Serena, il déposa un baiser dans ses cheveux blonds.

— Je ne vous attendais pas avant après-demain au plus tôt.

Sa mère prit son visage entre les mains et l'examina avec un sourire rayonnant d'affection.

— Nous avons réussi à boucler tout ce que nous avions encore à régler à Reno. Et il me tardait de revoir mon fils aîné.

— Et papa ? Tu l'as perdu en route ?

— Justin arrive. Il s'est fait alpaguer par deux vieilles clientes dans le hall d'entrée. Je l'ai lâchement abandonné à son triste sort.

Mac éclata de rire et l'embrassa sur la joue. Elle était si belle encore, avec sa peau restée souple, ses incroyables yeux violets et ses traits harmonieux dont la grâce échappait à l'érosion du temps.

— Tant pis pour lui. Viens t'asseoir, je vais te trouver quelque chose à boire.

— Tu as une bouteille de chablis sous la main ? J'ai eu une journée épuisante et je mérite un verre de bon vin.

Serena se laissa tomber dans un fauteuil en cuir et étendit devant elle ses longues jambes gainées de soie.

— J'ai eu Caine au téléphone ce matin. Il m'a dit qu'il s'occupait des formalités administratives pour ta cliente qui a touché le jackpot. Son identité reste toujours secrète, apparemment. J'ai vu au moins cinq articles dans la presse concernant la mystérieuse Mme X. D'aucuns supputent qu'il s'agirait d'une célèbre patronne de maison close. Mais d'après ce que me dit ton père, ce n'est pas tout à fait le profil du personnage ?

Riant doucement, Mac servit à sa mère un verre de son vin préféré.

— Ils ne pourraient pas être plus éloignés de la réalité, en effet.

— Comment est-elle alors ?

Mac désigna l'écran d'un mouvement du menton.

— Tu peux te faire une idée par toi-même… Là, la petite blonde avec le chemisier bleu qui joue à la machine à sous.

Serena fit pivoter son fauteuil et resta quelques instants le regard rivé sur le moniteur. Haussant les sourcils, elle vit Darcy garder une paire de huit et se débarrasser de deux cartes qui auraient pu lui être utiles.

— Elle en est encore au stade des premières découvertes, apparemment ?

— Je ne te le fais pas dire. A mon avis, elle n'a même jamais dû acheter un ticket de loto de sa vie.

Le cœur de joueuse de Serena s'émut lorsqu'elle vit Darcy tirer deux huit supplémentaires.

— La voilà avec un carré ! Elle ne sait pas jouer mais avec une chance comme la sienne, on peut se passer de connaître les règles. Et elle est jolie comme un cœur. C'est vrai qu'elle était complètement fauchée en arrivant ici ?

— On peut difficilement être plus démuni. Elle avait moins de dix dollars en poche. Et rien d'autre. Ni papiers ni vêtements de rechange. Pas même un sac à main.

Serena leva son verre à la santé de Darcy.

— Eh bien, je suis ravie pour elle. Et j'ai hâte de faire sa connaissance… Tiens, regarde, quand je te dis qu'elle est en veine : elle a même trouvé quelqu'un pour l'aider.

— Quoi ?

Alarmé, Mac reporta les yeux sur l'écran et vit un homme encore jeune se percher sur un tabouret à côté du sien. Les intentions du type étaient on ne peut plus claires. Avec le sourire classique du séducteur, il effleura l'épaule de Darcy avec juste ce qu'il fallait de paternalisme protecteur pour donner une impression rassurante. La manœuvre se solda par un succès immédiat : en toute innocence, Darcy leva les yeux vers lui et l'accueillit comme le Messie en personne.

— Bon sang ! Le fils de… !

Mac avait déjà atteint la porte lorsque sa mère se rappela à son souvenir.

— Mac ? Qu'est-ce qui se passe ?

— Désolé. Il faut que j'y aille.

— Mais pourquoi… ?

Comme son fils s'éloignait au pas de course sans répondre, Serena soupira avec philosophie, posa son verre sur la table basse, et le suivit, bien décidée à se faire une idée par elle-même.

Chapitre 5

Les gens étaient si serviables, si amicaux à Vegas ! Darcy sourit au bel homme coiffé d'un Stetson qui venait de s'asseoir à côté d'elle face à la machine. Il s'appelait Jake et venait de Dallas ce qui, avait-il observé, faisait pratiquement d'eux des voisins.

— Je ne suis pas encore très familiarisée avec les jeux de hasard, admit-elle sur le ton de la confidence.

Une lueur amicale dansa dans les yeux bleus de Jake.

— Ça, je l'avais remarqué, ma puce. Comme je vous le disais, il vous faut un maximum de crédit pour chaque main, sinon vos gains seront ridicules.

— D'accord.

Docilement, Darcy appuya sur la touche « mise max », puis examina attentivement sa main.

— J'ai un trois de pique et un trois de carreau. Donc je les garde, c'est ça ?

— C'est une possibilité, bien sûr.

Jake posa sa main sur la sienne avant qu'elle puisse appuyer sur le bouton qui indiquait qu'elle acceptait les cartes proposées.

— Mais ce qui vous intéresse, c'est la quinte flush, nous sommes d'accord ? Avec ça, vous pouvez toucher le jackpot. Regardez, vous avez l'as, la reine et le valet de cœur. Alors que ces deux trois ne vous rapporteront presque rien.

Elle se mordilla la lèvre.

— Je devrais m'en débarrasser alors ?

— Si vous avez envie de jouer pour que ça rapporte, oui… Et telle est bien votre intention, n'est-ce pas ? s'enquit Jake en lui décochant un clin d'œil amical.

— Tout à fait.

Le front barré par un pli de concentration, elle laissa partir les deux trois. Et recueillit un as et un cinq.

— Ah zut. Ce n'étaient pas les cartes qu'il me fallait, murmura-t-elle.

Se souvenant des paroles du croupier à la table de black-jack, elle sourit à Jake.

— Mais j'ai perdu correctement, c'est ça ?

— Vous m'ôtez les mots de la bouche.

Elle était jolie comme un bouton de rose. Et si facile à cueillir que ce serait criminel de passer à côté d'une occasion aussi rêvée. Charmé, Jake se rapprocha.

— Et si je commençais par vous offrir un verre ? Ensuite nous pourrons parler tranquillement poker, tous les deux.

Darcy ouvrait la bouche pour accepter lorsqu'une main impérieuse se posa sur son épaule.

— Cette jeune femme n'est pas seule, dit derrière elle une voix glaciale.

Levant brusquement la tête, elle découvrit avec stupéfaction la mine courroucée de Mac.

— Que faites-vous là ?

De nouveau, il avait cette violence presque meurtrière dans le regard. Et celle-ci était entièrement dirigée contre son nouvel ami de Dallas.

— Je te présente Jake, balbutia-t-elle. Il est de Dallas, pas très loin de chez moi, et il m'expliquait comment jouer au poker.

Mais Mac ne parut même pas l'entendre.

— Darcy est avec moi, O.K. ?

Elle vit Jake hésiter, mesurer Mac du regard, puis se lever comme à contrecœur.

— Désolé, camarade. Mais je pouvais difficilement deviner que je piétinais vos plates-bandes.

Il se leva et sourit à Darcy en portant deux doigts à son chapeau.

— La prochaine fois, n'oubliez pas : visez la quinte flush.

— Je me souviendrai de vos conseils, Jake. Encore merci.

Elle lui tendit la main. A son grand étonnement, elle vit que Jake interrogeait Mac des yeux avant de la lui serrer brièvement.

— Tout le plaisir fut pour moi.

Après un bref et silencieux échange de regards virils entre les deux hommes, Jake partit tenter sa chance ailleurs.

— C'est parce que je m'y prenais de travers pour..., commença Darcy.

Mais Mac ne lui laissa même pas le temps de formuler une explication.

— Je vous avais pourtant bien dit de ne pas descendre ici toute seule le soir !

Le fait qu'il s'exprime à voix basse n'ôtait rien à la violence de ses propos. Au contraire. Tentée de se recroqueviller sur elle-même comme une enfant punie, Darcy se força à rejeter les épaules en arrière.

— C'est ridicule ! Vous ne voulez tout de même pas

que je reste bouclée dans ma chambre jour et nuit ! J'étais seulement…

— Mais vous voyez bien où ça vous mène, bon sang ! Cela ne fait pas dix minutes que vous jouez et déjà ce type se jette sur vous !

— Il ne s'est pas jeté sur moi. Il m'expliquait les règles du poker !

Mac jura avec tant de force que Darcy le foudroya du regard.

— Vous n'êtes pas obligé de me parler sur ce ton.

Il poussa un soupir d'impatience.

— Ce cow-boy ne vous offrait pas un verre par bonté d'âme. Il essayait de lever une femme pour la nuit. Et vu la façon dont vous résistez à l'alcool, il vous aurait embarquée en moins de temps qu'il n'en faut pour le dire.

Darcy découvrit qu'elle tremblait de colère presque autant que de peur.

— Et qu'est-ce qui vous fait penser que je ne suis pas capable d'affronter ce genre de situation toute seule ? rétorqua-t-elle dignement. Je n'ai plus quinze ans !

— Vous êtes ici chez moi, Darcy. Je suis responsable de votre sécurité.

Furieuse, elle tenta de se dégager. Mais il la tenait comme dans un étau.

— Lâchez-moi. Vous n'avez pas d'ordres à me donner. Si j'appréciais les mâles dominateurs, j'avais tout ce qu'il me fallait dans le Kansas.

Il eut un sourire presque sardonique.

— Vous n'êtes plus à Trader's Corner.

— Quel remarquable esprit d'observation, monsieur Blade. Maintenant que vous avez fait cet intéressant constat, laissez-moi partir. Vegas regorge de casinos où on peut jouer, se faire des amis et passer du bon temps sans être harcelé par la direction.

— Tu veux jouer, c'est ça ?

Choquée et — inexplicablement — *excitée*, Darcy se retrouva acculée par Mac contre une des machines à sous.

— Mac ?

Convaincue qu'elle en avait assez vu, Serena était en train de s'avancer vers eux en affichant son sourire le plus affable.

— Tu ne me présentes pas ton amie, mon chéri ?

Tournant la tête en sursaut, Mac découvrit avec stupéfaction que sa mère se tenait juste derrière lui. Il jura intérieurement. A tous les coups, elle avait assisté à cette petite scène édifiante... Comment avait-il pu oublier sa présence ? Il n'eut aucun mal à discerner l'implacable autorité qui se dissimulait sous l'expression amicale de Serena. Et se retrouva — à presque trente ans — comme un gamin surpris à faire une grosse bêtise.

— Mais si, naturellement.

Avec une aisance toute professionnelle, il desserra sa prise sur le bras de Darcy.

— Serena Blade... Darcy Wallace. Darcy, je vous présente ma mère.

— Oh, mon Dieu.

Moins aguerrie que Mac dans l'art de la dissimulation, Darcy ne réussit à masquer ni son embarras ni sa honte.

— Enchantée, madame Blade.

— Je suis absolument ravie de faire votre connaissance. Nous venons juste d'arriver, mon mari et moi, et je m'apprêtais à poser mille questions à Mac à votre sujet... Mais je vais avoir le plaisir de bavarder avec vous en personne, enchaîna-t-elle en lui passant un bras autour des épaules. Allons boire un verre, toutes les deux.

Entraînant Darcy avec elle, Serena jeta un coup d'œil amusé à son fils par-dessus l'épaule.

— Mac, si tu vois ton père, dis-lui que nous sommes dans le Silver Lounge, tu veux bien ?

— Entendu, marmonna Mac qui résista stoïquement à la tentation de donner un coup de pied à la machine à sous la plus proche.

Le bar à cocktails avait des tables couleur argent et de profonds fauteuils noirs. Assise face à la mère de Mac, dans un coin à l'écart, Darcy jouait nerveusement avec le verre de vin blanc qu'un serveur stylé venait de poser devant elle. Pour se donner une contenance, elle but une gorgée mais jugea plus prudent de s'arrêter là.

Mac avait raison au moins sur un point : l'alcool ne lui réussissait pas.

— Madame Blade, je suis vraiment désolée…

— Ah oui ? Pourquoi ? Parce que mon fils a été désagréable avec vous ?

Serena s'adossa confortablement contre ses coussins et examina la toute jeune femme assise en face d'elle. Darcy Wallace était encore plus jolie de près que de loin. Elle avait une beauté délicate, presque éthérée, avec de grands yeux innocents, une bouche aux lèvres pleines, à la douceur encore enfantine, des mains fines qui s'agitaient comme si elles cherchaient désespérément quelque chose à quoi se raccrocher.

Une chose était certaine : Darcy ne correspondait pas au type de femme que recherchait habituellement Mac. Son fils s'affichait volontiers avec de grandes filles longilignes et blasées qui — aux yeux de Serena — semblaient toutes avoir été fabriquées sur le même modèle. Et jamais, au grand jamais, elle n'avait vu Mac s'énerver à cause de l'une d'entre elles.

Darcy porta les mains à ses joues brûlantes.

— Il faut comprendre la réaction de Mac. Il m'avait priée expressément de ne pas jouer seule au casino, le soir. Et j'ai bravé l'interdit.

Serena haussa un sourcil sceptique.

— Et de quel droit vous interdit-il d'aller et de venir à votre gré ?

— Ce n'est pas ça, mais... Il a été d'une telle gentillesse avec moi depuis le début !

— Je suis heureuse de l'entendre.

— En fait, c'est la seule chose qu'il m'ait jamais demandée. C'est tout à fait compréhensible qu'il n'ait pas apprécié que je ne tienne aucun compte de ses recommandations.

Serena la contempla pensivement par-dessus le bord de son verre.

— Je ne suis pas étonnée qu'il se mette en colère, car il est habitué à obtenir ce qu'il veut. Mais ça, c'est son problème. Pas le vôtre.

— Il se sent responsable de ma sécurité, admit Darcy d'un air si malheureux que Serena toussota discrètement pour dissimuler un éclat de rire.

Quelque chose lui disait que son fils se sentait un peu plus que « responsable » envers la jolie Darcy Wallace.

— Mon fils a toujours pris ses responsabilités très au sérieux. Mais là encore, ce n'est pas votre problème. Et maintenant, racontez-moi tout, Darcy... J'ai eu quelques échos par mon mari, par Mac, par les journaux. Et maintenant, je brûle de curiosité d'entendre votre histoire.

— Je ne sais pas par où commencer, balbutia Darcy.

— Par le début.

— Eh bien…

Darcy contempla sombrement son verre de vin et se risqua à prendre une seconde gorgée.

— En fait, rien de tout cela ne serait arrivé si je n'avais pas refusé d'épouser Gerald.

Fascinée d'emblée, Serena se pencha plus près.

— Et qui est Gerald ?

Une heure plus tard, Serena était sous le charme. Et animée envers Darcy de sentiments résolument maternels. Elle avait déjà décidé de prolonger son séjour à Vegas de quelques jours lorsqu'elle prit la main de la jeune femme dans la sienne.

— Je trouve que vous avez fait preuve d'un grand courage.

Darcy secoua tristement la tête.

— Je ne me sens pas courageuse du tout. Mac a été merveilleux avec moi depuis le début. Et maintenant il est dans une colère noire contre moi, madame Blade.

— J'espère que vous allez accepter de m'appeler Serena, l'interrompit-elle. Car j'ai l'intention de vous donner un conseil. Si vous voulez bien que je me mêle de ce qui ne me regarde pas, bien sûr…

— Oh, j'ai tellement besoin de conseils, si vous saviez !

Serena serra affectueusement ses doigts entre les siens.

— Alors ne changez rien. Mac survivra à la contrariété, je vous le promets. Soyez vous-même et faites-vous simplement plaisir.

— Vous croyez ? Je suis très attirée par Mac, en fait.

Avec une moue horrifiée, Darcy baissa les yeux. Et découvrit avec consternation que son verre était vide.

— Je n'aurais jamais dû boire ce vin. Comment ai-je pu vous dire une chose pareille ? Vous êtes sa mère.

— Oui, je suis sa mère et j'aurais été très vexée si vous n'aviez pas trouvé Mac attirant. Je suis horriblement fière de lui et je trouve que c'est vraiment quelqu'un de bien, même s'il a un fichu caractère.

— Bien sûr que Mac est formidable. C'est juste que...

Laissant sa phrase en suspens, Darcy tourna la tête et ouvrit de grands yeux.

— Oh, mon Dieu... Mais c'est vous le grand chef guerrier ! s'exclama-t-elle.

Justin Blade sourit avec bonne humeur puis se glissa sur la banquette à côté de son épouse.

— En personne, oui. J'imagine que vous êtes Darcy ?

— Il vous ressemble tellement ! Je suis désolée. Je n'aurais jamais dû vous fixer comme cela.

— Le jour où je trouverai désagréable d'être regardé fixement par une jolie fille, il ne me restera plus qu'à aller commander mon cercueil et à organiser les funérailles.

Justin passa le bras autour des épaules de sa femme. Le père de Mac avait une belle stature, des cheveux d'un noir de jais parsemés de fils d'argent. Ses yeux verts vous perçaient jusqu'au fond de l'âme et ne révélaient rien de ce qu'il pensait. Il avait un visage hâlé, marqué par quelques plis profonds, sculpté par les années. Darcy le trouva magnifique.

— Je commence à comprendre pourquoi Mac me

parlait d'ailes de fée. Mes félicitations, Darcy. Vous avez eu un coup de chance phénoménal.

— Phénoménal est le mot, oui. J'ai encore du mal à croire que c'est « pour de vrai ». Cela paraît tellement magique, murmura-t-elle en regardant autour d'elle. Comme si j'étais passée de l'autre côté du miroir.

Justin sourit.

— Et vous avez des projets, petite Alice ? A part celui de nous donner l'occasion de regagner une partie de nos pertes ?

Darcy sourit spontanément.

— Vous êtes comme Mac, vous m'encouragez à remettre mes gains en jeu. Le pire, c'est que, jusqu'à présent, je n'ai pas arrêté de gagner des petites sommes, chaque fois que je me suis aventurée à miser quelques dollars.

Elle voulut prendre un air contrit mais gâcha tous ses effets en éclatant de rire.

— En tout cas, je dépense activement dans les boutiques et les salons, ajouta-t-elle pour se faire pardonner.

— Ah, Darcy, vous êtes une fille comme je les aime, s'exclama Serena. Dépensière et heureuse au jeu. Nous avons de très belles boutiques ici, il faut le reconnaître.

— Et tu es tellement bonne cliente qu'ils font des génuflexions lorsqu'ils te voient arriver, ma chère épouse.

Les doigts de Justin se perdirent dans les cheveux de sa femme et il laissa glisser amoureusement une mèche blond vénitien entre ses doigts. Darcy essaya d'imaginer son propre père enlaçant sa mère ainsi, mais elle y renonça rapidement. Jamais ses parents n'avaient eu le moindre geste de tendresse entre eux. Que ce soit en public ou en famille. Une profonde tristesse l'envahit lorsqu'elle se remémora l'ambiance stricte et dépourvue de fantaisie qui avait toujours régné au foyer parental.

Justin leva la main pour attirer l'attention du serveur.

— Je vous commande une seconde tournée, mesdames ?

Darcy jugea plus prudent de décliner.

— Pas pour moi, non, je vous remercie. Je crois que je vais monter me coucher. J'ai l'intention de chercher une nouvelle voiture demain matin.

— Cela vous dirait d'avoir de la compagnie ?

Surprise par la proposition de Serena, Darcy joua nerveusement avec la bride de son sac.

— Vous voulez dire que cela ne vous dérangerait pas de m'accompagner ?

— Non seulement cela ne me dérangerait pas, mais cela me ferait le plus grand plaisir. Passez-moi un coup de fil demain matin lorsque vous voudrez partir, O.K. ?

Justin attendit que la jeune femme ait quitté le bar pour jeter un regard interrogateur à Serena.

— Qu'as-tu en tête exactement ?

— Toutes sortes d'idées passionnantes, mon chéri, murmura-t-elle en effleurant ses lèvres des siennes.

— Comme quoi, par exemple ?

— Notre fils aîné a failli casser la figure d'un cow-boy qui s'était risqué à flirter gentiment avec notre petite fée ailée du Kansas.

Justin commanda un vin blanc et une bière, puis fronça les sourcils en concentrant de nouveau son attention sur Serena.

— Je suis sûr que tu exagères. C'est Duncan, notre tête brûlée qui se bat pour les filles. Mac n'a jamais été bagarreur.

— Il faut un début à tout.

— Serena…

— J'ai assisté à la scène, Blade ! Si l'homme de l'Ouest avait bronché, Mac l'aurait réduit en charpie. C'est la première fois que je le voyais montrer les dents comme ça. Je crois qu'il est mordu. Et sérieusement.

— Mordu ? Mac ? C'est trop drôle !

Le rire de Justin s'étrangla dans sa gorge. Un poids lui tomba sur les épaules.

— Tu as bien dit « *sérieusement* » ?

Serena lui tapota la joue.

— Justin, il va avoir trente ans. Il fallait bien que ça arrive un jour ou l'autre.

— Elle n'est pas du tout son type.

— Justement.

Les yeux de Serena la picotaient. Elle renifla discrètement.

— Elle n'est pas son genre. Et elle est parfaite pour lui.

Avec un sourire résolu, elle chassa les larmes d'émotion qui menaçaient.

— En tout cas, je compte m'assurer très vite s'il y a ou non un avenir dans cette relation.

— Serena, ma chérie, je ne voudrais pas être critique, mais j'ai l'impression d'entendre ton père.

— Ridicule, protesta-t-elle en se tamponnant les yeux. Loin de moi l'idée de vouloir manipuler, planifier ou manigancer quoi que ce soit. Je vais simplement…

—… me mêler de leur histoire.

— Discrètement, acheva-t-elle en lui adressant un sourire radieux. Tu sais que tu me fais tourner la tête, ce soir ? Et si nous montions ces boissons dans notre chambre, grand chef guerrier ?

— Tu essayes de dévier du sujet en jouant de ton charme, squaw.

Serena eut un sourire séducteur.

— Exact. Ça marche ?

Il lui prit la main et l'attira vers lui.

— Ça a toujours marché. Et ça marchera toujours.

En règle générale, Mac se couchait vers 3 heures du matin, dormait jusqu'à 9, et travaillait le reste du temps. Le matin, sauf en cas de problème, il pouvait laisser la responsabilité du casino à son personnel et rester bouclé dans son bureau pour s'occuper des tâches administratives.

Il avait pris la direction du Comanche de Vegas à vingt-quatre ans et n'avait pas hésité à donner le ton. En apparence, l'ambiance était bruyante, amicale, mouvementée, voire chaotique. Mais sous l'agitation de surface, tout était organisé au détail près.

Ses employés avaient pour consigne d'être polis, souriants et scrupuleusement honnêtes. Lorsqu'ils se conformaient aux directives et qu'ils faisaient preuve d'initiative, ils étaient promus et augmentés régulièrement. Mais les plus faibles qui cédaient à la tentation et se laissaient corrompre par la promesse de l'argent facile ne faisaient pas long feu.

Son père avait monté le Comanche à la force du poignet. Avec des moyens limités, Justin avait réussi à créer un véritable joyau dans le désert. La responsabilité de Mac consistait à maintenir à la fois la réputation d'originalité et la rentabilité de l'établissement. Et il prenait sa mission très au sérieux.

Justin se renversa contre son dossier et retira les lunettes de presbyte qu'il détestait.

— Vous avez bien travaillé pendant le premier semestre. Le chiffre d'affaires a augmenté de cinq pour cent depuis l'année dernière.

— Six pour cent, rectifia Mac en souriant. Et des poussières.

— Tu es aussi à l'aise avec les chiffres que ta mère.

— Parfois j'ai l'impression d'avoir un ordinateur dans la tête… Où est passée maman, au fait ? Je croyais qu'elle voulait voir les résultats d'exploitation avec nous, ce matin.

— Elle a décidé de consacrer sa journée à Darcy.

Interloqué, Mac reposa le dossier qu'il venait de sortir.

— A Darcy ?

— Elles sont parties faire les boutiques, toutes les deux. Elle est vraiment très agréable, cette jeune femme, observa Justin, le visage aussi impassible que lorsqu'il se préparait à abattre ses cartes au poker. On en arrive presque à se réjouir qu'elle ait gagné une somme aussi colossale à nos dépens.

Mac se surprit à tambouriner du bout des doigts sur le bureau.

— Mmm… si l'on veut, oui. Les journalistes nous harcèlent pour obtenir son nom. J'ai mis trois employés supplémentaires à contribution pour tenir le standard et filtrer les appels.

— Même si Darcy refuse de dévoiler son identité, ça nous fait une excellente publicité. Les répercussions pourraient être très positives pour nous.

— C'est déjà fait, apparemment. Le taux d'occupation des chambres augmente depuis deux jours. Les réservations pleuvent à la réception. Et la fréquentation des machines à sous s'est élevée en flèche.

— Lorsque l'histoire de Darcy sera connue du public et que sa photo paraîtra dans les journaux, ce sera le raz-de-marée.

— J'ai l'intention d'embaucher trois personnes de plus à la sécurité. Et de promouvoir Janice Hawber comme chef de table.

Justin hocha la tête et sortit un fin cigare d'un étui.

— Tu connais ton personnel mieux que moi. Mais dis-moi, pour parler un peu d'autre chose : qu'est devenue la jolie brune qui aimait le baccara et qui buvait toujours des cocktails Alexandra ?

Mac sourit. Rien n'échappait à la vigilance de son père.

— Ah, tu veux parler de Pamela ? Je crois qu'elle s'intéresse au baccara et qu'elle boit des cocktails Alexandra au casino-hôtel Mirage, depuis quelque temps.

— Dommage. Elle avait beaucoup d'allure.

— Pamela cherchait un mari riche. J'ai préféré rompre avant que la situation ne devienne trop délicate à gérer.

— Mmm… Et tu as quelqu'un d'autre en ce moment ?

Comme Mac l'interrogeait d'un regard surpris, Justin lui adressa un clin d'œil.

— J'essaye juste de me tenir au courant pour ne pas être trop dépassé par les événements. Duncan change d'amie si souvent que je perds le fil des prénoms. J'ai fini par leur attribuer des numéros.

Mac sourit en songeant aux succès féminins de son frère.

— Duncan jongle avec les filles comme d'autres avec des balles. Pour ma part, je préfère en fréquenter une à la fois. C'est nettement moins compliqué. Mais en ce moment, je n'ai personne. Lorsque tu feras ton rapport à grand-père, tu pourras lui dire que l'aîné de ses petits-fils continue à faire preuve d'un coupable laxisme en ce qui concerne le maintien de la lignée.

Justin rit doucement en tirant sur son cigare.

— On aurait pu penser qu'avec quatre arrière-petits-enfants, Daniel serait un patriarche comblé.

— Daniel ne sera satisfait que lorsqu'il régnera sur une tribu si nombreuse qu'il perdra le compte de ses membres. Mais de temps en temps, il pourrait s'en prendre à un autre que moi. Houspiller D.C., par exemple.

— Oh, mais il ne s'en prive pas. Alan m'a rapporté qu'il le harcèle régulièrement. A tel point que D.C. finit par se murer dans sa mansarde pour peindre en jurant qu'il finira ses jours célibataire, rien que pour contrarier son grand-père. Mais qu'à cela ne tienne, lorsque D.C. fait la sourde oreille, Daniel reporte ses efforts sur Ian qui l'écoute avec un sourire conciliant, s'empresse de dire oui et amen à toutes ses recommandations, tout en continuant à n'en faire qu'à sa tête.

Mac éclata de rire.

— Tiens, c'est bon à savoir. La prochaine fois que j'aurai grand-père au téléphone, je glisserai le nom d'un de mes cousins dans la conversation. Peut-être qu'il cessera alors de s'acharner sur moi.

La porte s'ouvrit à la volée.

— Lorsqu'on parle du loup..., murmura Mac en se levant.

Daniel MacGregor se dressait à l'entrée de la pièce, un large sourire aux lèvres. Ses cheveux blancs comme neige encadraient un visage large, profondément creusé par les rides, où ses yeux bleus brillaient avec un éclat et une intelligence inaltérés. Il se tenait toujours droit comme un I. Et le coup qu'il assena avec enthousiasme dans le dos de Justin témoignait d'une vigueur étonnante pour un homme de son âge.

— Tiens, Justin, offre-moi donc un de tes lamentables ersatz de cigares. Ce sera toujours mieux que de ne pas fumer du tout.

Daniel attrapa Mac et le serra contre son cœur avec autant de force que s'il avait voulu maîtriser un grizzli enragé.

— Quant à toi, sers-moi un scotch, mon garçon. Ça donne soif, ces atmosphères pressurisées.

— Tu as déjà bu un whisky dans l'avion, observa Caine MacGregor en emboîtant le pas à son père. Il a réussi à circonvenir une hôtesse pendant que j'avais le dos tourné. Si ta femme l'apprend, elle m'écorchera vif.

— Tant que personne ne lui dit rien, tu gardes la vie sauve, mon fils.

Avec un grand rire, Daniel se carra dans un fauteuil.

— Et alors ? Ce cigare ?

Justin, qui savait qu'il risquait les foudres d'Anna, se tourna vers son beau-frère.

— C'est parce que Anna ne le supportait plus qu'elle te l'a refilé ?

— Très drôle ! bougonna Daniel en frappant le sol de sa canne.

— Il n'y a pas eu moyen de le faire rester chez lui. Vous avez les amitiés de maman, au fait.

Caine salua affectueusement Justin, son beau-frère, et posa un instant la main sur l'épaule de Mac.

— Ça va, neveu ?

— Serena est sortie faire les magasins, expliqua Justin. Elle ne devrait pas tarder à rentrer.

— Bon sang, mais tu vas me le donner ce cigare ou quoi ? Et où est passée la petite qui t'a saigné de plus d'un million de dollars, Mac ? Je ne repars pas d'ici avant de l'avoir rencontrée.

Mac se tourna pour examiner son grand-père. « Impressionnant » avait dit Darcy en entendant la voix de Daniel au téléphone. Elle n'allait pas tarder à découvrir qu'il était encore plus imposant en chair et en os !

La tête bourdonnante et les joues roses, Darcy pénétra dans sa suite, les bras chargés de sacs et de paquets. Serena, pareillement encombrée, lui emboîtait le pas.

— Quelle escapade ! Je suis morte !

Avec un soupir de soulagement, Serena posa son chargement à même le sol et s'effondra dans un fauteuil.

— J'ai les pieds en feu. C'est toujours signe chez moi d'achats réussis.

Darcy secoua la tête.

— J'avoue que je ne sais même plus ce que j'ai acheté. Je ne me reconnais pas. J'ai été saisie d'un véritable vent de folie !

— *Mea culpa*, Darcy. J'ai une influence catastrophique.

— Vous avez été merveilleuse, au contraire.

Darcy se souviendrait longtemps de cette matinée. Serena l'avait entraînée de boutique en boutique, avait évalué ses besoins d'un œil expert et l'avait guidée dans ses choix en lui faisant multiplier les essayages. Elle n'avait jamais enfilé autant de tenues superbes de sa vie.

— Vous avez un goût vestimentaire très sûr.

— C'est une longue histoire d'amour, entre les vêtements et moi. Darcy, soyez gentille et montez dans votre chambre pour passer de nouveau cette petite robe bain de soleil jaune, voulez-vous ? Je rêve de la revoir sur vous, avec les sandales blanches et les anneaux en or à vos oreilles. Pendant ce temps, je vais nous commander à boire. Dieu sait que nous l'avons mérité.

— *Encore* une séance d'essayage ? Vous n'en avez pas assez de me voir parader avec tous mes nouveaux accessoires ?

— Vous voyez bien que non, puisque j'en redemande !

— Alors, j'y cours !

Darcy s'élança dans l'escalier puis s'immobilisa à l'avant-dernière marche.

— Je ne sais pas si j'irai jusqu'à acheter la voiture de sport bleue, malgré tout. Cela me paraît si peu raisonnable.

— Ne vous inquiétez pas pour cela maintenant. Nous verrons plus tard.

En fredonnant, Serena alla décrocher le téléphone. Darcy manquait d'affection. C'était facile à deviner chaque fois qu'elle évoquait son enfance. Jamais personne, de toute évidence, ne l'avait emmenée faire les boutiques, n'avait pouffé avec elle en examinant des articles de lingerie grotesques ou ne lui avait dit qu'elle était belle comme un ange dans une robe jaune qui mettait sa fragile silhouette en valeur.

Avec un pincement au cœur, Serena revit l'expression stupéfaite de la jeune femme lorsqu'elle l'avait serrée en riant dans ses bras alors qu'elles débattaient du choix d'une paire de boucles d'oreilles. Elle n'avait pas oublié non plus le regard de petite fille émerveillée que Darcy avait laissé glisser sur la voiture de sport étincelante avant de reporter résolument son attention sur la sage berline grise qu'elle considérait comme un achat « convenable ».

Serena suspectait qu'il y avait eu trop de « convenable » dans la vie de Darcy et tellement peu de plaisir que c'en était un scandale.

Mais il n'était pas trop tard pour remédier à la situa-tion.

Lorsque le téléphone sonna, Darcy poussa un petit cri consterné.

— Serena ? appela-t-elle d'en haut. Je ne suis pas habillée. Cela vous dérangerait de prendre la communication ?

— Pas du tout ! Je m'en occupe.

Réprimant un bâillement, Serena alla décrocher.

— Ici la suite de Mlle Wallace… Ah, c'est toi !… Oui, oui, nous sommes de retour… Ils sont arrivés, tu dis ?

Le projet qui se forma aussitôt dans son esprit aurait fait la fierté de son manipulateur de père.

— Et pourquoi ne pas nous retrouver ici ? Je suis sûre qu'elle serait plus à l'aise… Oui, maintenant. C'est parfait. A tout de suite.

Chantonnant gaiement, Serena s'avança vers l'escalier.

— Vous avez besoin de secours, Darcy ?

— Non, ça va, merci. J'ai juste eu un peu de mal à me retrouver au milieu de tous ces achats. Mais je viens de mettre la main sur la robe.

— Prenez votre temps. C'était Justin au téléphone. Cela ne vous dérange pas si nous réglons quelques formalités en vue de la remise du chèque, demain ?

— Oh non, pas du tout.

— Parfait. Je vais passer une commande de boissons.

Du champagne, décida Serena après réflexion.

Dix minutes plus tard, Darcy descendait la première

marche lorsque les portes de son ascenseur privé s'ouvrirent. Elle se figea sur place, déconcertée par le riche mélange de voix, par l'onde d'énergie distinctement masculine qui modifia d'un coup l'atmosphère de la pièce.

Puis il n'y eut plus que Mac pour remplir son champ de vision.

Serena vit la façon dont le regard de son fils se riva à celui de Darcy, la soudaine immobilité qui les figea l'un et l'autre.

Et elle sut.

Daniel la serra à l'étouffer dans ses bras.

— Ah, ma Rena, enfin ! Tu ne téléphones pas assez souvent à ta mère, tu sais. Anna se languit de sa fille.

— Je suis très occupée à harceler mes enfants, ces derniers temps, rétorqua Serena en riant avant de se tourner vers Caine. Comment va Diana ?

— Bien. Je l'ai même rarement vue en si bonne forme. C'est dommage qu'elle soit en train de boucler un procès difficile, sinon, elle se serait jointe à nous. Elle va regretter de t'avoir manquée, en tout cas.

Daniel prit appui sur sa canne et avisa Darcy, toujours pétrifiée en haut des marches.

— A la bonne heure, voici notre millionnaire... Vous êtes bien timide, ma fille. Descendez donc par ici que je vous voie de plus près.

— Il a raison, ne restez pas perchée là-haut, Darcy. Il aboie mais il ne mord pas.

Mac s'avança jusqu'au pied de l'escalier et lui tendit la main. Les jambes tremblantes, Darcy s'y raccrocha. Il lui serra les doigts si gentiment qu'elle en eut un pincement au cœur.

— Darcy Wallace, je vous présente Daniel MacGregor.

Darcy se demanda si elle parviendrait à prononcer un mot. Daniel avait l'air d'un vieux roi de légende, altier et terrible, avec un regard qui semblait voir au-delà des apparences pour plonger directement dans les profondeurs cachées de l'être.

— Je suis tellement fière de faire votre connaissance, monsieur MacGregor, murmura-t-elle timidement.

L'expression sévère disparut, cédant la place à un sourire tellement étincelant qu'elle dut cligner des yeux pour en soutenir l'éclat. Il lui tapota la joue.

— Jolie comme un rayon de soleil ; petite et délicate comme un elfe.

Les yeux écarquillés, elle secoua la tête.

— Et vous, vous êtes grand comme une montagne. Si Guillaume d'Ecosse avait eu des hommes comme vous pour le seconder, il n'aurait pas été vaincu par Henri II d'Angleterre.

Daniel laissa éclater son grand rire sonore.

— Vous entendez ça, vous autres ? Elle n'a sûrement pas tort ! Venez vous asseoir avec moi, Darcy du Kansas. Nous allons bavarder un peu, tous les deux.

Caine s'interposa.

— Désolé, mais tu lui feras passer ton interrogatoire plus tard. Pour l'instant, nous avons à faire, elle et moi… Bonjour, Darcy, je suis Caine MacGregor.

Darcy accorda toute son attention à l'homme de haute taille avec la chevelure argent et les yeux très bleus.

— Oui, je sais. Excusez-moi, je suis un peu impressionnée.

Ne sachant comment se comporter face à toutes ces célébrités, elle sourit faiblement. Combien de légendes vivantes pouvait-on supporter de rencontrer en l'espace de vingt-quatre heures ?

— J'avais fait un exposé sur vous en cours d'instruction civique. Tout le monde pensait que vous vous présenteriez pour la présidence.

— Je laisse la politique à mon frère, Alan. Pour ma part, je suis avocat. *Votre* avocat, en l'occurrence.

Il lui prit le bras et l'entraîna vers la table.

— Vous voulez que j'évacue toute cette populace pour que nous puissions travailler tranquillement, vous et moi ?

Darcy secoua la tête.

— Oh non, s'il vous plaît. Je ne voudrais chasser personne. Je n'ai rien à cacher.

— D'accord. Nous n'avons que des affaires honnêtes à traiter, de toute façon.

Caine MacGregor s'assit et ouvrit son attaché-case.

— J'ai ici votre extrait de naissance, votre carte de sécurité sociale, une copie du procès-verbal établi à l'occasion du vol de votre sac à main. Apparemment, il y a peu de chances pour que vous récupériez quoi que ce soit, suite à ce larcin.

Elle hocha la tête.

— Aucune importance… Je n'arrive pas à croire que vous ayez pu obtenir tous ces papiers officiels en l'espace de deux jours.

Caine eut un redoutable sourire de loup.

— J'ai quelques relations. Nous avons ici une copie de vos deux dernières déclarations d'impôts. Et pour finir, quelques formulaires que vous aurez à remplir et à signer.

Darcy ouvrit de grands yeux lorsqu'il en sortit toute une liasse.

— Oh, mon Dieu… Par où faut-il commencer ?

— Je vous expliquerai au fur et à mesure… Hé là, vous tous, vous n'avez rien de mieux à faire que de nous regarder comme des bêtes curieuses ? protesta Caine en fronçant des sourcils faussement sévères.

— On se distrait comme on peut, rétorqua Daniel en choisissant un fauteuil confortable. Il n'y aurait pas moyen de boire quelque chose pendant qu'ils sont occupés avec leur fatras juridique ?

Serena se percha sur l'accoudoir de son fauteuil.

— Patience. La commande est déjà passée.

Attentive aux explications de Caine, Darcy remplit formulaire après formulaire. Au moment de noter son adresse, elle hésita un instant puis finit par inscrire celle de l'hôtel.

— Avec les papiers que je viens de vous donner, vous pourrez obtenir un duplicata de votre permis de conduire ainsi que de nouvelles cartes de crédit. Vous n'avez pas précisé le nom et l'adresse de votre banque, en revanche.

— De ma banque ?

— Le montant de vos gains sera viré directement sur votre compte. Le chèque que Mac vous remettra officiellement demain n'aura de valeur que symbolique. Il s'agira essentiellement d'une opération publicitaire destinée à promouvoir l'image du Comanche. Souhaitez-vous déposer l'argent dans votre banque du Kansas ?

— Oh non, surtout pas.

Elle tomba dans un silence angoissé que Caine finit par interrompre patiemment.

— Et où aimeriez-vous que le virement soit effectué, Darcy ?

— Je ne sais pas. N'y aurait-il pas moyen de laisser l'argent dans la banque où il se trouve déjà ? Ici, dans le Nevada, je veux dire ?

— Aucun problème. Vous n'ignorez pas, n'est-ce pas, que le Trésor public sera le premier à prélever sa part du gâteau ?

Darcy acquiesça d'un signe de tête et signa son dernier formulaire. Du coin de l'œil, elle vit Mac se lever pour ouvrir la porte. Un serveur entra avec du champagne sur une table roulante.

Mac était vêtu d'un pantalon noir et d'une chemise blanche. Comme tous les vêtements qu'il portait, ceux-ci étaient taillés dans une matière fluide que l'on devinait agréable au toucher. Les doigts de Darcy la démangeaient tant elle aurait aimé y porter la main.

— Il vous faudra un conseiller financier.

— Euh… Pardon ?

Consciente que ses joues pâles s'empourpraient traîtreusement, elle bannit Mac de ses pensées.

— Excusez-moi. Je suis désolée.

— C'est une somme conséquente qui vous sera remise demain matin, Darcy. Et ce ne serait pas très raisonnable de laisser traîner cet argent sur un compte de dépôt.

— Mais vous, vous ne pouvez pas me conseiller ?

— Pas dans le détail, non. Vous aurez besoin d'un spécialiste. Si vous le souhaitez, je peux vous indiquer quelques noms.

— Oh oui, volontiers, je vous remercie.

— Eh bien, c'est à peu près tout ce que nous avions à régler ensemble. Nous vous ouvrirons un compte ici, l'argent sera transféré et vous serez presque deux fois millionnaire.

— Tout simplement ?

— Tout simplement, oui.

Darcy eut un soudain éblouissement. Désespérément, elle chercha Mac des yeux dans l'espoir qu'il l'aiderait à trouver les mots qui lui faisaient défaut. Mais il se contentait de soutenir calmement son regard avec une expression indéchiffrable.

Ce fut Serena qui prit sur elle de rompre le silence.

— Il me semble que ça se fête, non ? Mac, ouvre donc le champagne. Darcy, la première coupe est pour vous.

— Du champagne ! Mais il est à peine midi ! Vous êtes tellement merveilleux avec moi, tous...

Darcy tressaillit lorsque le bouchon sauta. Justin prit le verre plein que lui tendit son fils et le lui apporta lui-même.

— Je n'ai encore jamais perdu une somme pareille avec autant de plaisir. Je souhaite que cet argent vous apporte beaucoup de joie, Darcy.

Il se pencha pour lui presser un baiser paternel sur la joue. Un tel poids pesait sur sa poitrine qu'elle avait de la peine à respirer.

— Merci, chuchota-t-elle.

— Mes félicitations, dit Caine en prenant une de ses mains entre les siennes.

Tout le monde l'embrassa ou la serra dans ses bras. A l'exception de Mac qui se contenta d'une caresse légère sur sa joue.

Puis tous levèrent leurs coupes et se mirent à parler en même temps. Il y eut un débat animé pour déterminer où se déroulerait le dîner de famille improvisé autour duquel ils devaient se retrouver ce soir-là. Darcy découvrit avec stupéfaction que pour les MacGregor il allait de soi qu'elle participerait au dîner en question. Serena lui passa un bras autour des épaules tout en expliquant à Caine qu'il était hors de question qu'elle se contente d'une pizza pour une occasion aussi exceptionnelle.

Darcy, elle, était incapable de prononcer un mot. Une émotion de plus en plus forte montait inexorablement pour lui étreindre le cœur, lui nouer la gorge et lui brûler les paupières. Lorsque sa respiration devint heurtée, elle renonça à lutter.

— Excusez-moi, réussit-elle à murmurer avant de se précipiter dans l'escalier.

Consciente que le son des rires et des conversations s'était suspendu dans son dos, elle courut s'enfermer dans la salle de bains, se roula en boule sur le carrelage et sanglota comme une enfant.

Chapitre 6

Le silence était retombé dans la suite lorsque Darcy sortit de la salle de bains. Ainsi, ils avaient jugé préférable de la laisser seule. Partagée entre la honte et le soulagement, elle se promit de se répandre en excuses pour son comportement infantile. Mais elle n'était pas mécontente de bénéficier d'un moment de solitude pour se ressaisir avant de s'expliquer sur l'incident.

Avisant les sacs, les cartons et les paquets qui jonchaient encore le sol, elle entreprit machinalement de ranger ses achats. Elle était en train de déballer un chemisier lorsque des pas résonnèrent dans l'escalier. Serrant le vêtement contre sa poitrine, Darcy se figea en voyant Mac s'immobiliser en haut des marches.

— Darcy ? Ça va ?

— Oh, je suis désolée — vraiment désolée… Je croyais que vous étiez tous partis.

— Je suis resté, répondit-il simplement.

Il jeta un coup d'œil au chemisier qu'elle tenait entre ses doigts crispés.

— Sympa, cette couleur.

— C'est votre mère qui l'a choisi.

Soudain consciente du ridicule de son attitude, Darcy se détourna pour suspendre le vêtement dans la penderie.

— Je suis désolée de vous avoir laissés en plan comme

ça. C'était terriblement grossier de ma part. Je présenterai mes excuses à votre famille.

— Vous n'avez pas à vous excuser.

Darcy enfila le chemisier sur le cintre et, pour se donner une contenance, prit le temps d'ajuster la couture des épaules au millimètre près.

— Vous avez dû me trouver très impolie. Mais j'étais sous le coup d'une émotion si violente que…

Elle se retourna pour prendre un pantalon et mit un soin maniaque à aligner les deux ourlets avant de les fixer avec une pince.

— Personne ne vous en a voulu, Darcy. Il s'agit d'une énorme somme d'argent. Votre vie entière s'en trouvera bouleversée.

— A cause de l'argent ?

Déconcertée, elle jeta un regard hésitant à Mac.

— Oui, l'argent, bien sûr, murmura-t-elle. Il joue aussi un rôle, je suppose.

Mac parut intrigué.

— Et quoi d'autre ?

Elle se pencha pour ramasser une boîte à chaussures, puis se ravisa et se dirigea vers la fenêtre. Jamais elle ne se lasserait de cette ville clinquante, excessive et monstrueuse qui s'étalait à ses pieds tel un inépuisable banquet de fantaisie.

— Votre famille est, comment dire ?… tellement belle. J'imagine que vous ne vous en rendez pas compte car cela va de soi pour vous. Comme elle a toujours été là, et qu'elle a formé votre vision du monde, vous n'imaginez même pas quelle impression elle peut donner de l'extérieur.

Elle regarda clignoter les enseignes du casino qui appelaient ses officiants, les invitant à venir tenter leur chance. Avec un léger sourire, Darcy songea à son récent tête-à-tête avec la machine à sous. Gagner n'était pas si compliqué, au fond. Le plus difficile était de ne pas gaspiller ses gains.

— Observer a toujours été mon truc. Ça paraît présomptueux de dire cela, mais je crois que j'observe avec un certain talent. C'est pour ça que je veux écrire. Pour transmettre ce que je perçois.

Les bras croisés, elle se frotta les épaules avant de s'obliger à tourner les yeux vers Mac.

— J'ai observé votre famille.

« Elle est si délicieusement jolie, songea-t-il. Et tellement perdue. »

— Et qu'as-tu vu, Darcy ? Tu veux bien que je te tutoie, n'est-ce pas ?

Elle rougit légèrement.

— Bien sûr. J'ai vu votre... ton père caresser les cheveux de ta mère lorsqu'ils étaient assis dans le bar à cocktails, hier soir.

L'expression de Mac se fit perplexe.

— Et tu as trouvé ça à ce point remarquable ?

— Tu es habitué à les voir se toucher tout le temps, donc tu n'as aucune raison de prêter attention à ces détails. D'autant plus que leurs gestes n'ont rien d'ostentatoire. Ils ne se caressent pas démonstrativement ; ils se rapprochent spontanément, par affection. Ton père a passé le bras autour des épaules de ta mère, et elle s'est appuyée contre lui comme...

Les paupières mi-closes, Darcy bougea son corps doucement, comme si elle cherchait à illustrer les sensations qu'elle voulait décrire.

—... oui, comme si elle avait sa place contre son flanc. Une place destinée à elle seule.

Fermant les yeux, elle posa la main sur son cœur et revit la scène.

— Et pendant que ton père me parlait, il jouait avec les cheveux de sa femme, les roulait doucement entre ses doigts. C'était très émouvant à regarder. Ta mère avait conscience de son geste, car il y avait une lumière très particulière dans ses yeux.

Soulevant les paupières, Darcy sourit.

— Cette forme de communication très charnelle n'existait pas chez mes parents. Je crois qu'ils s'aimaient, mais ils n'avaient pas cette aisance, cette fluidité dans le contact. Ils étaient comme murés dans leur propre rigidité.

Elle soupira, secoua la tête.

— Ce n'est pas clair du tout, ce que je te raconte, si ?

Mac réfléchit à ses parents, les vit tels qu'il les avait toujours connus, unis par une tendresse sincère. A la lumière de la description de Darcy, il voyait des aspects d'eux qu'il n'avait jamais analysés. Parce que la complicité amoureuse entre Justin et Serena était aussi naturelle pour lui que l'air qu'il respirait.

— Si... Si, c'est très clair, au contraire.

— Et ce n'est pas seulement l'amour entre tes parents qui me frappe. C'est tout le fonctionnement de ta famille. Là encore, tu en fais partie, donc, pour toi, c'est du quotidien banal. Mais j'ai aimé la façon dont vous êtes venus vous rassembler spontanément ici ; j'ai vu la joie de ton grand-père lorsqu'il a serré ta mère dans ses bras. On sent un lien tellement fort entre eux, comme si, pendant un instant, elle avait été le centre de son univers, et vice versa. Puis, plus tard, ta mère s'est assise sur le bras de son fauteuil et ton grand-père lui a tapoté le genou. C'était tellement tendre... Même le débat entre ta mère et ton oncle, au sujet du restaurant, m'a touchée. Ils n'étaient pas du même avis, mais ils pouvaient en rire et exprimer librement leurs différences d'opinion. Et tous autant qu'ils sont, ils se touchent, se regardent, se comprennent et s'adorent, sans être fusionnels pour autant.

— C'est vrai qu'on s'adore, dans l'ensemble.

De nouveau, les yeux de Darcy débordaient de larmes.

— Pourquoi cette émotion ? demanda-t-il doucement.

— Vous avez tous été tellement merveilleux avec moi. Je vous coûte de l'argent, pourtant. Beaucoup d'argent, même. Mais tout le monde boit du champagne à ma santé, rit de mon bonheur et se réjouit pour moi. Ta mère m'a même passé le bras autour de la taille.

La voix de Darcy se brisa et elle dut lutter contre les larmes pour poursuivre.

— Je sais que ça va te paraître ridicule, mais si je ne m'étais pas enfuie pour m'enfermer dans la salle de bains, je me serais cramponnée à elle de toutes mes forces. Et elle m'aurait prise pour une folle.

Mac sentit quelque chose se déchirer en lui, à hauteur de la poitrine. *Solitaire ?* avait-il pensé. C'était pire que cela même : elle avait passé son enfance murée dans un désert affectif absolu.

— Pourquoi « une folle » ? Elle t'aurait prise simplement pour quelqu'un qui a envie qu'on la serre dans ses bras. C'est un besoin naturel, non ?

L'attirant contre lui, il la sentit trembler.

— Tu peux y aller : cramponne-toi, agrippe-toi, serre-moi très fort, si tu veux.

Raffermissant son étreinte, il sentit la caresse de

ses cheveux contre sa joue. Il perçut son hésitation, les émotions conflictuelles qui la maintenaient comme paralysée. Puis, tout doucement, les bras de Darcy vinrent se loger autour de sa taille et elle se raccrocha à lui avec un long, long soupir de satisfaction.

— Ça se fait bien, chez nous, de s'agripper à l'autre de temps en temps. Tu l'as noté toi-même : on se touche sans problème chez les Blade-MacGregor.

C'était si bon de se blottir contre ce torse solide, d'entendre les battements réguliers de son cœur, de respirer la chaleur de sa peau. Fermant les yeux, Darcy fit le plein de sensations réconfortantes en se concentrant sur le va-et-vient apaisant de la main de Mac dans son dos.

— C'est juste que… que c'est tellement nouveau pour moi Si étranger aussi. Et toi plus encore que tout le reste.

Mac ferma les yeux à son tour. La voix de Darcy était rauque et douce. Intime. Et ses cheveux avaient la douceur odorante d'une étendue d'herbe fraîche. Il se dit que c'était simplement de l'affection qu'il ressentait. Juste une tendresse émue pour cette forme si menue, si fragile qui s'abandonnait entre ses bras.

« De l'amitié, Mac. Rien que de l'amitié. »

Mais lorsqu'elle tourna la tête et que son souffle léger glissa sur sa peau, le désir monta d'un coup, impérieux et immédiat.

Conscient du danger, il desserra son étreinte.

— Voilà. Ça va mieux, maintenant ? s'enquit-il d'un ton rassurant en essayant de l'écarter de lui.

Mais Darcy ne lâcha pas prise. Elle se raccrocha plus fort, au contraire. Emu malgré lui, il pressa ses lèvres contre ses tempes. S'attarda un instant. Elle était douce et fragile comme une enfant. Et plus excitante que la plus fatale des femmes qu'il ait jamais connues.

— Mmm…, murmura-t-elle en s'agrippant de plus belle.

La robe bain de soleil jaune avait deux brides fines qui se croisaient dans le dos. Lorsqu'il passa les mains dessous, elle s'étira sous la caresse comme une chatte langoureuse.

La réaction de Darcy lui procura comme un électrochoc.

Ce fut la seule excuse qu'il put invoquer lorsque ses lèvres glissèrent le long de sa joue, finirent par trouver les siennes.

Sans douceur aucune, il s'empara de sa bouche, l'envahit sans retenue. Debout dans la lumière du soleil qui inondait la pièce, elle était douce, dorée, consentante.

Le baiser de Mac exigeait une capitulation totale. Darcy la lui accorda sans même une hésitation. Ses lèvres s'ouvrirent sous les siennes comme si elle avait passé sa vie entière à attendre cet instant.

Son esprit cessa de fabriquer des pensées structurées. Il n'était plus qu'une sphère en expansion lente, qui s'étirait en aveugle, se dilatait et se contractait au rythme du plaisir. La force de Mac, la puissance de son étreinte constituaient une réponse — la réponse — à sa propre fragilité. Se savoir impuissante, livrée pieds et poings liés à son pouvoir la faisait frissonner et jubiler à la fois.

« Cette fois, j'y suis. C'est mon lieu, mon havre, mon seul domicile fixe », comprit-elle fiévreusement. Ici, dans les bras de Mac et nulle part ailleurs. En elle, le désir montait comme une explosion de lumière qui mettait ses nerfs à vif, faisait battre son cœur comme un tambour, précipitait les pulsations dans ses artères.

Avec un murmure d'abandon, elle ajusta son corps au sien. S'offrit.

— Oh oui, chuchota-t-elle.

Les mains de Mac glissèrent d'un seul mouvement jusqu'au bas de son dos et il la souleva contre lui. Il cueillit dans sa bouche le gémissement qui monta à ses lèvres, avala goulûment ses soupirs, ses petits cris. Il n'avait plus en tête qu'une vision tenace, obsédante de leurs corps enchevêtrés. Il se vit en elle, enfoui au plus profond, la prenant debout, poussant au creux de sa chair consentante jusqu'à ce que le désir explose, déferle comme un raz-de-marée, pour ne laisser derrière lui que les eaux étales qui suivent la jouissance.

Mac se ressaisit in extremis au moment où il agrippait les brides de sa robe à deux mains dans le seul but de les arracher. Ouvrant les yeux en sursaut, il vit Darcy, son visage comme extasié, son regard aveugle, ses joues encore maculées par les larmes.

Horrifié par ce qu'il s'apprêtait à faire, il la repoussa presque brutalement. Et jura avec force lorsqu'une expression égarée se peignit sur ses traits. Darcy plaqua les deux mains sur son cœur, comme pour l'empêcher de s'échapper de sa poitrine.

— Tu es beaucoup trop confiante, bon sang ! Tu vois bien qu'on peut te faire n'importe quoi !

Il la cinglait de ces mots comme il aurait voulu se cingler lui-même.

— C'est un miracle que tu aies survécu ne serait-ce qu'une journée toute seule !

Darcy ne répondit pas tout de suite. Son sang brûlait comme de la lave. Elle porta une main tremblante à ses lèvres gonflées, mouillées de plaisir et de baisers.

— Je sais que tu ne me feras jamais aucun mal, Mac.

Jamais aucun mal ? Alors qu'il avait été à deux doigts de lui arracher ses vêtements, de les mettre en lambeaux et de la prendre à la hussarde contre un mur, sans se soucier de son innocence ?

— Tu es à Vegas ici, pas à Disneyland ! Non seulement tu ne sais rien de moi mais tu ne connais pas les règles qui régissent le monde auquel j'appartiens. Alors écoute-moi bien, O.K. ? Ce n'est même pas la peine d'y penser. On ne parie pas contre le casino, Darcy. Car la maison à *toujours* l'avantage.

Darcy ne parvenait pas à reprendre son souffle.

— Tu dis ça, mais je suis venue sans rien et j'ai gagné quand même, protesta-t-elle.

Le regard de Mac étincela.

— Passe quelques semaines ici et tu verras ce qu'il adviendra de tes gains. Je récupérerai jusqu'au dernier cent et même au-delà. Alors sers-toi de ton intelligence, fillette.

Il lui attrapa la nuque d'une main presque brutale. Il voulait voir disparaître ce regard trop confiant qu'elle dardait sur lui. Si seulement elle pouvait le considérer avec de la peur dans les yeux, il résisterait à la tentation de se jeter sur elle en abusant sans scrupule de la haute idée qu'elle s'obstinait à garder de lui.

— Sauve-toi d'ici, Darcy Wallace. Avant qu'il ne soit trop tard. Prends ton argent et achète-toi une maison à la campagne avec une jolie barrière de bois blanc, une pelouse bien nette et des géraniums en pots. Cette ville est trop dangereuse pour toi.

Elle faillit frissonner sous la menace. Mais montrer sa

peur équivaudrait à lui donner raison. Alors elle garda la tête haute.

— Cette ville me plaît telle qu'elle est. Et je n'aime pas les géraniums en pots.

Les lèvres de Mac se plissèrent en un rictus cynique.

— Tu ne sais rien du monde auquel j'appartiens, Darcy.

— Je sais que je suis avec toi. Ça me suffit.

Mac eut un rire désabusé.

— Et tu veux faire joujou avec un type comme moi, petite Darcy du Kansas ? Laisse-moi rire. Dès que le jeu se corsera un peu, tu ramasseras tes cartes et tu disparaîtras en courant.

— Tu ne me fais pas peur.

Crispant la main dans sa nuque, il la fit se dresser sur la pointe des pieds. Puisqu'elle s'obstinait à ne pas le craindre, il saurait la faire trembler pour son bien.

— Darcy, tu vas te décider à ouvrir les yeux et à considérer la situation avec un minimum de réalisme ? Tu es tellement effarouchée que tu n'as même pas osé dire non à cette espèce de mufle qui veut t'épouser dans le Kansas. Même maintenant, tu trembles encore à l'idée qu'il puisse te retrouver. Si bien que tout le casino est sur le pied de guerre pour essayer de protéger ton secret. Tu es partie de ton Trader's Corner au milieu de la nuit, comme une voleuse, au lieu d'envoyer promener ce pompeux imbécile comme il le mérite. Et tu crois qu'arrivée ici, tu peux te permettre de t'amuser avec les gros parieurs ?

Avec un rire bref, il lui lâcha les épaules et se détourna pour quitter la suite.

— Arrête de rêver, O.K. ?

Ses mots tombèrent comme une gifle humiliante. Darcy vacilla sous le choc mais ne plia pas l'échine.

— Tu as raison.

Sidéré, Mac s'immobilisa sur la première marche et tourna la tête. Elle était restée debout devant la fenêtre, les bras frileusement repliés autour d'elle mais le regard empreint d'une détermination surprenante.

Il dut se faire violence pour ne pas revenir sur ses pas, la serrer contre lui et la bercer longuement dans ses bras. Et pas seulement pour réconforter Darcy, comprit-il, saisi de panique. Mais surtout parce qu'il en avait besoin, *lui*.

Darcy se redressa.

— Je veux m'amuser avec les flambeurs, Mac. On s'y prend comment, alors ?

Les images qui se bousculèrent dans sa tête étaient si violemment érotiques qu'il dut se retenir à la rampe.

— Pardon ?

— Comment procède-t-on pour informer les médias ? Suffit-il que tu leur donnes mon nom ? Ou faut-il publier un communiqué ? Organiser une conférence de presse ?

En proie à un désagréable mélange de honte et d'irritation, Mac se passa la main sur la figure.

— Darcy, rien ne sert de précipiter les choses.

Elle releva fièrement le menton.

— Pourquoi attendre ? Tu m'as dit que ce n'était qu'une question d'heures avant que l'information ne transpire, de toute façon. Je me sentirai plus forte si l'initiative vient de moi. Et je peux difficilement attendre de toi que tu me témoignes un minimum de respect si je continue à me terrer comme une souris au fond de son trou.

— Ce n'est pas de moi qu'il s'agit en l'occurrence. Il est grand temps que tu commences à penser non seulement *par* toi-même mais *pour* toi-même.

— Si je prends cette décision, c'est pour moi, Mac.

Au moment précis où elle prononça ces mots, Darcy sut qu'ils étaient vrais. Et elle sentit un grand calme s'installer en elle.

— C'est une façon de prendre position et de faire face, plutôt que d'être traquée et poursuivie. Je ne suis peut-être pas une grosse joueuse, Mac. Mais je veux me servir au mieux des cartes que j'ai en main.

Avant de se donner le temps de changer d'avis, Darcy décrocha le téléphone à côté du lit.

— Tu appelles la presse ou je m'en charge ?

Il attendit un instant sans réagir, persuadé qu'elle ferait machine arrière. Mais elle soutint son regard sans broncher. Sans rien dire, il lui prit le combiné des mains et composa un numéro interne.

— Ici Blade. Je veux que vous m'organisiez une conférence de presse. A 13 heures. Dans la salle Nevada.

— Bon sang, je m'en veux. Je l'ai acculée à prendre cette décision.

Debout derrière l'entrée de service de la suite Nevada, Mac enfonça nerveusement les mains dans ses poches. A quelques pas de lui, Caine donnait ses ultimes instructions à une Darcy livide au visage crispé par la tension.

Serena tapota le bras de son fils d'un geste rassurant.

— De toute façon, elle savait que l'épreuve était imminente. Et tu as fait le nécessaire pour couvrir son anonymat aussi longtemps qu'elle en a eu besoin. Si tu n'étais pas intervenu pour garder les médias à distance, ils l'auraient dévorée toute crue. Là, elle a eu le temps de surmonter le choc. Et avec ça, elle bénéficie du soutien d'un des meilleurs avocats du pays ! Les conditions sont optimales, Mac.

Il fronça les sourcils de plus belle.

— Elle n'est pas prête.

— Je crois que tu la sous-estimes.

— Tu ne l'as pas vue, il y a une heure.

— C'est un fait.

Serena aurait aimé être cachée dans quelque trou de souris pour assister à la conversation entre Darcy et son fils après leur départ de la suite. Mais elle résista stoïquement à la tentation de poser la moindre question.

— Je ne l'ai pas vue il y a une heure, mais je la vois maintenant. Et on sent qu'elle a surmonté quelque chose.

Passant le bras sous celui de son fils, Serena nota que Darcy avait enfilé une courte veste blanche sur sa robe jaune. C'était exactement la tenue qu'il lui fallait, décida-t-elle. Simple mais gaie. Et même si elle avait une petite mine, elle paraissait déterminée à faire face.

— Je suis sûre qu'elle va se surprendre elle-même.

« Et te surprendre toi par la même occasion », ajouta-t-elle à part soi.

Justin se glissa dans la pièce et passa un bras autour des épaules de Serena.

— Ça y est, Mac, tout est prêt. Les fauves sont un peu agités, en revanche. Tu veux que je fasse l'annonce pour toi ?

— Non, ça ira. Je m'en charge.

Il vit sa mère lever une main pour la poser sur celle de son mari. L'amour entre ses parents était tellement naturel qu'il n'aurait pas remarqué leur geste en temps ordinaire. Mais sa conversation avec Darcy lui avait ouvert les yeux.

Non seulement ses parents s'aimaient, mais ils avaient toujours inclus leurs enfants dans leur affection. Il caressa brièvement leurs deux mains jointes.

— Merci d'être là, tous les deux. Je n'ai pas toujours su vous apprécier autant que je l'aurais dû.

Sourcils froncés, Justin regarda son fils s'éloigner.

— Qu'est-ce qui lui prend, à ton avis ?

Serena eut un sourire ému.

— Je ne sais pas exactement, mais cela me paraît de bon augure. Viens, allons distraire Daniel pour que Darcy puisse passer tranquillement son épreuve du feu.

Darcy était terrifiée. Les recommandations que lui prodiguait Caine ne cessaient de se mélanger dans sa tête. Elle acquiesçait docilement, mais tout ce qu'il lui disait entrait par une oreille et ressortait par l'autre. Sa fierté seule l'obligeait à rester sur place. Mais elle n'avait qu'une envie : s'enfuir à toutes jambes et disparaître une bonne fois pour toutes.

Lorsque Mac s'approcha d'elle, son cœur battit si fort qu'elle crut suffoquer.

— Prête ?

Jugeant que vingt-trois ans de lâcheté lui suffisaient pour la vie, elle releva la tête.

— Prête.

— Je vais m'adresser aux journalistes maintenant et leur expliquer brièvement pourquoi je les ai convoqués. Ton tour viendra ensuite. Tu n'auras rien de compliqué à faire. Juste à répondre à leurs questions.

Il aurait pu tout aussi bien lui annoncer qu'elle devrait

faire des claquettes tout en jonglant avec des torches enflammées. Mais elle hocha la tête.

— Ton oncle m'a expliqué ce qui allait se passer.

— Qu'avez-vous donc à la couver et à l'abreuver de recommandations, tous autant que vous êtes ? protesta Daniel de sa voix de stentor. Vous la prenez pour une godiche ou quoi ? Elle est parfaitement capable de se débrouiller. Pas vrai, jeune fille ?

Darcy se tourna vers le patriarche. Les yeux bleu vif rivés sur elle la mettaient au défi de faire front.

— Nous n'allons pas tarder à le savoir, répondit-elle d'un ton léger en s'approchant de la porte latérale pour jeter un coup d'œil dans la salle. Mon Dieu, comme ils sont nombreux ! Mais parler devant dix ou parler devant cent, quelle différence, au fond ?

— Si une question te met mal à l'aise, ne répond pas, lui recommanda Mac à voix basse avant de sortir.

La rumeur des voix enfla lorsqu'il grimpa sur le podium. Non sans envie, Darcy suivit Mac des yeux. Il n'était pas moins à l'aise en public, avec tous les regards rivés sur lui, que lorsqu'il évoluait en famille. Une fois face au micro, il s'exprima avec clarté, d'une voix enjouée, le visage détendu. Lorsqu'un éclat de rire s'éleva dans la salle, Darcy cligna des paupières.

Elle n'avait pas entendu les paroles de Mac, juste perçu la musique de son ton. « C'est tellement facile pour lui ! » songea-t-elle. Il pouvait parler à une salle remplie d'inconnus en gardant la tête claire, sans rien perdre de ses facultés. L'océan de visages devant lui n'entamait en rien son assurance. Les questions qu'on lui posait n'avaient pas le pouvoir de le déstabiliser.

— C'est à vous, murmura Caine en lui posant une main protectrice dans le dos. Ça va aller ?

Elle prit une profonde inspiration.

— Il le faut.

Au premier pas qu'elle fit dans la salle, tous les regards convergèrent sur elle. Les flashes crépitèrent pendant que les photographes se précipitaient pour multiplier les prises de vue. Les cameramen criaient des ordres ; les questions fusèrent dès qu'elle se retrouva sur l'estrade, face au micro. Elle tressaillit lorsque Mac se pencha pour le régler à sa hauteur.

— Je… je suis Darcy Wallace, déclara-t-elle en se retenant de pouffer nerveusement lorsque le son de sa propre voix amplifiée lui revint en écho… Et j'ai touché le jackpot, acheva-t-elle, provoquant des rires amusés et même des applaudissements.

De nouveau, les questions déferlèrent en un tir si nourri qu'elle fut incapable de définir qui demandait quoi.

— D'où êtes-vous ?

— Quelles sont vos impressions ?

— Que faisiez-vous à Vegas ?

— Comment cela s'est-il passé lorsque…

Pourquoi ? Où ? Comment ? Darcy leva les mains en un geste instinctif de défense.

— Je suis désolée, mais…

Sa voix se mit à trembler. Mais lorsque Mac se rapprocha pour prendre la relève et tirer la « pauvre petite Darcy » de ce mauvais pas, elle secoua la tête.

Elle s'était promis de le faire et elle le ferait. A sa façon, mais sans se couvrir de ridicule pour autant.

— Je suis désolée, reprit-elle, mais c'est la première fois que je m'exprime devant la presse. Comme il m'est difficile de répondre à toutes vos questions à la fois, je crois que le plus simple serait que je vous relate ce qui s'est passé.

Ce serait plus facile, ainsi. Comme si elle racontait une histoire. Au fur et à mesure qu'elle avançait dans son récit, sa voix se raffermissait, les mots qu'elle avait eu tant de mal à trouver affluaient d'eux-mêmes.

— Quelle est la première chose que vous avez faite lorsque vous avez découvert que vous aviez gagné ?

— Une fois que je suis revenue à moi, vous voulez dire ?

De nouveau, des rires charmés s'élevèrent.

— M. Blade m'a donné une chambre. Que dis-je ? Une suite. Lorsque j'ai ouvert les yeux, j'ai cru que j'étais morte et que je venais de gagner un aller simple pour le paradis. L'hôtel Comanche est un endroit extraordinaire, avec une cheminée, un piano et de merveilleux bouquets dans chaque chambre. Le premier soir, je suis restée un peu hébétée, à regarder tout cela sans oser y toucher. Et puis le lendemain matin, lorsque j'ai repris mes esprits, je n'ai fait ni une ni deux : je me suis acheté une robe.

Au fond de la salle, Daniel hocha la tête avec satisfaction.

— Parfait. Elle s'en tire comme un chef ! J'étais sûr qu'elle saurait conquérir son public.

Serena rayonnait de fierté.

— Ils sont tous séduits, en effet. Elle a un charme fou et elle n'en a aucune conscience. C'est ce qui la rend irrésistible, d'ailleurs.

— Mac en tout cas n'y résiste pas. Tu veux que je te dise, Serena ? Il est fou amoureux d'elle, ce garçon.

Serena haussa les sourcils.

— Mmm… Tu t'avances un peu vite, non ?

— Mais regarde-le ! Il la couve des yeux comme s'il

était prêt à la prendre dans ses bras pour l'emporter au loin à la première alerte. Il est mordu, crois-moi. Et tu sais que j'ai l'œil, dans ce domaine.

En l'occurrence, Daniel prêchait une convertie. Mais Serena n'était pas d'humeur à reconnaître qu'elle pensait exactement comme son père.

— N'exagérons rien, tout de même. Ils ne se connaissent que depuis quelques jours.

Daniel désigna Justin d'un mouvement du menton.

— Et de combien de temps as-tu eu besoin pour attirer l'attention de ce gaillard-là ?

Elle foudroya son père du regard.

— Un peu moins de temps qu'il ne m'en a fallu pour réaliser que tu avais manœuvré de façon éhontée pour nous jeter dans les bras l'un de l'autre !

— Ça fait trente ans que le mariage dure, non ? exulta Daniel. Non, non, inutile de me remercier, je l'ai fait de bon cœur. Quoi de plus naturel pour un père de famille que de veiller au bonheur de ses enfants ? Ils vont nous fabriquer des beaux bébés tous les deux, tu ne penses pas ?

Serena se contenta de soupirer.

— Essaye au moins d'y mettre un minimum de subtilité, d'accord ?

— La subtilité ? Mais quelle idée ! Tu sais que ça a toujours été mon point fort.

— Vous avez fait une superbe prestation. Bravo !

Dès que la porte se referma derrière elle, Caine l'embrassa pour la féliciter. Darcy poussa un soupir de soulagement.

— Finalement, ça a été moins dur que je ne le pensais.

Et maintenant, c'est fini, terminé. Je vais être tranquille, désormais.

— Tranquille ? Je ne voudrais pas vous décourager, mais ce n'était qu'un début… Mac va se charger de les occuper pour le moment, expliqua Caine lorsque son neveu sortit pour donner des informations complémentaires à la presse.

Sous le choc, Darcy se mordilla la lèvre.

— Un début ? Mais que pourraient-ils vouloir apprendre d'autre à mon sujet ? Je leur ai absolument tout dit !

— Vous verrez qu'ils auront encore des milliers de questions à vous poser. Attendez-vous à être submergée par les appels. On vous réclamera des interviews, des séances de photos. Les différents titres se disputeront l'exclusivité de l'Histoire de la Vie de Darcy Wallace.

— L'histoire de ma vie !

Darcy ne put s'empêcher de rire.

— C'est à peine si j'en ai eu une, de vie, jusqu'à ce que j'arrive à Las Vegas.

— Justement. Les tabloïds joueront à fond sur le contraste. Alors ne vous étonnez pas si vous découvrez en première page d'un torchon quelconque que vous avez été guidée jusqu'à Las Vegas par les bons soins d'un groupe de médiums extraterrestres.

Comme elle éclatait de rire, Caine lui prit le bras et l'entraîna vers l'ascenseur de service.

— Je ne veux pas vous effrayer, Darcy. Mais je préfère que vous sachiez ce qui vous attend. Il n'y aura pas que les journalistes pour vous harceler. On va également vous proposer toutes sortes de formules miracle pour faire fructifier votre argent. Les conseillers financiers défileront en masse à votre porte. La demi-sœur de la cousine de votre voisine de classe en primaire se souviendra soudain de votre existence et vous parlera de l'indéfectible amitié qu'elle vous voue depuis le CE1.

Darcy sourit faiblement.

— Je vais avoir beaucoup d'amis, alors ?

— Autant qu'il y a de grains de sable dans le désert. Alors, si vous voulez continuer à respirer, je vous conseille de ne pas répondre au téléphone pendant quelques jours. Mieux même : arrangez-vous avec Mac pour qu'il fasse prendre vos appels à la réception en attendant que ça se calme un peu.

— Ce serait encore une façon de fuir, non ?

— Ce serait une façon de vous protéger, en l'occurrence. Et de garder la maîtrise de la situation. Si vous voulez donner une interview, prenez-en vous-même l'initiative. Et dès que vous saurez comment vous voulez utiliser votre argent, choisissez votre conseiller. Quoi que vous fassiez, faites-le à votre rythme.

— Il faut que je sois active et non passive, conclut pensivement Darcy lorsqu'ils s'immobilisèrent devant la porte de sa suite.

— Exactement. Devenez l'auteur de votre propre vie. Si vous avez des questions, des doutes, des inquiétudes, vous me trouverez ici jusqu'à demain soir. Ensuite, vous pourrez me joindre à Boston.

— Je ne sais pas comment vous remercier.

Caine serra la main qu'elle lui tendait.

— Amusez-vous, soyez heureuse, mordez la vie à pleines dents. Et n'oubliez pas l'émerveillement que vous avez ressenti en achetant votre première belle robe.

— Je ne me laisse pas monter la tête, autrement dit.

— Restez simple et tout ira bien, acquiesça Caine en lui posant un baiser sur la joue. A ce soir.

En pénétrant dans sa suite, Darcy vit la lumière clignoter sur son répondeur. Et le téléphone commença à sonner avant même qu'elle ait eu le temps d'écouter ses messages. Ainsi Caine ne s'était pas trompé : elle était momentanément devenue un individu riche et célèbre. Et il lui faudrait se battre pour préserver son intimité.

Suivant les conseils qui lui avaient été donnés, elle laissa le téléphone sonner puis se hâta de décrocher le combiné. Et hop ! C'était déjà un premier problème de réglé.

Mais Darcy avait des difficultés autrement plus lourdes à affronter. Des difficultés qui étaient sans rapport avec sa fortune nouvellement acquise. Elle était amoureuse et elle savait qu'il était inutile de remettre cette réalité en question. Qu'il ne servait à rien d'en débattre ou de la nier. S'il y avait un domaine dans lequel elle ne connaissait pas le doute, c'était celui de ses sentiments.

Souvent elle s'était interrogée sur la façon dont l'amour surgirait dans sa vie — sur l'angoisse et l'exaltation qui accompagneraient cette expérience déstabilisante entre toutes. Elle s'était demandé quel genre d'homme saurait la rendre désirante et éperdue, privée de ses repères et chavirée. De cet homme encore sans visage, elle avait beaucoup rêvé.

Mais son amour pour Mac n'avait rien d'une songerie langoureuse. C'était une réalité concrète, dérangeante. Et beaucoup plus charnelle que tout ce qu'elle avait pu imaginer.

Il ne lui suffisait pas de le regarder, de lui parler. Jamais elle n'aurait cru que le besoin de toucher serait aussi fort, aussi impérieux même. Elle voulait le goût de sa peau, la marque de ses baisers. Elle voulait trembler de désir et d'être désirée ; et se diluer dans le monde de sensation pure qu'elle avait pressenti lorsqu'ils s'étaient embrassés.

Mais elle n'aspirait pas qu'à ce tumulte des sens. Elle voulait aussi se blottir contre lui et se sentir accueillie. Se savoir attendue, même. Echanger avec lui des regards qui en disaient autant que des paroles ; être comprise et le comprendre à demi-mot.

Etre aimée de Mac en retour, autrement dit.

Ce qui était loin d'être gagné d'avance.

Cela dit, il ressentait une attirance, au moins physique. Ce qui était déjà un petit miracle en soi. Le désir constituait une première étape. Il y avait une chance pour que l'amour s'ensuive. Une chance ténue, certes. Mais la probabilité n'était pas plus faible que celle de gagner plus d'un million de dollars en tirant sur un levier.

Réconfortée par cette pensée, Darcy se pelotonna sur le canapé et laissa libre cours à son imagination. Elle rêva de danseuses de music-hall. Il y en avait des dizaines, avec des jambes interminables, des poitrines magnifiques et des corps ardents moulés dans des costumes plus blancs que neige.

Elle se trouvait égarée sur la scène au milieu de cette gracieuse volière. Trop petite, trop menue, trop simplement vêtue. Un vilain canard entouré de cygnes.

Autour d'elle, les girls se mouvaient avec grâce pendant qu'elle se déplaçait lourdement, avec maladresse. Malgré tous ses efforts pour suivre le rythme et adopter leur gestuelle, elle se laissait distancer à chaque pas.

Debout au fond de la scène, Mac, habillé de noir, l'observait avec un petit sourire amusé aux lèvres. Tels de grands oiseaux blancs, les filles au corps de rêve tournoyaient autour de lui, s'appliquaient à le séduire. Et chacun de leurs gestes semblait dire : « Viens, nous sommes à prendre, tu n'as que l'embarras du choix. »

Lorsque ce fut son tour de s'immobiliser devant lui, il la dévisagea avec étonnement.

— Et toi, petite Darcy, d'où sors-tu ? Tu n'as pas ta place ici.

— Et de quel droit en déciderais-tu pour moi ?

Il se contenta de lui tapoter gentiment la joue en lui faisant signe de passer son chemin.

— Ce n'est pas un endroit pour toi, Darcy du Kansas. Tu n'as pas la moindre idée de ce que ce lieu représente ni du genre de pègre qui y sévit.

— Si, je le sais. Et je ne suis pas en sucre.

Brusquement, Mac et les danseuses disparurent. Sur scène, il n'y avait plus que Gerald qui la tirait avec impatience par la main. Il avait l'air plus contrarié, plus exaspéré que jamais.

— Ce n'est pas bientôt fini, ces caprices ? Tu sembles oublier qui tu es. Les petites écervelées comme toi ne font pas long feu dans un endroit comme Las Vegas. Jusqu'à quand vas-tu continuer à te couvrir de ridicule, ma pauvre fille ? Allez, viens, ma patience a des limites. Nous rentrons à la maison.

— Non, marmonna-t-elle tout haut au moment même où les images du rêve se dissipaient. Je ne rentrerai pas.

Ouvrant les yeux, elle trouva la pièce plongée dans la pénombre. Elle demeura allongée, immobile, incapable de se lever, le corps et l'humeur alourdis, clouée sur place par une tristesse insidieuse.

Dans un sursaut de révolte, Darcy agrippa un coussin et le serra contre sa poitrine.

— Je reste, décida-t-elle. Quoi qu'il arrive, je reste ici.

Chapitre 7

Darcy avait déjà passé presque une semaine au Comanche. Et pourtant elle n'avait toujours pas fini d'explorer les richesses qu'offrait l'énorme complexe hôtelier. Naturellement, elle avait assisté à un des spectacles équestres qui se déroulaient chaque jour à l'auditorium. Elle avait vu des cavaliers émérites, vêtus d'authentiques costumes comanches, se livrer sur leurs chevaux rapides à des démonstrations époustouflantes.

Elle s'était promenée autour de la piscine extérieure en forme de C, avait écouté la musique des fontaines et trempé les doigts dans les eaux bleues d'un petit lagon artificiel entouré de palmiers.

Les bains à remous, le hammam et le salon de thé avaient déjà reçu plusieurs fois sa visite. Quant aux boutiques de la galerie marchande, elle en avait déjà écumé une bonne partie. Mais elle n'avait pas encore découvert les trois salles de théâtre ni osé s'aventurer dans le centre d'affaires. Pas plus qu'elle ne s'était risquée aux dîners dansants organisés presque tous les soirs dans un des restaurants ouverts toute la nuit.

Plus Darcy passait de temps au Comanche, plus les possibilités du lieu lui paraissaient démesurées. Inutile de préciser qu'elle ne connaissait pas un seul instant d'ennui.

Lorsque l'ascenseur s'immobilisa, elle sortit sur le

grand toit en terrasse aménagé en jardin tropical. Entre palmiers et bougainvillées en fleur, elle vit scintiller les eaux turquoise de la piscine sous le clair soleil du matin. Des chaises longues et des parasols aux couleurs saphir et émeraude du Comanche attendaient les adorateurs du soleil comme les amateurs d'ombre.

Darcy n'eut aucun mal à repérer la silhouette massive de Daniel MacGregor assis à une table de verre, à l'ombre d'une treille. Dès qu'il la vit, le patriarche se leva cérémonieusement pour s'incliner devant elle. Et elle fut frappée une fois de plus par la puissance qui se dégageait de cet homme qui avait traversé le siècle, bâti des empires, élevé un président de la République et fondé une fascinante dynastie.

— Je vous suis vraiment très reconnaissante d'avoir accepté de me voir seul à seule, monsieur MacGregor.

Avec un clin d'œil amusé, il l'aida à s'asseoir.

— Je suis peut-être vieux mais je ne suis pas stupide. Quand une jolie fille me propose une entrevue en tête à tête, je me fais rarement prier.

Dès que Daniel eut repris sa place, un serveur se précipita pour apporter une cafetière et deux tasses.

— Vous voulez votre petit déjeuner, jeune fille ?

Elle sourit faiblement.

— Non, merci. Je suis un peu anxieuse. Je ne pourrais rien avaler.

— Si vous êtes angoissée, il faut manger. C'est le meilleur remède. Apportez donc des œufs brouillés et du bacon à cette petite. Elle a besoin de nourriture solide. Et ne lésinez pas sur les pommes de terre sautées, surtout. Quant à moi… eh bien, vous m'apporterez la même chose, tiens. Et le premier qui prononce le mot « cholestérol » aura droit à un coup de canne.

— Tout de suite, monsieur MacGregor.

Suivant des yeux le serveur qui s'éloignait au pas de course, Darcy constata une fois de plus que le vieil homme était obéi au doigt et à l'œil. « Tout de suite, monsieur MacGregor », était la réaction type qu'il semblait susciter autour de lui.

Daniel porta sa tasse à ses lèvres.

— Une fois que vous aurez pris votre petit déjeuner, vous vous sentirez déjà plus calme. Avec tout ce qui vous est arrivé en l'espace de quelques jours, la tête doit vous tourner un peu, je suppose. Mon petit-fils s'occupe bien de vous, au moins ?

— Oh oui, il a été merveilleux. Et vous tous également.

— Mais vous avez l'impression que ça tangue un peu sous vos pieds, c'est ça ?

Ainsi il comprenait ce qu'elle ressentait. Darcy laissa échapper un soupir de soulagement.

— Oui, c'est exactement cela, acquiesça-t-elle en laissant glisser un regard rêveur sur les splendeurs du décor. Je suis là, je me vois marcher, sourire, parler et découvrir mille merveilles. Mais par moments, je ne sais plus très bien si je suis moi ou quelqu'un d'autre. C'est comme si j'avais atterri au beau milieu d'un livre dont j'aurais oublié le début et dont je serais incapable de deviner la fin.

— Un conseil, Darcy : prenez le bouquin page après page. Et ne vous occupez pas trop de l'intrigue. Il sera toujours temps de découvrir le fin mot de l'histoire, lorsque vous arriverez au chapitre final.

Elle se mit à jouer distraitement avec une de ses longues boucles d'oreilles.

— C'est ce que je m'efforce de faire. Mais il faut quand même que je me soucie un peu des pages qui vont suivre. Je ne peux pas me contenter indéfiniment de me faire masser les pieds et de m'acheter des robes et des bijoux. L'argent est une responsabilité, n'est-ce pas ?

Comblé, Daniel se renversa contre son dossier. La petite était délicate d'aspect, mais elle avait un cerveau en parfait état de marche. Avec son intelligence vive et ses capacités d'adaptation, c'était exactement le genre de compagne qui convenait à son petit-fils.

— C'est tout à fait cela. Une responsabilité, oui.

Le sourire entendu de Daniel la déconcerta. Il avait l'air de savoir et de comprendre tant de choses qui échappaient au commun des mortels ! Et ses yeux bleus pétillaient de joie, comme s'il avait secrètement motif à se réjouir.

Troublée, Darcy finit sa tasse de café avant de s'apercevoir qu'elle avait oublié d'y mettre du sucre.

— J'avais encore des quantités de nouveaux messages sur ma boîte vocale, ce matin.

— Il fallait vous y attendre.

— Oui, je sais. Mac m'avait prévenue que cela arriverait. Mais je ne pensais tout de même pas qu'il y en aurait tant. Des reporters souhaitent s'entretenir avec moi ; des animateurs d'émissions télévisées m'invitent sur leurs plateaux pour participer à toutes sortes de débats. Et je n'ai rien fait d'héroïque, pour qu'on se soucie soudain de mon opinion ! Je n'ai pas sauvé de vie, ni inventé un remède miracle contre le rhume, ni mis au monde des quintuplés.

— Vous avez des antécédents de naissances multiples

dans votre famille ? s'enquit Daniel, comme s'il s'agissait d'une information de haute importance.

Déroutée une fois de plus par ses étranges questions, elle secoua la tête.

— Pas que je sache, non.

— Dommage, murmura-t-il.

Il avait toujours rêvé qu'il y ait des jumeaux dans la famille. Mais ce n'était pas encore le moment d'en parler à Darcy. Il avait promis à Serena de faire preuve de subtilité.

— Ce que vous avez vécu, Darcy, c'est la réalisation d'un fantasme que tout le monde a eu un jour ou l'autre dans sa vie : la richesse instantanée. Avec cela, vous êtes jeune, jolie, vous venez d'une petite ville du Midwest et vous n'aviez plus que quelques dollars en poche. C'est le genre d'histoire qui plaît au public. Car les gens peuvent s'identifier à vous facilement.

Elle hocha la tête.

— Oui, j'imagine qu'ils se mettent facilement à ma place. Si ça m'est arrivé à moi, ça peut arriver à n'importe qui.

Darcy s'interrompit lorsque le serveur pressé déposa deux énormes assiettes garnies devant eux. Daniel s'attaqua à ses œufs avec appétit.

— Mangez, ma fille, mangez. Vous avez besoin de protéines.

Docile, elle prit ses couverts.

— J'ignorais qu'on pouvait se faire apporter des repas au bord de la piscine.

Daniel sourit.

— En principe, on n'en sert pas. Seulement des rafraîchissements et des cocktails. Mais il faut bousculer un peu les habitudes, de temps en temps. Vous vouliez un endroit tranquille pour me parler et j'ai pensé que nous serions bien ici. Il n'y a jamais grand monde à la piscine avant 10 heures du matin. Alors que les restaurants doivent être bondés.

— Il y a six restaurants, commenta Darcy en picorant dans son assiette. J'ai vu ça dans le dépliant. Et quatre piscines. C'est hallucinant, non ?

— Les gens ne peuvent pas vivre que d'alcool et de roulette. Il faut bien qu'ils se restaurent de temps en temps. Et certains clients aiment bien exhiber leur bronzage à la piscine lorsqu'ils ne sont pas au casino.

— Je n'en reviens pas, de cette immensité. C'est comme une ville dans la ville, avec des théâtres, des cinémas, des salons, un auditorium en plein air. Un vrai labyrinthe.

— Dont toutes les voies mènent au casino, compléta Daniel en lui décochant un clin d'œil. Et ce n'est pas un hasard si le bâtiment est conçu de cette façon. Car c'est le jeu qui fait vivre cette ville.

— C'est vrai. Et pourtant, il y a autre chose. Lorsqu'on monte ici, on voit le désert alentour. Et la vue est d'une beauté à couper le souffle.

— Eh oui… Voilà pourquoi il n'y a jamais de fenêtres dans une salle de casino. Tout ce qui pourrait distraire l'attention en est banni. Quoi qu'il en soit, il n'y a pas que les tables de jeu, dans la vie. Je vous conseille de nager, après le petit déjeuner. Moi, je fais mes longueurs tous les jours. Ça me conserve.

Il n'y avait pas que la natation qui conservait Daniel MacGregor. Ce qui maintenait cette extraordinaire jeunesse en lui, c'était son énergie phénoménale, son immense curiosité, son intérêt inentamé pour la vie. Et elle comptait précisément sur ses qualités pour le rallier à sa cause.

— Euh… monsieur MacGregor — votre fils, Caine, m'a donné une liste de noms. Des courtiers, des conseillers financiers, ce genre de personnes.

Daniel poussa un grognement. Et comme il n'y avait personne dans les environs pour le surveiller, il en profita pour saler ses pommes de terre.

— Il faut que vous protégiez votre capital, Darcy.

— Oui, justement. La majorité des appels que je reçois concernent mes finances. On m'offre même un voyage en avion pour Los Angeles ainsi qu'une nuit au Beverly Wilshire rien que pour que j'accepte un rendez-vous avec je ne sais quel gourou de la finance. Incroyable, n'est-ce pas ?

Sourcils froncés, Darcy beurra un toast.

— La plupart des gens qui m'ont appelée se sont déclarés très compétents, poursuivit-elle. J'ai noté leurs noms. Mais aucun d'entre eux ne figure sur la liste que Caine m'a remise.

Daniel émit un son dédaigneux dans sa barbe blanche.

— Cela ne me surprend pas.

— J'ai les deux listes ici, monsieur MacGregor. Vous accepteriez d'y jeter un coup d'œil ? J'aimerais bien avoir votre avis.

— Voyons cela.

Daniel sortit ses lunettes de sa poche et parcourut des yeux la première liste : celle des conseillers en investissement qui avaient laissé un message sur son répondeur.

— Ha ! Des prédateurs ! Des vautours ! Des vampires assoiffés de sang ! vociféra-t-il. Surtout ne vous laissez pas approcher par ces hyènes, mon petit. Ils vous dépouilleraient jusqu'au dernier cent avant que vous ayez eu le temps de les voir venir.

Darcy hocha la tête.

— C'est ce que je me suis dit aussi. Voici les noms que m'a donnés votre fils.

Tambourinant des doigts sur la table, Daniel sourit avec fierté en découvrant la seconde liste.

— Caine est le digne fils de son père, ma foi. Tous ces gens sont fiables, Darcy. Je vous conseille de prendre rendez-vous avec quelques-unes de ces sociétés, puis de vous laisser guider par votre instinct.

Son instinct l'avait déjà guidée, en l'occurrence. Mais elle n'était pas encore tout à fait prête à formuler sa demande.

— Je n'ai jamais eu d'argent à placer. Tout ce dont j'ai jamais eu à me préoccuper, c'était de boucler mon budget chaque mois. Hier soir, j'ai essayé de me représenter à quoi correspondait un million de dollars. Et j'ai échoué.

Daniel se servit une seconde tasse de café. Anna le scalperait si elle le voyait absorber autant de caféine. Mais il était ravi de son incartade.

— Dites-moi ce que vous voulez obtenir de votre argent, Darcy.

Il ne lui demandait pas ce qu'elle voulait en *faire*, mais ce qu'elle voulait en *obtenir*. Darcy jugea la nuance intéressante.

— C'est du temps qu'il me faudrait avant tout. J'ai toujours rêvé d'en avoir pour écrire. Mais jusqu'à présent, j'ai dû me contenter de griffonner quelques heures ici et là à mes moments perdus. Et on ne devient pas écrivain sans écrire.

— Vous avez du talent ?

— Oui, je crois. Je ne suis pas très sûre de moi dans

l'ensemble, mais quand j'ai un stylo à la main, je suis dans mon élément. Je sais que c'est ça et pas autre chose que j'ai à faire. Il me faudrait juste quelques semaines pour terminer le roman sur lequel je travaille.

— La somme que vous avez gagnée vous donnera nettement plus de marge que cela, observa Daniel.

Darcy sourit.

— Je sais. Mais j'ai l'intention de m'amuser un peu aussi. Je commence à me rendre compte que le plaisir ne tenait pas une grande place dans ma vie. Et je n'ai plus envie d'une existence sage, raisonnable et morose. On dit que l'argent ne fait pas le bonheur. C'est sans doute vrai, mais le fait de ne pas avoir à s'inquiéter du lendemain ouvre quand même quelques perspectives.

Avec un grand rire joyeux, Darcy se renversa contre son dossier.

— Je vais explorer le bonheur, monsieur MacGregor. N'est-ce pas une belle aventure ?

— C'est un choix qui me paraît avisé.

— Oui, je le crois aussi. Je veux être pleinement et consciemment heureuse. Ne pas gaspiller cette chance extraordinaire qui m'est donnée.

Daniel posa sa grande main sur la sienne.

— Vous avez donc été si malheureuse, Darcy ?

Elle haussa les épaules.

— D'une certaine façon, oui. Mais maintenant j'ai la possibilité de faire mes propres choix. Cela change beaucoup de choses. Alors je veux essayer de ne pas me tromper.

Il serra ses doigts entre les siens.

— Vous avez pris un bon départ.

— J'ai l'intention d'utiliser mon argent à bon escient. Et de commencer par en rendre une partie.

— A mon petit-fils ?

Riant doucement, elle posa les coudes sur la table.

— Au casino, vous voulez dire ? Oui, ça aussi. Ça fait partie des plaisirs de la vie, n'est-ce pas ? Mais je voudrais aussi faire un don. Pour la littérature. Aider des écrivains en difficulté, par exemple.

Il lui tapota la joue.

— C'est un projet qui vous ressemble. Je souscris à l'initiative.

— Je ne sais pas comment on procède, en revanche. Et j'ai pensé que vous pourriez peut-être me donner quelques indications ?

— Je vous aiderai avec le plus grand plaisir.

Le serveur s'approcha discrètement pour débarrasser la table. Mais Daniel leva une main impérieuse lorsqu'il voulut prendre l'assiette de Darcy.

— Non, non, laissez-la-lui, Andy. Cette jeune demoiselle a besoin de s'alimenter un peu plus sérieusement que cela.

Darcy et le dénommé Andy échangèrent un regard résigné.

— Bien, poursuivit Daniel lorsqu'il fut reparti. Donc vous aurez du temps pour écrire, du temps pour vivre et du temps pour vous amuser. Et vous allez partager un peu de votre bonne fortune avec de jeunes écrivains. Mais même une fois tout cela déduit, il vous restera une somme confortable. Que voulez-vous en tirer ?

Se mordant la lèvre, elle se pencha vers le vieil homme.

— Je voudrais en tirer plus, admit-elle à voix basse.

Daniel renversa la tête en arrière et laissa éclater un rire tonitruant.

— Ah, voilà une fille qui a la tête sur les épaules. Je le savais.

— Je dois vous paraître terriblement avide, mais…

— Vous me paraissez tout à fait sensée, au contraire. Pourquoi vouloir moins alors qu'il y a moyen d'avoir plus ? Vous avez envie que votre argent travaille pour vous. Ce serait idiot de laisser votre capital s'amenuiser alors qu'il peut faire des petits.

— Monsieur MacGregor…

Darcy prit une profonde inspiration et se jeta à l'eau.

— J'aimerais que vous preniez mon argent et que vous le fassiez travailler pour moi.

Il fixa sur elle un regard plus perçant que jamais.

— Ah oui ? Et pourquoi moi ?

— Parce que vous êtes le meilleur. Et que je n'ai pas envie de me contenter de moins.

Le visage toujours impassible, il la dévisagea avec une telle intensité que Darcy sentit le feu lui monter aux joues. Persuadée qu'elle était allée trop loin, elle ouvrait la bouche pour balbutier des paroles d'excuse lorsque les lèvres sévères s'entrouvrirent sur un large sourire.

— Mmm… Intéressant.

Les yeux étincelants, il tourna le pommeau de sa canne, le fit basculer et en sortit un gros cigare. Tirant un briquet de sa poche, il l'alluma d'un geste presque respectueux. Puis, fermant les yeux de plaisir, il aspira profondément la fumée.

— Je sais que c'est beaucoup vous demander, monsieur MacGregor, mais…

— Daniel, rectifia-t-il avec un large sourire. Puisque

nous sommes désormais associés, vous et moi, il faut m'appeler par mon prénom.

Comme Darcy le regardait avec des yeux ronds, il pointa un doigt autoritaire sur son assiette toujours pleine.

— Mange, maintenant ! J'ai déjà quelques idées en ce qui concerne ton pécule. Mais dis-moi d'abord : le risque ne te fait pas peur ? Tu es une joueuse dans l'âme ?

La tête bourdonnante et le cœur débordant de joie, elle prit une tranche de bacon.

— Je l'ignorais jusqu'ici, mais je crois que j'en suis une, oui.

Mac était débordé. Les journalistes l'assiégeaient sans répit ; des photographes étaient postés en permanence aux abords du Comanche. Des hordes de reporters se battaient pour tenter d'obtenir de nouveaux scoops sur « l'étonnante Darcy Wallace ». Les journaux du matin s'en étaient donné à cœur joie, d'ailleurs. Tous titraient sur les aventures de Darcy : « Une bibliothécaire désargentée fait fortune avec trois dollars », « Les clés du paradis pour la jeune voyageuse arrivée à pied du Midwest », « Darcy joue et gagne »

En temps normal, tout ce tapage médiatique l'aurait amusé. Et il aurait certainement apprécié les retombées positives pour le Comanche de Vegas. Non seulement les réservations ne cessaient de pleuvoir mais on faisait la queue devant ses machines à sous. Tant que Darcy serait à la mode, les taux de fréquentation de son casino resteraient nettement plus élevés que la normale.

Le surcroît de travail ne l'inquiétait pas non plus. Mac était à l'aise dans les situations de stress ; quant à tenir les journalistes à distance, c'était un sport qu'il affectionnait. Il avait déjà recruté du personnel intérimaire, se préparait à passer plus de temps en salle et avait réussi à convaincre ses parents de rester quelques jours de plus pour l'aider.

Tout aurait donc pu être pour le mieux dans le meilleur des mondes.

Etre sur la brèche vingt-quatre heures sur vingt-quatre présentait d'autre part un avantage non négligeable : le distraire des exigences de sa libido. Car celle-ci le tourmentait avec insistance. Et cela pour quoi ? Pour un brin de fille haut comme trois pommes, avec de grands yeux candides et un sourire de lutin timide.

Chassant résolument son visage d'ange de ses pensées, Mac s'engouffra dans l'ascenseur. Les affaires de cœur ne figuraient pas à son programme. A fortiori avec une innocente venue du Midwest qui ne savait même pas faire la différence entre un brelan et une quinte flush royale.

Mac se considérait comme un homme éminemment civilisé, capable de gouverner ses instincts et de résister aux tentations de la chair, pour peu qu'il en décidât ainsi. Il ne jouait pas avec l'amour comme son frère Duncan. Sans être pour autant de l'avis de sa sœur Amelia qui considérait la passion amoureuse comme un sentiment parasite à éradiquer à tout prix. Mais de là à se stabiliser affectivement et à fonder une famille comme sa sœur Gwen, il y avait un pas qu'il n'était pas prêt à franchir.

Pour Mac, l'amour était une affaire très sérieuse, au fond. Il comptait s'y intéresser, mais plus tard, lorsqu'il aurait du temps à consacrer aux choses du cœur. Avant qu'il accepte de se lancer dans l'aventure du mariage, il voulait être certain de jouer gagnant. Le rapport de probabilité devrait être optimal.

Mac passa une main lasse sur ses paupières. En vérité, il voulait la même qualité de relation dans son couple que celle qui existait entre ses parents. Jusqu'à présent, il ne s'était jamais formulé les choses de façon aussi précise. Mais depuis que Darcy avait attiré son attention sur la complicité amoureuse entre Justin et Serena, il voyait plus clair dans ses propres objectifs. Le couple parental était pour lui le modèle à atteindre. Et il ne se contenterait pas de moins.

Telle était la raison pour laquelle il avait toujours évité de s'engager jusqu'à présent.

Il aimait l'amour et il aimait les femmes. Mais il fuyait les complications. Une histoire trop intense finissait immanquablement par engendrer de la souffrance d'un côté ou de l'autre. Or il avait toujours été attentif à ne pas blesser ses partenaires. Voilà pourquoi il veillait à ne jamais leur donner la moindre illusion.

Il allait sans dire qu'avec une fille fragile et naïve comme Darcy Wallace, il convenait de redoubler de précautions. Elle était beaucoup trop inexpérimentée et vulnérable pour un homme qui passait ses nuits dans l'univers frelaté des salles de jeu. Mac s'était donc astreint à maintenir avec Darcy une relation strictement amicale. Pour elle, il serait juste un soutien temporaire. Et dès qu'elle aurait recouvré son équilibre, il disparaîtrait de sa vie.

Il avait à peine posé un pied dans le jardin sur le toit de l'hôtel que Darcy apparut à sa vue. Elle était assise à l'une des tables de verre sous la treille, ses grands yeux d'elfe intensément rivés sur le visage de son grand-père. Penchés l'un vers l'autre, ils se parlaient comme deux conspirateurs.

Que manigançaient-ils, tous les deux, pour avoir l'air

de si bien se comprendre ? Connaissant Daniel, Mac craignait le pire.

Darcy avait l'air plus fragile que jamais, vêtue d'une robe de plage toute simple, ses deux mains fines aux doigts dépourvus de bagues sagement posées devant elle. Elle avait dégagé un pied d'une de ses sandales qui ne tenait plus que par une bride. La chaussure se balançait doucement au bout de ses doigts de pied aux ongles vernis.

Le temps d'un flash, il se vit embrasser un à un ces orteils adorables, remonter lentement le long du mollet jusqu'au creux du genou… Repoussant avec impatience cette vision lascive, Mac jura à voix basse. Désirer une femme avait toujours fait partie pour lui des expériences agréables de la vie. Mais avec Darcy du Kansas, ses pulsions sexuelles aggravées prenaient des allures de persécution.

Un reste d'irritation assombrissait son humeur lorsqu'il les rejoignit à leur table. Daniel se renversa contre son dossier et le considéra d'un œil radieux.

— Ah, voici mon petit-fils ! Déjà debout, mon garçon, après une nuit presque blanche ? Je te sers un café ?

— J'en prendrais bien une tasse, oui.

Mac connaissait trop bien son grand-père pour ne pas se douter de ce qu'il tramait. Son sourire rayonnant d'autosatisfaction ne lui disait d'ailleurs rien qui vaille.

— Qu'est-ce qui se passe ici ? Vous faites des messes basses, tous les deux ?

— Comment ça, des messes basses ? Je n'ai plus le droit de prendre tranquillement mon petit déjeuner en adorable compagnie féminine, maintenant ? En sachant que si tu n'étais pas aussi lent à la détente, mon cher garçon, tu serais déjà assis à ma place.

— J'ai un casino à gérer, figure-toi, rétorqua Mac sèchement en portant son attention sur Darcy... Bien dormi ?

— Oui, très bien, merci.

Elle tressaillit lorsque Daniel abattit son poing sur la table.

— C'est une façon de s'adresser à une jolie femme ? Tu devrais la complimenter sur sa mine et sur sa tenue ! Ou lui demander si elle accepterait de faire un tour en voiture dans les collines, au clair de lune, ce soir.

— Je travaille de nuit, au cas où tu l'aurais oublié.

— Un MacGregor se débrouille toujours pour trouver du temps libre lorsqu'il s'agit d'apporter plaisirs et distractions à une charmante jeune femme. Ça vous plairait, non, petite, de vous promener au clair de lune dans les collines ?

— Euh... oui, mais...

— Ah ! Tu vois ! Vas-tu te décider à te comporter en galant homme, ou couvriras-tu ton malheureux grand-père de honte ?

Jugeant que le moment était venu de passer à la contre-offensive, Mac prit le cigare qui se consumait dans le cendrier et l'examina d'un œil sombre en le faisant tourner entre ses doigts.

— Rassure-moi... Ce ne serait tout de même pas le tien, grand-père ?

Daniel détourna les yeux et examina ses ongles.

— Je ne sais pas de quoi tu parles. Maintenant, revenons à...

— Tu sais à quel point ma grand-mère serait déçue si elle apprenait que tu recommences à fumer dès qu'elle a le dos tourné ?

D'un geste lent, mesuré, Mac tapota la cendre.

— Je n'ose même pas imaginer sa réaction d'ailleurs.

Notant l'air contrit de Daniel, Darcy s'éclaircit la voix.

— Ce cigare est à moi, dit-elle sur une impulsion.

Les deux hommes lui lancèrent un regard sidéré.

— A toi ? s'enquit Mac d'une voix excessivement suave.

Elle haussa les épaules avec arrogance.

— Oui, pourquoi ? Cela pose un problème ?

Mac sourit.

— Mais pas du tout. Fais-toi plaisir, rétorqua-t-il en lui tendant le havane.

La lueur de défi dans les yeux de Mac ne lui laissait pas le choix. D'un geste qu'elle espéra naturel, elle le porta à ses lèvres et aspira une bouffée. Sa tête se mit à tourner, sa gorge se serra, mais elle réussit à camoufler sa toux.

— C'est très agréable, commenta-t-elle en s'étranglant à moitié.

Les yeux larmoyants, elle continua posément à fumer. Mac résista à la tentation de la prendre sur ses genoux et de poser les lèvres dans son cou.

— Oui, je vois. Un petit cognac te ferait plaisir, peut-être ? Les deux se marient si bien.

— Jamais avant l'heure du déjeuner, hoqueta-t-elle.

Elle toussa de nouveau — plus bruyamment, cette fois. Un premier haut-le-cœur menaçait dangereusement.

— Ton grand-père et moi discutions affaires, précisa-t-elle avec difficulté en essuyant ses larmes du revers de la main.

— Mais poursuivez, je vous en prie. Il ne faut pas vous gêner pour moi.

Mac prit une tranche de bacon dans son assiette et

mordit dedans avec appétit. Darcy, elle, blêmissait à vue d'œil.

— Je te conseille de reposer ce cigare avant d'avoir un malaise.

— Je me sens parfaitement bien.

— Vous avez du courage, Darcy.

Daniel se leva, lui prit le menton et posa un baiser paternel sur sa joue.

— Je vais commencer à m'occuper de la petite affaire dont nous parlions tout à l'heure… Quant à toi, Robbie, veille à ne pas me faire honte, d'accord ?

— Qui est Robbie ? demanda Darcy, le regard dans le vague en tirant sur son havane.

— Moi. De temps à autre. Mais seulement pour mon grand-père.

Elle sourit rêveusement.

— C'est mignon.

— Tu vas te rendre malade, marmonna Mac en lui retirant le cigare. Je ne pensais pas que tu irais jusqu'à t'intoxiquer avec ce machin pour protéger ce vieux bandit.

Darcy sourit de plus belle. La tête lui tournait tellement qu'elle la laissa tomber en arrière.

— Je ne vois pas du tout ce que tu veux dire.

Avec un léger soupir, Mac prit son verre d'eau et le porta à ses lèvres.

— Tu pensais vraiment que je cafterais ? Allez, bois une gorgée. Tu es comme ivre.

Elle tourna la tête pour lui sourire.

— Au fond, ce n'est pas désagréable du tout, de fumer… Tu ne l'aurais pas dénoncé, tu dis ?

— Même si je l'avais fait, cela n'aurait rien changé. Ma grand-mère sait pertinemment qu'il cache des cigares sur lui et qu'il fume en cachette dès qu'elle n'est plus dans le secteur.

Darcy ferma rêveusement les yeux et sourit.

— J'aurais aimé avoir un grand-père comme lui. Je trouve que c'est l'homme le plus merveilleux du monde.

— Lui aussi, il a de l'affection pour toi. Ça va ? Tu penses pouvoir marcher droit ? Ou faut-il que je te jette dans la piscine ?

— Oh, mais je vais tout à fait bien. Il n'est pas exclu que je me mette à fumer le havane, d'ailleurs, murmura-t-elle en regardant le mégot se consumer dans le cendrier.

Portant son verre d'eau à ses lèvres pour apaiser sa gorge en feu, elle contempla le visage renfrogné de Mac.

— Ton grand-père n'aurait pas dû te taquiner comme ça, pour cette histoire de promenade au clair de lune.

Mac écrasa d'autorité ce qui restait du cigare.

— Il a décidé que tu étais faite pour moi.

Une agréable chaleur se répandit dans la poitrine de Darcy.

— Faite pour toi ? Vraiment ?

— Daniel MacGregor est un sentimental. Il ne jure que par la famille. Son plus grand désir est de voir tous ses petits-enfants mariés et occupés à assurer sa nombreuse descendance. Et plus il se mêle des histoires de cœur d'autrui, plus il est heureux. Il a déjà arrangé des rencontres pour ma sœur et pour deux de mes cousines.

— Ah oui ? Et qu'est-ce que ça a donné ?

— Dans ces trois cas particuliers, le hasard a voulu qu'il mise chaque fois sur le numéro gagnant. Le malheur, c'est qu'il se considère désormais comme infaillible. Et que rien ne l'arrêtera plus sur sa lancée.

Mac se tut un instant pour laisser courir sur elle un regard scrutateur.

— Et il s'est mis en tête que tu étais la compagne idéale pour moi.

Il aurait sans doute été plus avisé de ne rien laisser transparaître de la bouffée de joie que suscita l'explication laconique de Mac. Mais Darcy eut de la peine à réprimer un sourire.

— Je suis flattée.

Mac eut un petit rire.

— Tu peux l'être. Je suis l'aîné de ses petits-enfants, après tout. Et le cher grand-père a ses exigences. Il est très sélectif lorsqu'il se pique de trouver de nouveaux membres pour son clan.

— Mais toi, ça t'énerve qu'il se mêle ainsi de ta vie ?

— Un peu, oui. Même si je l'aime beaucoup, je n'ai aucune intention de me laisser manipuler. Je regrette s'il t'a fait monter ici en catimini pour te mettre des idées de mariage en tête. Mais il se trouve que je suis très attaché à mon célibat.

Darcy tressaillit.

— Je te demande pardon ?

Mac secoua la tête en souriant.

— Allons, Darcy… Tu fais semblant de ne pas comprendre parce que le vieux forban a dû te demander de tenir ta langue. Mais je connais mon grand-père par cœur. Lorsqu'on m'a dit que vous étiez ensemble ici, j'ai tout de suite compris qu'il essayait de te faire entrer dans son jeu.

Mortifiée, Darcy baissa le nez sur sa tasse de café. La douce chaleur qui l'avait envahie disparut. Ce fut comme si une pierre dure et froide se cristallisait dans sa poitrine.

— Et naturellement, une fille comme moi offre un terrain fertile à ce genre d'approche, selon toi ?

— Mon grand-père n'y peut rien. C'est plus fort que lui. Et le fait que tu sois une Wallace l'enchante, bien sûr. « Du bon sang écossais », déclama Mac en imitant l'accent traînant de son grand-père. Il considère que tu as été taillée sur mesure pour porter mes enfants.

— Et comme tu n'es pas intéressé, tu as jugé plus charitable de venir tuer dans l'œuf les germes d'espoir qui pourraient se développer dans mon pauvre esprit crédule.

— C'est à peu près cela, oui, admit-il, soudain conscient de l'ironie grinçante dans sa voix. Darcy…

— Espèce de présomptueux personnage ! Comment peut-on être imbu de soi-même à ce point ?

Elle se leva d'un bond si brusque que la table se souleva dans le mouvement. Un verre se renversa et se brisa avec fracas sur le carrelage. Mais Darcy n'en avait cure. Les poings serrés, le regard étincelant de rage, elle le toisa.

— Tu me prends vraiment pour une lamentable idiote, n'est-ce pas ? Tu crois qu'avec le petit pois que j'ai dans le cerveau, je suis tombée dans le panneau la tête la première ? Et que j'ai déjà commandé la robe et le bouquet ?

Sidéré par la violence de sa réaction, Mac se leva à son tour.

— Darcy… Ce n'est absolument pas ce que je voulais dire.

— Ah non ! Ne me fais pas *en plus* l'insulte de nier l'évidence ! Tu crois que je ne m'en rends pas compte lorsqu'on me considère comme une péquenaude semi-primitive tout droit sortie de ses champs de maïs ? Tu n'es pas le premier à le penser, mais je jure que tu seras le dernier. Je suis tout à fait lucide en ce qui te concerne. Tu pensais que je ne m'étais pas aperçue que tu ne voulais pas de moi ?

— Je n'ai jamais affirmé que...

— Je suis parfaitement consciente que je ne suis pas ton type, Mac Blade !

Furieuse, elle poussa sa chaise qui heurta la table avec fracas. Le second verre d'eau suivit le même chemin que le premier.

— Tout le monde sait que tu préfères les danseuses de music-hall avec des seins comme des obus, des jambes de déesse et une chevelure qui descend jusqu'aux reins !

— *Quoi ?* Mais d'où sors-tu ce portrait-type ?

Tout droit de son rêve de la veille. Mais elle aurait préféré mourir plutôt que de le lui avouer.

— Je n'ai aucune illusion en ce qui te concerne. J'aurais accepté de coucher avec toi, c'est vrai. Mais je ne m'attendais certainement pas à ce que tu me traînes devant l'autel dans la foulée ! Si le mariage avait été le grand rêve de ma vie, je serais restée à Trader's Corner !

De sa vie, Mac ne s'était senti aussi ridicule.

— Avant que tu casses encore quelque chose, laisse-moi te présenter mes excuses.

Il posa la main sur le dos de la chaise avant qu'elle puisse la propulser une seconde fois contre la table.

— Je ne voulais pas que mon grand-père te mette dans une situation inconfortable, c'est tout.

— Tu t'en es chargé à sa place.

L'humiliation fit monter le sang aux joues de Darcy.

— Cela va sans doute te surprendre, mais c'est *moi*

qui ai prié Daniel de m'accorder une entrevue. Et je peux t'assurer — au risque de porter un coup fatal à ton ego surdimensionné — que tu n'avais strictement rien à voir dans l'histoire. Nous avons parlé affaires, Daniel et moi, précisa-t-elle avec hauteur.

Mac fronça les sourcils.

— Affaires ? Comment cela ?

— Je ne vois pas en quoi cela te concerne, rétorqua-t-elle froidement. Mais comme je ne voudrais pas que tu ennuies Daniel avec cette histoire, je vais te le dire quand même. Je lui ai demandé d'être mon conseiller financier.

Intrigué, Mac glissa les mains dans ses poches.

— Tu veux qu'il se charge de placer ton argent ?

— Il y a une contre-indication ?

— Non.

Espérant l'amadouer un peu, il lui sourit et inclina la tête.

— Tu n'aurais pas pu faire meilleur choix.

— Exactement.

Et lui n'aurait pas pu commettre une bourde plus monumentale, de toute évidence.

— Darcy…

— Je ne veux pas de tes excuses, l'interrompit-elle d'une voix glaciale. Et j'ai encore moins envie d'entendre tes explications minables.

Glissant la bride de son sac sur une épaule, elle le salua d'un regard noir.

— Tu mettras les deux verres sur ma facture.

Mac ne put s'empêcher de faire la grimace en la regardant s'éloigner entre les palmiers. Pour commencer, il allait devoir faire amende honorable, après la stupide erreur qu'il avait commise.

Mais ce n'était pas là le pire.

Car sous le déferlement de colère, il avait discerné une Darcy impétueuse et fière qui le fascinait plus encore que tout ce qu'elle avait montré d'elle jusqu'ici.

Chapitre 8

Pendant deux jours, Darcy ne s'occupa que d'écriture. Pour la première fois en vingt-trois années d'existence, elle pouvait faire ce qu'elle voulait, quand elle le voulait et comme elle le voulait. Rester penchée sur son écran jusqu'à 3 heures du matin et dormir jusqu'à midi, pourquoi pas ? Et qu'est-ce qui l'empêchait de dîner à minuit, s'il lui en prenait l'envie ?

Même si elle était dans une fureur noire, elle réalisa avec une sorte d'exultation sauvage que c'était enfin *sa* vie qu'elle vivait.

Daniel lui manquerait, en revanche. Il était reparti la veille en lui promettant de la tenir au courant des placements réalisés. Il lui avait également déclaré que sa maison de Hyannis lui était ouverte. Elle pouvait passer aussi souvent qu'elle en aurait envie. Darcy s'était engagée à lui rendre visite. Et elle avait l'intention de tenir sa promesse. Elle s'était prise d'une affection sans partage pour les MacGregor au grand complet. A en juger par ceux qu'elle avait rencontrés, c'étaient tous des gens merveilleux.

A une exception près, toutefois.

Un des descendants du clan était arrogant, désagréable et insultant. Et si le descendant en question croyait pouvoir se racheter avec des fleurs, il se trompait. Fronçant dédaigneusement les narines, Darcy se pencha sur le bouquet composé de trois douzaines de roses d'un blanc pur qu'elle avait placé en évidence sur la table du salon. Elle n'avait encore jamais vu de fleurs aussi belles. Et Mac devait s'en douter, le rustre. Mais il était hors de question qu'elle se laisse impressionner pour autant.

Elle n'avait pas réagi pour le remercier, malgré le mot d'excuse qui accompagnait le bouquet. Il y avait eu un nouvel arrivage de fleurs le lendemain matin : un gardénia, cette fois. Avec un petit mot sur une carte de visite, la priant de l'appeler dès qu'elle aurait un moment. Mais là encore, elle s'était abstenue de répondre. Tout comme elle avait laissé Mac tambouriner vainement à sa porte la veille au soir.

Ce matin, le nouveau bouquet était composé d'hibiscus et de fleurs exotiques au parfum envoûtant. Le mot d'accom-pagnement, lui, s'était fait plus impérieux :

« Bon sang, Darcy. Ouvre ta porte ! »

Avec un petit rire sans joie, elle se concentra de nouveau sur l'écran de son ordinateur. Il était hors de question qu'elle lui ouvre quoi que ce soit — ni sa porte ni son cœur. Qu'elle ait pu tomber amoureuse de lui n'était pas seulement humiliant. Il s'agissait également du cas de figure le plus banal, le plus éculé que l'on puisse imaginer. Un scénario à peine digne du plus lamentable roman de gare !

« Femme seule et pitoyable rencontre bel homme riche et brillant et tombe à ses pieds. »

Mortifiée, Darcy serra les dents. Elle avait réussi à se ressaisir, en tout cas. Et même si Mac lui envoyait des champs entiers de fleurs et des kilos de messages, elle maintiendrait ses positions.

Elle savait exactement ce qu'elle voulait, désormais. Dès qu'elle aurait terminé le premier jet de son roman, elle deviendrait propriétaire immobilière. C'était une maison qu'il lui fallait. Une grande maison ocre qui ouvrirait sur le désert et sur le cirque majestueux des montagnes.

Mac ne jouait évidemment aucun rôle dans la décision qu'elle avait prise de s'établir dans le Nevada. Vegas, tout simplement, lui allait comme un gant. Elle aimait les vents chauds, les étendues de désert, le mouvement et la frénésie du Strip où s'alignaient les plus fabuleux casinos. Las Vegas était une des villes dont la croissance de population était la plus rapide de tous les Etats-Unis. Et la qualité de vie avait la réputation d'y être excellente.

Voilà ce qu'elle avait lu dans le petit guide mis à sa disposition par le Comanche. Alors pourquoi irait-elle chercher ailleurs des avantages qui s'offraient sur place ?

Lorsque le téléphone sonna, Darcy se contenta de gratifier l'appareil d'un regard noir. Si Mac pensait qu'elle mourait d'envie d'entendre le son de sa voix, il faudrait qu'il se rende à l'évidence : la « petite Darcy du Kansas » était parfaitement capable de se débrouiller sans lui.

Le front buté, les mâchoires crispées, Darcy s'attela de nouveau à son récit et oublia résolument le monde extérieur.

Mac marchait de long en large dans son bureau pendant que Serena, installée à sa table de travail, examinait le planning des réservations pour les deux prochains mois.

— Eh bien… ça se présente plutôt favorablement, dans l'ensemble. Tu vas finir par afficher complet toute l'année, si ça continue.

— Mmm…, acquiesça Mac, sans avoir entendu un traître mot de ce que disait sa mère.

Il était incapable de se concentrer depuis son altercation avec Darcy sur la terrasse. Ce qui achevait de le mettre hors de lui.

Qu'avait-il fait de si impardonnable, après tout ? Il avait juste voulu la mettre en garde contre les petites manies de son grand-père. Il ne l'avait pas fait pour lui mais pour *elle*, pour lui épargner une déception éventuelle. Et même s'il avait manqué de tact, il lui avait tout de même exprimé ses regrets à plusieurs reprises.

Mais Mademoiselle n'avait même pas daigné accepter ses excuses. Et elle s'obstinait à jouer la femme invisible depuis deux jours.

Le pire, c'est qu'il avait été à deux doigts d'utiliser son passe et de s'introduire dans sa suite de force. Une intrusion qui eût été impardonnable, compte tenu des responsabilités qu'il occupait au Comanche. Mais il y avait tout de même de quoi se taper la tête contre les murs ! Il jura intérieurement. Bon sang ! Que pouvait-elle bien fabriquer, enfermée du matin au soir dans ses appartements ? Elle n'avait pas pris un seul repas en dehors de sa chambre depuis le mémorable petit déjeuner sur le toit. Pas plus qu'elle n'était apparue au casino.

Madame boudait, autrement dit.

A vingt-trois ans, elle avait pourtant passé l'âge des caprices. Cette façon de se retrancher dans un silence renfrogné manquait tellement d'élégance !

— Ça m'apprendra à vouloir rendre service aux gens, marmonna-t-il.

— Pardon ?

Serena lui jeta un regard de biais puis secoua la tête.

Depuis une heure qu'elle était censée travailler avec Mac, elle avait quasiment renoncé à obtenir son attention.

— Qu'est-ce qui ne va pas, Mac ?

— Rien. Tout va bien, au contraire. Comme tu peux le constater, les affaires ont rarement aussi bien marché... Tu veux voir le calendrier des spectacles prévus pour cet été ?

Haussant un sourcil ironique, Serena agita le listing qu'elle avait à la main.

— C'est ce que je suis en train d'étudier.

— Ah oui, O.K.

Serena soupira ostensiblement. Mais Mac avait déjà oublié sa présence, de toute évidence. Debout devant la fenêtre, il scrutait l'horizon d'un œil sombre. Laissant ses documents de côté, elle se renversa contre son dossier.

— Ecoute, Mac... Autant me confier tout de suite ce que tu ressasses depuis deux jours de cet air lugubre. De toute façon, je ne te lâcherai pas avant de t'avoir extorqué des aveux complets.

Mac pivota pour lui faire face. Une lueur de révolte étincela au fond de ses yeux bleus.

— Qui aurait cru qu'elle pourrait être aussi tête de mule ! C'est hallucinant, non ? Si elle est capable d'être contrariante à ce point, comment se fait-il qu'elle se soit tant laissé dominer jusqu'à présent ?

Serena toussota. Il était rarissime que Mac s'énerve ainsi. Surtout à cause d'une femme. Voilà qui dissipait jusqu'à ses derniers doutes au sujet des sentiments de son fils.

— J'imagine que tu veux parler de Darcy ?

— Evidemment que je parle de Darcy ! Ça fait deux

jours qu'elle reste enfermée jour et nuit dans sa suite. J'aimerais quand même bien savoir ce qu'elle trafique !

— Elle écrit.

— Comment ça, « elle écrit » ?

— Son livre, précisa Serena patiemment. Elle voudrait boucler le dernier chapitre avant de se mettre à la recherche d'un agent littéraire.

Un éclair d'étonnement traversa le regard de Mac.

— Comment sais-tu tout ça ?

— Parce qu'elle me l'a dit. Nous avons pris le thé ensemble dans sa suite, hier après-midi.

Mac dut faire un effort sur lui-même pour ne pas rester bouche bée, comme un idiot.

— Parce qu'elle t'a laissée entrer ?

— Bien sûr qu'elle m'a laissée entrer ! Je l'ai convaincue de s'accorder une courte pause. C'est une fille très disciplinée, très volontaire aussi. Et talentueuse, avec cela.

— Talentueuse ?

— J'ai réussi à obtenir qu'elle me fasse lire un extrait du manuscrit qu'elle a terminé l'année dernière. Et j'ai été très impressionnée par la qualité de son travail. C'est à la fois bien écrit et passionnant. Cela te surprend ?

— Non.

Mac réalisa que cela ne le surprenait pas du tout, même.

— Donc elle travaille ?

— C'est exact.

— Cela n'excuse pas son impolitesse.

— Impolie ? *Darcy ?*

— Son silence boudeur commence à me courir sur les nerfs, marmonna-t-il.

— Elle refuse de te parler ? Qu'est-ce que tu lui as fait ?

Avec un soupir d'impatience, Mac foudroya sa mère du regard.

— C'est quand même incroyable ! Tu ne sais rien de ce qui s'est passé ! Qu'est-ce qui te fait penser que je suis en tort ?

Serena se leva et lui posa affectueusement la main sur la joue.

— Tu sais quelle affection j'ai pour toi, Mac. Mais tu es et tu restes un homme. Alors, quelle maladresse as-tu commise pour la mettre en colère ?

Mac haussa les épaules.

— J'ai simplement tenté de lui expliquer le fonctionnement de Daniel. Il faut dire que je les ai surpris là-haut, près de la piscine, penchés l'un vers l'autre, à chuchoter comme deux vieux complices mijotant un grand coup. Et lorsque je les ai rejoints, grand-père a commencé à me faire la morale pour que j'emmène Darcy faire un tour dans le désert au clair de lune. Tu connais sa technique.

Serena soupira bruyamment. Oui, elle connaissait par cœur les « subtiles » manœuvres de son père.

— Je vois. Et comment lui as-tu décrit les petites manies de Daniel, au juste ?

— Je lui ai parlé de son obsession par rapport à la lignée et de son souhait de voir le monde peuplé d'une ribambelle de petits MacGregor. J'ai expliqué à Darcy qu'elle avait l'honneur d'être LA candidate choisie à mon intention. Et je lui ai présenté mes excuses pour le comportement de mon grand-père en lui précisant que je n'avais pas l'intention de me marier. Cela m'aurait ennuyé qu'elle le prenne trop au sérieux.

Serena recula d'un pas pour le dévisager avec consternation.

— Et dire que je te considérais comme quelqu'un de supérieurement intelligent, mon fils !

— Tout ce que je voulais, c'était la protéger d'une déception éventuelle. J'étais convaincu que grand-père avait manigancé un rendez-vous pour lui mettre des idées de mariage en tête. Je pouvais difficilement deviner que c'était elle qui avait proposé de le voir pour affaires ! Je reconnais que j'ai mis les pieds dans le plat.

— Pour mettre les pieds dans le plat, tu as mis les pieds dans le plat, oui.

Exaspéré, Mac enfonça les mains dans ses poches.

— Bon, d'accord. Admettons. Mais tout le monde a le droit de se tromper, non ? Je lui ai présenté mes excuses, je lui ai envoyé des fleurs, j'ai essayé — en vain — de la joindre au téléphone et j'ai même cogné à sa porte. Je ne vois vraiment pas ce que je peux faire de plus. Me jeter à ses pieds, peut-être ?

— Cela te ferait sans doute le plus grand bien.

— C'est ça, bien sûr ! vociféra-t-il, le regard sombre.

Avec un léger rire, Serena prit le visage de son fils entre ses paumes.

— Pourquoi cette petite brouille te préoccupe-t-elle à ce point ? Tu as des sentiments pour elle ?

— Je me soucie de son sort, oui. Elle est arrivée ici en titubant de faim et de fatigue, comme… comme une espèce de réfugiée, bon sang ! Il faut bien que quelqu'un s'occupe d'elle.

Serena garda les yeux rivés aux siens.

— Donc ce que tu ressens pour elle est de nature… fraternelle ?

Il hésita juste une seconde de trop.

— En principe, oui.

— Mais en réalité ?

— Je ne sais pas.

Le cœur débordant de tendresse maternelle, Serena caressa les cheveux d'un noir de jais de son fils.

— Tu devrais peut-être essayer de trouver la réponse ?

— Ah oui ? Et comment ? Elle ne m'adresse plus la parole.

— Avec du sang Blade et du sang MacGregor dans les veines, ce n'est pas une porte fermée qui devrait t'arrêter.

Serena sourit et lui posa un baiser sonore sur la joue.

— Si les paris sont ouverts, je mise sur toi, Mac.

Les yeux clos, Darcy imagina la scène qu'elle voulait écrire. Ses deux personnages principaux, malgré le danger qui les environnait, étaient sur le point de céder à leur attirance mutuelle. Ils avaient résisté longtemps, mais la pulsion qui les poussait l'un vers l'autre était devenue plus forte que tout ce qui les avait séparés jusqu'à présent.

C'était maintenant. Maintenant ou jamais.

La maison où ils avaient trouvé refuge était glaciale. Et le feu qui brûlait dans l'âtre n'avait pas encore chassé l'humidité de la pièce. A travers le carreau, l'éclat bleuâtre d'une lune d'hiver conférait à la scène un léger halo de mystère.

Ce serait lui qui ferait le premier geste. En lui effleurant la joue du dos de la main, peut-être ? Elle sentirait sa respiration se bloquer puis un long soupir glisserait sur ses lèvres. Lorsqu'il l'attirerait contre lui, percevrait-elle, malgré leurs épais vêtements, la chaleur de son corps ? Et quelles seraient les dernières pensées qui lui traverseraient l'esprit avant que leurs bouches ne se joignent ?

Les yeux clos, toujours, Darcy laissa monter les mots qui couleraient bientôt sur la page. La sonnerie du téléphone la surprit non pas dans une suite de luxe à Las Vegas, mais devant la cheminée d'un chalet isolé en pleine montagne.

Tressaillant violemment, elle décrocha sans réfléchir.

— Allô !

— Bonjour, Darcy.

La voix masculine était grave, irritée et tristement familière.

— Gerald ?

— Qui d'autre, à ton avis ?

Le ventre noué par la tension, elle oublia la scène d'amour passionnée, ses personnages, le chalet perdu dans la neige.

— Comment vas-tu ? s'enquit-elle nerveusement.

— Comment voudrais-tu que j'aille ? Tu m'as mis dans une situation on ne peut plus gênante.

— Je suis désolée.

Les mots d'excuse lui avaient échappé par automatisme. A l'autre bout du fil, Gerald soupira avec impatience.

— Je ne sais vraiment pas ce qui t'a pris de te comporter de cette manière. Tu vas d'ailleurs me fournir des explications sur-le-champ. Donne-moi le numéro de ta chambre.

— Le numéro de ma chambre ?

La nervosité de Darcy se mua instantanément en panique.

— Où es-tu ?

— Dans le hall d'entrée de cet endroit ridicule où tu as choisi de venir te compromettre. Ce lieu est pire qu'inacceptable, ce qui ne me surprend pas, compte tenu de ton attitude irréfléchie de ces dernières semaines.

Mais nous allons mettre cela au clair tout de suite. Ton numéro de chambre, Darcy ?

Elle porta la main à son cœur battant. Laisser Gerald entrer ici ? Dans son refuge ? Non. Pour rien au monde, elle ne le laisserait envahir son sanctuaire.

— Ecoute, je vais descendre plutôt. Je te retrouve à côté de la fontaine. A gauche de la réception, tu la vois ?

— C'est difficile de voir autre chose. Ne traîne pas.

— Non, non. J'arrive tout de suite.

Reposant le combiné, Darcy se leva lentement. Comme la tentation était forte de céder à cette présence impérieuse, de se résigner à se laisser dominer une fois de plus. Résolument, elle redressa la taille, rejeta les épaules en arrière. Gerald n'avait aucun droit sur sa personne. S'il avait eu tant de pouvoir jusqu'ici, c'était uniquement parce qu'elle avait accepté son emprise sur elle. Il ne tenait qu'à elle de se montrer ferme. Autant il jouissait d'une sorte de toute-puissance à Trader's Corner, autant il était dépourvu de toute espèce d'autorité à Las Vegas.

Pourtant la main de Darcy tremblait lorsqu'elle monta dans l'ascenseur et appuya sur le bouton du rez-de-chaussée. Le hall d'entrée était plein, comme d'habitude, envahi par des hordes de touristes qui venaient en famille jeter des pièces de monnaie dans la fontaine, ou assister à un spectacle donné dans l'amphithéâtre en plein air.

Gerald était assis dans un fauteuil au dos droit, à côté du bassin à poissons. Son costume sombre était impeccable, son beau visage sévère trahissait un vague écœurement tandis qu'il suivait les allées et venues autour de lui d'un regard teinté de dérision.

Il avait de l'allure, songea Darcy. Mais tout dans son attitude indiquait le mépris, la rigidité, la froideur. C'était le côté glacial de sa nature qui l'avait toujours effrayée chez lui.

A son approche il tourna la tête. Son regard désapprobateur se posa brièvement sur le short tout simple et le large T-shirt qu'elle avait revêtus pour écrire.

Gerald se leva, attentif comme toujours à garder ses excellentes manières.

— J'imagine que tu peux m'expliquer le sens de cette mascarade.

Il lui indiqua le fauteuil en face du sien. Un geste qui à lui seul résumait leurs rapports.

Cette fois, elle resta debout.

— J'ai décidé de vivre ici, Gerald.

— Ne sois pas absurde.

Lui saisissant le bras, il la fit asseoir de force.

— As-tu idée, au moins, de la situation embarrassante dans laquelle tu m'as placé ? Te sauver comme ça en pleine nuit…

— Je ne me suis pas sauvée.

Mais c'était faux, et ils le savaient l'un et l'autre. Gerald haussa les sourcils, comme s'il avait affaire à une enfant fautive.

— Tu es partie sans prévenir personne. C'est un comportement irresponsable, comme toute ton attitude capricieuse de ces derniers mois. Mais on ne voyage pas comme ça, sans projet préétabli, en se contentant d'aller droit devant soi. Qu'espérais-tu obtenir par cette fugue stupide ?

Tout, songea-t-elle. La liberté. L'aventure. La vie. Croisant les doigts, elle posa les mains sur ses genoux.

— Il ne s'agissait pas d'un simple voyage mais d'un départ définitif. Rien ne me retient plus à Trader's Corner.

— Inutile d'aggraver ton cas, Darcy. As-tu pensé aux répercussions de ton geste, au moins ? As-tu songé, ne serait-ce qu'un instant, à l'embarras que j'ai pu ressentir en découvrant que ma fiancée était partie sans rien me dire ?

— Je ne suis pas ta fiancée. J'avais rompu nos fiançailles bien avant mon départ.

Gerald soutint son regard sans broncher.

— Tu n'as pas besoin de me rappeler cet épisode peu glorieux, Darcy. J'ai été très patient avec toi en te laissant tout le temps nécessaire pour t'apercevoir de ton erreur. Et voilà comment je suis récompensé ! *Las Vegas*, grands dieux… Tu pouvais difficilement tomber plus bas, ma pauvre fille. Inutile de préciser que les rumeurs les plus douteuses courent sur ton compte à Trader's Corner. Et ma réputation en a souffert. Ton nom est étalé dans tous les journaux. Et tout ça pour un exploit plus que discutable.

— J'ai investi trois dollars et cela m'a rapporté presque deux millions en l'espace de moins d'une heure. Ce genre de miracle n'arrive pas tous les jours.

— Gagner de l'argent au jeu ! Il n'y a pas de quoi se vanter, crois-moi ! Mais bon… Ce qui est fait est fait. Je me chargerai des journalistes. L'intérêt suscité par cette affaire retombera rapidement, par chance. Il suffira de mettre l'accent sur l'aspect anecdotique de l'histoire et d'en gommer le côté sordide.

— Sordide ? J'ai mis de l'argent dans une machine et j'ai touché le jackpot. Je ne vois pas ce que ça a de si dégradant.

Gerald la gratifia d'un regard las.

— Je sais que c'est trop te demander que de mesurer l'incongruité de ta situation actuelle, Darcy. Tu ne vois même pas dans quel univers de perdition tu es venue te fourrer. Seule ton innocence, d'ailleurs, pouvait encore te racheter à mes yeux. Je passerai donc l'éponge une fois de plus. Nous ferons transférer l'argent sur…

La gorge nouée par l'angoisse, Darcy secoua la tête.

— Non.

— Darcy, pour l'amour du ciel, tu ne vas pas recommencer à faire de l'opposition systématique ! Tu peux difficilement laisser cette somme dans le Nevada. Mon courtier placera ton petit capital et tu toucheras une allocation mensuelle.

Une allocation mensuelle. Comme si elle était une mineure sous tutelle qu'il fallait protéger contre elle-même !

— Mon argent est déjà placé. M. MacGregor — Daniel MacGregor — va gérer mon portefeuille de titres.

— Quoi ?

Gerald se pétrifia un instant sous le choc. Il lui agrippa la main avec force.

— Ne me dis pas que tu as remis près de deux millions de dollars entre les mains d'un parfait inconnu !

— Daniel est tout sauf un inconnu. Et il lui reste un peu moins d'un million à investir, en vérité. L'Etat a prélevé sa part. Et j'ai également besoin d'argent pour vivre, bien sûr.

— Bon sang, mais comment as-tu pu te comporter de façon aussi crédule, ma pauvre Darcy ? vociféra Gerald.

Une telle animosité transparaissait dans son attitude qu'elle eut un mouvement de recul.

— Enfin, réfléchis, bon sang. Même une simple d'esprit serait capable de voir clair dans le jeu de ces gens. MacGregor est apparenté aux propriétaires de la chaîne des Comanche. Il a des capitaux engagés, dans l'affaire. Et toi, comme une pauvre sotte, tu lui rends l'argent que tu leur as pris. Autant te dire que tu n'en reverras pas la couleur.

— Je ne suis pas stupide, protesta Darcy calmement. Et Daniel MacGregor n'est pas un voleur.

— Bon. Fields, mon avocat, se chargera de récupérer tout ce qui n'a pas encore été investi. Il va falloir agir vite — très vite — en revanche.

Sourcils froncés, Gerald s'interrompit pour consulter sa montre.

— Je vais être obligé d'appeler Fields à son domicile. C'est gênant mais inévitable. Monte faire tes bagages. Pendant ce temps, je me charge de réparer tes bêtises. Plus vite nous serons rentrés, plus vite je pourrai prendre les dispositions nécessaires.

— Tu es venu pour l'argent ou tu es venu pour moi, Gerald ?

Renonçant à dégager sa main prisonnière, Darcy la laissa reposer passivement dans celle de son ex-fiancé. Elle savait qu'elle n'aurait pas l'avantage si elle se mesurait à lui physiquement. Elle investirait donc toute son énergie — et sa colère — dans l'affrontement verbal.

— Ton fonctionnement, je le connais, Gerald. En temps normal, tu te serais contenté de prendre ton téléphone pour m'ordonner de rentrer à la maison dare-dare. En aucun cas, tu n'aurais pris la peine de chambouler ton précieux emploi du temps pour venir me chercher en personne. Tu as toujours été persuadé qu'il te suffisait de siffler pour que je revienne docilement, la queue entre les jambes.

— Darcy, je n'ai pas de temps à perdre avec tes impertinences. Je te donne une demi-heure pour faire tes valises et enfiler une tenue convenable pour voyager.

— Je n'ai pas l'intention de bouger d'ici.

Le visage convulsé par la fureur, Gerald la tira brutalement sur ses pieds.

— Fais ce que je te dis. Immédiatement, tu m'entends ? Je ne tolérerai pas que tu fasses une scène en public.

— Dans ce cas, je te conseille de quitter rapidement les lieux. Car tu vas y avoir droit.

Alors qu'elle se préparait au pire, Darcy sentit une main rassurante se poser sur son épaule. Avant même qu'il n'élève la voix, elle sut que Mac se tenait derrière elle.

— Que se passe-t-il, ici ? Il y a un problème ?

Incapable d'affronter le regard de Mac, elle répondit aussi fermement que possible :

— Non, tout va bien… Gerald, je te présente Mac Blade, le directeur du Comanche. Gerald s'apprêtait à partir.

— Au revoir, Gerald, déclara Mac avec une froideur que l'on sentait explosive. Je crois que cette jeune femme apprécierait que vous lui rendiez sa main.

— Monsieur Blade, il s'agit d'une conversation de nature privée entre Darcy et moi. Je vous prierai d'avoir la correction de ne pas intervenir.

Mac se planta devant lui.

— Je n'ai pas encore *commencé* à intervenir. Mais ce n'est sûrement pas l'envie qui m'en manque.

— Mac, arrête, s'il te plaît.

Plus en colère qu'effrayée, à présent, Darcy se plaça entre les deux hommes.

— Je suis parfaitement capable de régler ce différend moi-même.

Gerald la toisa avec dégoût.

— Ne me dis pas que tu as poussé l'inconscience jusqu'à partager le lit de… de cet individu, Darcy ? Que crois-tu qu'un homme comme lui puisse vouloir d'une fille comme toi à part récupérer son argent et s'offrir un peu de sexe gratuit en guise de bonus ?

Darcy sentit comme un courant d'énergie bruisser derrière elle. Consciente que Mac se préparait à frapper, elle tendit les mains en arrière pour lui maintenir les bras.

— S'il te plaît, non… ça ne servirait à rien.

Sous ses doigts, ses muscles tressaillirent, tendus comme des cordes de violon.

— S'il te plaît, Mac…

Elle ignora les curieux autour d'eux, très occupés à faire semblant de ne pas s'intéresser à la scène. Le fait de sentir le torse de Mac, solide comme un roc dans son dos, lui donnait de l'assurance, bien sûr. Mais il n'y avait pas que cela. Elle se découvrait capable, pour la première fois, de tenir tête à son ex-fiancé.

— Gerald, ce que je fais ou ne fais pas, seule ou en compagnie, ne regarde que moi. Je n'ai pas de comptes à te rendre. Je regrette d'avoir accepté ta demande en mariage, à l'époque. C'était une erreur que je me suis efforcée de rectifier très vite, mais tu as toujours refusé de m'écouter. C'est la seule faute que j'aie jamais commise envers toi. Pour le reste, je n'ai strictement rien à me reprocher en ce qui te concerne.

Tout en s'accordant une courte pause pour reprendre sa respiration, Darcy nota la crispation des mâchoires de Gerald, la lueur de haine dans son regard. « Il a envie de me frapper », réalisa-elle soudain. Et elle n'en fut pas autrement surprise. Si elle n'avait pas trouvé le courage de s'enfuir, il aurait fini par recourir à la violence physique. Tôt ou tard, il aurait éprouvé le besoin d'aller au-delà de la simple intimidation verbale.

Cette certitude lui donna toute la conviction nécessaire pour trancher de façon définitive :

— Si tu m'as toujours manipulée à ton gré, c'est parce que j'offrais un terrain propice. Tu m'as choisie, dans un premier temps, parce que j'étais jeune, timide et craintive. Puis tu t'es accroché parce que tu ne supportais pas qu'un être aussi insignifiant que moi te résiste. Sans parler du désagrément d'avoir à justifier la rupture de tes fiançailles auprès de tes amis et voisins.

Un muscle tressaillit à l'angle de la mâchoire de Gerald.

— Je ne supporterai pas une seconde de plus que tu déballes ainsi notre intimité devant témoins, Darcy.

— Personne ne te retient. Tu es venu jusqu'ici parce que la « moins-que-rien » que je suis à tes yeux se retrouve soudain en possession d'une somme d'argent non négligeable et qu'il serait tout de même dommage de la laisser filer… D'autre part, il y a la presse. Je suis sûre que quelques reporters entreprenants sont déjà allés fourrer leur nez à Trader's Corner. Et il ne leur faudra pas deux heures pour apprendre que nous avons été fiancés. Je suis consciente que c'est ennuyeux pour toi mais personne n'y peut rien.

De nouveau, elle dut s'interrompre pour reprendre son souffle.

— Pour finir, je vais être très claire, Gerald : tu ne mettras jamais la main ni sur moi ni sur mon argent. Et je ne reviendrai pas à Trader's Corner. Ni aujourd'hui, ni demain, ni jamais. Je ne ressens aucune sympathie pour toi aujourd'hui. Et je m'aperçois que je n'en ai même jamais eu auparavant.

Reculant d'un pas, Gerald la considéra avec une froideur teintée de dédain.

— J'ai l'impression d'être en face d'une étrangère. Tu révèles enfin ta vraie personnalité, Darcy. Et elle ne ressemble en rien à celle que je croyais connaître.

— Je considère cela comme un très beau compliment. Le seul, d'ailleurs, que j'aie jamais reçu de toi. Accepte ta défaite, Gerald, conclut-elle calmement. Et retourne chez toi.

Il les enveloppa, Mac et elle, d'un même regard méprisant.

— Finalement, vous vous valez, tous les deux. Et vous êtes aussi bien assortis au décor l'un que l'autre. Si tu mentionnes mon nom à la presse, je n'hésiterai pas à porter plainte.

— Tu n'as aucune inquiétude à avoir, murmura Darcy en suivant des yeux la haute silhouette courroucée qui s'éloignait à grands pas. Ton nom, je crois que je l'oublie déjà.

— Bravo. Tu l'as envoyé balader avec brio. Une vraie championne.

Incapable de résister à la tentation, Mac pencha la tête et posa un baiser dans ses cheveux. Darcy ferma les yeux.

— Une championne, pas vraiment, mais c'est fait, en tout cas. Il ne reviendra plus et c'est tout ce que je demande. Merci de m'avoir proposé ton aide.

— Apparemment, tu t'en passes très bien.

Comme il la sentait trembler contre lui, cependant, il resserra la pression de ses bras.

— Je te raccompagne jusqu'à ta suite.

— Je connais le chemin, merci.

— Darcy…

Il la fit pivoter vers lui.

— Tu ne m'as pas accordé la satisfaction de le jeter moi-même dehors. Tu me dois bien ça.

Les jambes flageolantes, Darcy sourit faiblement.

— Bon, d'accord. Je paye toujours mes dettes.

Il garda le bras passé autour de ses épaules en l'entraînant vers l'ascenseur.

— Tu as reçu mes fleurs ? demanda-t-il pour lui changer les idées.

— Oui, elles sont très belles. Merci.

— J'ai appris par ma mère que tu avais passé ces deux derniers jours à écrire ?

Elle acquiesça d'un signe de tête.

— Donc si tu t'enfermais dans un silence obstiné, c'était uniquement parce que tu étais en pleine création ? Pas parce que tu avais un reste de rancœur contre moi ?

Avec un léger haussement d'épaules, elle détourna les yeux.

— Je ne suis pas rancunière. Pas en temps ordinaire, du moins.

— Mais tu as fait une exception pour moi ?

— Apparemment.

— Mmm… Alors je te laisse le choix : soit tu me pardonnes d'avoir été « présomptueux, pédant et imbu de ma personne », soit tu me forces à courir après Gerald pour lui mettre mon poing dans la figure.

— Tu ne ferais pas une chose pareille ! se récria-t-elle.

Mac sourit sombrement.

— Oh ! que si.

Les portes de l'ascenseur s'écartèrent, mais Darcy ne bougea pas. Le regard rivé sur ses traits, elle secoua la tête, partagée entre la surprise et l'indignation.

— Tu en serais capable ! Mais ça ne résoudrait rien.

— Peut-être. Mais c'est une technique de défoulement imparable… Alors ? Ta décision ? Tu me laisses entrer ou je pars sur les traces de ce brave Gerald ?

Darcy dut faire un louable effort sur elle-même pour ne pas sourire de plaisir.

— Bon, allez, entre un moment. De toute façon, je suis trop perturbée par ce qui vient de se passer pour me remettre tout de suite à écrire.

Le regard de Mac se posa sur l'écran de l'ordinateur resté allumé sur le bureau.

— Ton livre avance, alors ?

— A grands pas.

— Ma mère m'a dit que tu l'avais autorisée à en lire quelques pages ?

— Ta mère est très persuasive. Tu veux boire quelque chose ?

— Rien pour le moment. Et moi ? Tu me laisseras voir quelques fragments ?

Elle secoua la tête.

— Pas question. Lorsqu'il sera publié, tu pourras lire le roman de bout en bout.

Détournant les yeux de l'écran, il scruta les traits de Darcy. Elle avait retrouvé ses couleurs, constata-t-il avec soulagement. Elle lui avait paru un peu trop menue, un peu trop fragile lorsqu'il l'avait trouvée crânement dressée face au sinistre Gerald Peterson.

— Moi aussi, je peux être très persuasif. C'est une qualité héréditaire, dans la famille. Mais tu es encore un peu secouée, donc j'attendrai une occasion plus favorable.

Croisant les bras sur sa poitrine, elle serra ses coudes.

— J'ai eu très peur quand il m'a appelée.

— Mais tu es descendue lui parler quand même.

— Fuir n'aurait servi à rien. Il fallait que je règle cette histoire une fois pour toutes.

— Tu aurais pu m'appeler. Rien ne t'obligeait à affronter ce type toute seule.

— C'était important pour moi de me prouver que je pouvais lui parler sans me laisser dominer. Avec le recul, je comprends à quel point j'ai été stupide de me laisser toujours intimider à ce point par cet homme. Je ne m'étais jamais rendu compte combien il était minable, au fond.

Il lui avait fallu s'éloigner pour s'apercevoir que Gerald n'était qu'un tyran de pacotille.

— Quoi qu'il en soit, même si j'ai été stupide de quitter Trader's Corner en secret, comme si j'avais la Mafia aux trousses, je ne regrette pas d'être ici et de t'avoir rencontré. Et j'apprécie que tu te sois retenu de le frapper, malgré son attitude insultante à ton égard, ajouta-t-elle en se tordant les mains.

Mac garda les yeux rivés aux siens.

— Si je l'avais frappé, je ne l'aurais pas fait pour moi.

Darcy sentit les larmes lui monter aux yeux.

— Lorsque tu es arrivé, je me suis sentie tellement plus forte, admit-elle doucement. J'ai su que je m'en sortirais face à lui, que je n'avais plus aucune raison d'avoir peur. Lui, il a tout de suite pensé que toi et moi, nous avions…

Le feu aux joues, elle laissa sa phrase en suspens.

— Et j'étais contente qu'il tire cette conclusion. Car je n'ai jamais voulu qu'il me touche.

Mac s'avança vers elle. Et songea — trop tard — qu'il aurait été plus avisé de garder ses distances.

— Ça va lui donner matière à réfléchir, en effet. Tant mieux. Ça me console presque de ne pas avoir pu lui coller un bon direct du droit.

La chaleur qui se répandait dans la poitrine de Darcy était si douce qu'elle en aurait ronronné de plaisir.

— Je suis contente que tu sois venu me soutenir, Mac.

— Moi aussi. Alors nous sommes de nouveau amis ?

Il lui effleura la joue. Avec le dos de la main. Sa respiration se bloqua un instant au niveau de sa gorge avant de frissonner sur ses lèvres.

— C'est amis que tu veux que nous soyons ? s'enquit-elle dans un souffle.

Les yeux de Darcy étaient immenses. Assombris par une émotion secrète.

— Pas seulement, chuchota-t-il en se penchant sur ses lèvres.

Darcy eut la réponse à la question qu'elle s'était posée juste avant l'arrivée de Gerald. Elle savait maintenant ce que ressentirait son personnage féminin à l'orée d'un baiser qui l'amènerait loin, très loin, sur les chemins de l'abandon. Il n'y aurait pas de pensées structurées, rien qu'un kaléidoscope d'images fractionnées, sans motifs ni figures. Se dressant sur la pointe des pieds, elle se pressa contre Mac, s'accrocha à ses épaules et s'immergea dans les couleurs, les images, le tourbillon.

La bouche de Darcy était si avide, si douce. Si généreuse aussi. Elle donnait, donnait sans retenue et, pourtant, il voulait plus encore. Son corps souple ployait, prêt à se rendre. Mais il aspirait à un abandon toujours plus grand.

Le désir qu'il ressentait était si violent, si primitif, qu'il dut lutter pour détacher ses lèvres des siennes.

— Darcy…

Se jurant qu'il n'irait pas plus loin, il tenta de l'éloigner. Mais elle se raccrochait à son cou, refusait de détacher son corps du sien.

— S'il te plaît, murmura-t-elle d'une voix rauque, presque tremblante. Touche-moi. Caresse-moi.

La prière chuchotée était aussi troublante, aussi sensuelle que le crissement d'une soie sombre sous des mains que le désir rendait fébriles. Le sang de Mac rugissait à ses oreilles et la tension dans ses reins se faisait presque lancinante.

— Te caresser, te toucher ne sera pas assez.

— Tu peux avoir plus. Prends ce que tu veux prendre.

Darcy songea qu'aimer était comme un torrent. L'élan qui la jetait vers lui était si fort qu'elle aurait pu se noyer, succomber, disparaître.

— Fais-moi l'amour, Mac.

Le son de sa propre voix lui parut lointain, presque improbable tandis qu'elle couvrait son visage de baisers implorants.

— Partage mon lit.

C'était une exigence autant qu'une offre. Et tout en lui s'émerveillait de l'une comme de l'autre.

— J'ai envie de toi, chuchota-t-il en pressant les lèvres contre l'arc fragile de son cou. C'est de la folie comme je te désire.

— Quelle importance, si c'est de la folie. ? Je n'ai pas envie d'être raisonnable. Une fois… une seule fois… fais-moi l'amour.

Comment résister ? Il se pencha pour la soulever contre lui et vit l'or pur de ses yeux luire comme du métal fondu. Dans ses bras, elle pesait à peine plus lourd qu'un enfant. Ce constat le terrifia.

— Je ne te ferai pas mal, Darcy.

— C'est sans importance.

Sans importance ? Certainement pas pour lui, en tout

cas. Il lui mordilla amoureusement le cou, lui arrachant un soupir de délice tandis qu'il négociait les marches qui menaient à la chambre.

— La première fois que je t'ai montée dans mes bras jusqu'ici, je me posais plein de questions à ton sujet. « Qui est-elle ? D'où vient-elle ? Que vais-je faire d'elle ? »

Il la posa sur le lit, lui caressa doucement les épaules et les seins.

— Je ne connais toujours pas la réponse à cette dernière question.

Le regard noyé dans le sien, elle porta la main à sa joue.

— Lorsque j'ai repris connaissance et que je t'ai vu, j'ai pensé que je rêvais. Tout était si incroyablement beau... La chambre, le décor, toi. Maintenant encore, il m'arrive d'avoir des moments de doute. Et je suis obligée de me pincer pour m'assurer que tout est réel.

Tournant la tête, il enfouit les lèvres au creux de sa paume.

— Je suis un homme réel qui veut te faire l'amour, Darcy. Mais je m'arrêterai si tu me le demandes.

De nouveau, il prit sa bouche, l'envahit. S'y perdit corps et âme.

— Mais j'aimerais autant que tu ne me le demandes pas, ajouta-t-il dans un souffle.

Comment le pourrait-elle ? Et pourquoi le ferait-elle alors que la musique du sang dans ses veines se déchaînait comme une symphonie triomphale ? Tout ce qu'elle découvrait de l'amour était pure merveille : la caresse de la soie dans son dos ; les mains de Mac glissant sur son corps, allumant partout des incandescences sur leur passage ; sa bouche assoiffée puisant à la sienne, comme s'il en tirait quelque substance essentielle à sa survie.

Personne avant Mac ne lui avait donné ainsi le sentiment d'être précieuse, indispensable, désirée. Sous ses caresses, elle se sentait belle — plus belle que n'importe quelle danseuse de music-hall au monde. Et lorsque ses paumes se refermèrent sur ses seins, elle ferma les yeux et son esprit se vida de toute pensée hormis celle d'un acquiescement infini.

Elle était si sensuelle, si réactive que Mac en arrivait à oublier qu'il n'y avait jamais eu d'autre homme avant lui. Le corps de Darcy s'arc-boutait, s'offrait, l'invitait à faire d'elle tout ce qui lui passerait par la tête. « Doucement », se dit-il en son for intérieur. Lentement, avec tendresse, il l'aida à ôter son T-shirt et découvrit ses épaules rondes, la perfection de sa taille, cette délicatesse de miniature qui le touchait tant chez elle.

Ses sursauts, les vibrations de ses muscles étaient comme des centaines, des milliers de petits miracles qui l'émouvaient, l'excitaient, le rendaient fou de joie.

D'une main hésitante, Darcy défit un premier bouton de la chemise de Mac. Puis un second. Un troisième... Elle voulait le toucher, le voir. Savoir. Elle gémit, le souffle coupé par le spectacle de sa main si blanche sur sa chair bistre. Sentir le jeu de ses muscles sous ses doigts éveilla en elle une ferveur possessive. Elle aurait voulu le caresser ainsi jusqu'à l'oubli, jusqu'au vertige. Fascinée, elle se souleva pour presser ses lèvres entrouvertes sur la nudité d'une épaule, savourant doucement sa chair couleur cuivre. Elle absorba sa saveur, fit sienne son odeur, investigua la texture de sa peau.

Réprimant un élan de possession presque animal, Mac

captura son visage entre ses paumes et prit le temps de la dévorer des yeux avant de reprendre sa bouche. Sans cesser de l'embrasser, il la souleva pour dégrafer son soutien-gorge. Puis il la recoucha sur le dos et festoya au banquet de ses seins érigés.

Les poings de Darcy se refermèrent sur la soie du couvre-lit. S'agrippèrent. Tout se liquéfiait en elle, comme si une lave chaude coulait dans ses veines. Avec un gémissement de désir, elle noua les jambes autour de ses hanches, ondula sous lui.

— Darcy…

Ses mouvements désordonnés sous lui induisaient une frénésie à peine contrôlable. Ils roulèrent ensemble, d'un côté puis de l'autre du matelas, entraînant avec eux le couvre-lit qui s'entortilla autour de leurs corps mêlés. Les dégageant comme il le put, Mac acheva de la déshabiller. Elle ne portait plus sur elle qu'un minuscule triangle de dentelle couleur prune.

— Tu as la pureté des elfes, chuchota-t-il contre ses lèvres. Tu devrais être en train de danser dans les clairières sous la lune pâle.

Effleurant les taches de rousseur sur son ventre, il constata en riant que certaines d'entre elles formaient le tracé d'une étoile.

— J'aurais dû m'en douter. Le signe de la chance est sur toi. Si j'avais vu cela avant que tu pénètres dans le casino, je ne t'aurais jamais laissée en tête à tête avec une machine à sous. Et surtout pas la plus grosse !

Le rire qui jaillit des lèvres de Darcy se pétrifia lorsqu'il glissa une main sous la dentelle. L'intensité de la sensation la laissa d'abord muette. Puis elle se laissa porter par le mouvement que Mac imprimait. Un gémissement monta qui culmina en un cri de saisissement et de jouissance mêlés.

— Oh, Mac…

Elle était sans force, anéantie, transfigurée.

Prête.

Le cœur de Mac fit un bond presque douloureux dans sa poitrine lorsqu'elle ouvrit les yeux, lui livrant le noir miroir de ses pupilles dilatées, l'or liquide de ses iris.

— Mac, je n'ai jamais…

— Je sais.

Darcy se tendit vers lui lorsqu'il vint en elle. Il rencontra à la fois sa résistance et son consentement.

— Là… mon amour, chuchota-t-il éperdument en entrelaçant ses doigts aux siens.

Elle se sentit à la fois soulevée vers un nouveau sommet et crucifiée par une souffrance fulgurante. Mais la douleur était si intimement liée au plaisir qu'il lui fut impossible de distinguer l'une de l'autre.

— Oh, Mac…

Débordée par un élan de joie, Darcy lui offrit ses lèvres. Déjà, elle s'ouvrait à lui, l'accueillait. Sa chair de femme s'étirait pour le recevoir, l'enserrer en elle.

Et il n'y eut plus, soudain, que le plaisir.

Leurs mouvements se fondirent, se conjuguèrent, trouvèrent leur aboutissement dans une longue vague déferlante qui demeura suspendue, comme pour culminer à tout jamais.

Puis la houle retomba, laissant derrière elle un glissement doux, le silence, un relent d'éternité.

Chapitre 9

Dans la tiédeur de l'atmosphère flottait une odeur de musc et d'amour mêlée au parfum dépaysant des fleurs tropicales. Le soleil entrait à flots par la fenêtre, caressant son visage. Les yeux clos, Darcy aurait pu se croire au cœur sauvage de la jungle, nue et libre, avec son amant toujours en elle.

Son amant. Elle laissa ces deux mots voluptueux dérouler dans son esprit leurs circonvolutions enivrantes. Puis, tournant à peine la tête, elle posa les lèvres dans le cou de Mac. Lorsqu'il voulut se dégager, elle resserra la pression de ses bras autour de sa taille.

— Tu es obligé de bouger ? protesta-t-elle dans un murmure.

Mac avait de la peine à émerger à la conscience. Darcy était aussi fermement ancrée dans son esprit qu'il était lui-même encore ancré en elle.

— Tu es si menue, Darcy du Kansas.

— Je fais de la musculation maintenant, s'insurgea-t-elle. Je commence à avoir de bons biceps. Regarde !

Avec un sourire, Mac se souleva pour tâter un bras mince.

— Mmm… Impressionnant.

Elle se mit à rire.

— Bon, d'accord, ce n'est qu'un début. Mais dans

quelques semaines, personne ne pourra plus me dire que j'ai des bras comme des allumettes.

— Tu n'as pas des bras comme des allumettes, murmura-t-il en caressant la chair si douce au creux de son coude. Ils sont fins. Gracieux.

Elle scruta son visage. Avec quelle concentration il laissait glisser l'index de son poignet vers son épaule ! Se rendait-il compte que son corps s'émouvait déjà de cette caresse innocente ? Le cœur battant, elle contempla son profil magnifique, comme sculpté dans le cuivre. Et songea avec exaltation que, pour quelque temps au moins, il lui appartenait de le toucher, de le regarder, de le couvrir de baisers à sa guise.

Etait-ce parce qu'elle l'aimait que l'amour avec lui avait été comme la révélation d'un mystère ? Que chacun de leurs gestes avait été revêtu d'un tel éclat ? Pour elle, Mac n'était pas seulement le premier, mais le seul avec qui une telle intimité paraissait concevable.

Mais avait-elle été la seule à recevoir ? Ou avait-elle donné aussi un peu en retour ? Elle effleura sa bouche d'un doigt hésitant.

— Je voudrais te demander quelque chose, Mac.

— Mmm… ?

Darcy eut un sourire un peu contraint.

— Ça va sans doute te paraître idiot comme question mais… mais j'ai besoin de savoir.

Mac tourna la tête pour plonger son regard dans le sien. Il redoutait l'interrogation fatidique : « Qu'est-ce que tu ressens pour moi ? Quels sont tes projets par rapport à nous ? Où cette histoire nous mènera-t-elle ? » Il n'aurait guère d'autre réponse à lui fournir que l'aveu de sa propre ignorance.

— Dis-moi, Darcy.

— Est-ce que je… est-ce que ça a été bien pour toi aussi ? s'enquit-elle en rougissant.

La tension de Mac retomba.

— Darcy…

Saisi par un élan de tendresse, il se pencha pour lui donner un long baiser brûlant.

— A ton avis ?

Elle souleva ses paupières qu'appesantissaient déjà les premières langueurs d'un désir renaissant.

— Je ne sais pas. J'ai très vite perdu la faculté de réfléchir et d'analyser, admit-elle gravement. J'avais imaginé que chaque instant resterait gravé avec précision dans ma mémoire. Mais ça s'est très vite mélangé dans ma tête. Même la spectatrice que je suis a perdu ses facultés d'observation.

Mac se rendit compte qu'il ne parvenait à détacher sa bouche de la sienne plus de quelques secondes d'affilée.

— Mmm… Il y a parfois des positions plus intéressantes dans la vie que celle de spectateur, non ?

Elle inclina rêveusement la tête en signe d'adhésion.

— Quand tu m'embrasses, c'est comme si ça créait une brèche par laquelle mes pensées prennent la fuite. Et quand tu me touches, c'est… c'est tellement brûlant.

Lorsque ses mains recommencèrent à s'animer, à glisser le long de ses flancs et dans son dos, Mac émit un grognement. Il cueillit le léger cri de surprise sur ses lèvres lorsqu'il recommença à durcir en elle.

— Tu n'es pas obligée de décortiquer et d'étudier, chuchota-t-il d'une voix brûlante. Laisse-toi juste emporter.

La respiration de Darcy se fit bruyante, irrégulière, se brisant à chaque poussée — lente, longue, irrésistible…

Elle culmina en un gémissement et un frisson qui se répercutèrent en lui comme un électrochoc. Il s'agrippa à ses hanches, les souleva pour mieux s'enfouir en elle.

— Encore, Darcy… Donne-moi plus cette fois…

Précipitant le va-et-vient puissant de ses reins, il l'entraîna avec lui jusqu'à ce qu'elle crie son nom en mêlant son plaisir au sien.

Lorsque le devoir appela Mac et l'arracha de ses bras, Darcy découvrit son reflet dans le miroir ovale au-dessus de sa tête. Sidérée, elle écarquilla les yeux pour mieux contempler cette étrangère nue dont le corps abandonné dans le désordre des draps paraissait presque lascif.

Etait-ce bien elle, Darcy Wallace ? La fille toujours dévouée, la bibliothécaire consciencieuse, la créature soumise qui s'effarouchait d'un rien ?

Une chose était certaine : la nouvelle Darcy qui avait affronté les objectifs des photographes, envoyé promener Gerald Peterson et s'était jetée au cou de Mac en le suppliant de lui faire l'amour lui plaisait infiniment plus que l'ancienne. Ainsi reflétée, elle se trouva féminine, épanouie. Et comblée, tellement comblée…

Se mordillant la lèvre, elle se demanda si elle oserait jeter un coup d'œil au miroir au-dessus d'eux la prochaine fois qu'elle ferait l'amour avec Mac.

La prochaine fois.

Submergée par un fol élan de joie, elle serra amoureusement un de ses oreillers contre sa poitrine et se laissa rouler d'un bord à l'autre du matelas. Mac la désirait. Pour quelle raison, peu importe. Tout ce qu'elle demandait, c'était que le miracle se prolonge. Or, le baiser qu'il lui avait prodigué avant de partir avait été chargé de promesses. Et il lui avait proposé de le retrouver tard ce soir-là, pour un souper à deux dans son bureau.

Mac la désirait.

Etait-ce si naïf d'espérer que cet état de fait puisse perdurer ? D'imaginer qu'à force d'avoir envie d'elle, il finirait peut-être aussi par l'aimer ? Se pelotonnant sur elle-même avec l'oreiller toujours pressé contre sa poitrine, Darcy ferma les yeux. Pourquoi, après tout, ne pas prendre le risque d'espérer ?

Oser un pari sur l'avenir ?

Car Mac avait eu raison, l'autre matin, près de la piscine, même si elle lui était tombée dessus toutes griffes dehors. Elle avait été d'autant plus furieuse, en vérité, qu'il avait deviné juste. Elle rêvait effectivement de mariage, de famille, de stabilité. Et cet amour débordant qu'elle éprouvait, elle voulait lui donner forme et réalité.

Une fois dans sa vie, d'autre part, elle désirait être aimée en retour. Pas d'un amour tiède dicté par le sens du devoir. Pas avec l'amicale indulgence que donne la simple affection. Elle voulait la passion aveugle et le danger. Elle voulait connaître la frénésie d'un désir insatiable, s'abîmer dans les gouffres et trembler de vertige sur d'inaccessibles à-pics.

Que ce genre d'amour-là puisse faire mal, elle en avait clairement conscience. Mais elle était prête à lâcher la sécurité pour l'aventure. Avec Mac Blade, elle ferait le grand saut sans hésiter.

En sachant toutefois qu'il lui faudrait conquérir son cœur au préalable. Par quel procédé miracle, elle n'en avait aucune idée. Les paupières lourdes, Darcy soupira et se pelotonna sous le drap où l'odeur de son amant flottait encore.

Elle trouverait une solution, se promit-elle juste avant de sombrer dans le sommeil. De toute façon, pour gagner, il fallait jouer. Et elle était dans une période faste.

Darcy portait la veste noire de soirée qu'elle avait achetée le premier jour dans la boutique de l'hôtel. Et, dessous, une courte robe rouge baiser.

La veste lui donnait de l'assurance. La robe lui procurait un sentiment excitant de frivolité et d'audace.

Ce soir, elle avait décidé de refaire une tentative au black-jack. Si elle devait s'installer à Las Vegas — et ce serait assurément le cas — et vivre une histoire d'amour avec un directeur de casino — la plus longue possible, de préférence —, la première chose à faire était d'améliorer ses compétences au jeu.

Les machines à sous ne requéraient aucune aptitude particulière. Elle l'avait elle-même prouvé. La roulette lui paraissait un peu répétitive ; les jeux de dés trop compliqués. Alors pourquoi pas les cartes ?

Darcy commença par faire un petit tour d'approche. Elle aimait les bruits du casino, les rires rauques, les cris excités, les brusques montées de tension. Presque toutes les tables étaient occupées, ce soir-là, et les cartes tombaient sans répit sur le tapis vert. Elle se préparait à choisir une case, après avoir décidé qu'elle jouerait jusqu'à cent dollars, lorsqu'elle croisa Serena.

— Darcy ! Je suis ravie que tu mettes un peu le nez hors de ta chambre. Même les grands écrivains ne peuvent pas rester penchés sur leur copie vingt-quatre heures sur vingt-quatre !

La mère de Mac examina sa tenue d'un regard connaisseur.

— Que d'élégance, dis-moi. Tu fêtes quelque chose ?

— Eh bien… euh…

Darcy sentit une rougeur immédiate lui empourprer les joues. Elle pouvait difficilement avouer à Serena qu'elle célébrait un événement d'importance : un après-midi entier à rouler passionnément entre les draps avec son fils.

— En fait, j'avais simplement envie de me faire belle. C'est dommage d'acheter des robes et de les laisser dans le placard. Je passe déjà mes journées en short.

— Je sais ce que c'est. Rien n'est plus salutaire pour le moral que d'enfiler une superbe robe. Et celle-ci entre dans cette catégorie.

— Merci… Vous ne trouvez pas qu'elle est un peu trop… rouge ?

— Ni trop rouge ni trop rien du tout. Tu as l'intention de tenter ta chance au black-jack ?

Darcy se mordit la lèvre.

— J'hésitais, en fait. Cela m'ennuie de me joindre à une table où tout le monde maîtrise parfaitement la technique. C'est toujours gênant d'être novice.

— Ça dépend. Si tu vas là où les mises plafonnent à cinq ou dix dollars, la plupart des gens se montreront patients et seront même prêts à te conseiller gentiment.

— Vous avez été croupière, n'est-ce pas ?

— J'ai été derrière pas mal de tables de black-jack, en effet. Et je me défendais plutôt bien.

— Vous accepteriez de m'apprendre ?

— A distribuer les cartes ? A compter les points ?

Darcy éclata de rire.

— Non, à jouer. Et à gagner.

Un sourire se dessina au coin des lèvres de Serena.

— O.K. Trouve-nous une table dans le bar à côté. Je te rejoins dans une minute.

— Bon. Maintenant, tu fais un split.

Le regard grave, Darcy suivit les instructions et soupira ostensiblement.

Serena rit doucement et distribua deux nouvelles cartes.

— A toi de jouer. Qu'est-ce que tu fais ?

Darcy essuya ses paumes moites sur ses genoux et compta soigneusement les pistaches qui leur tenaient lieu de jetons.

— Je pioche encore, annonça-t-elle.

Elle fit la moue lorsque Serena retourna un roi qui la foudroya d'un regard d'acier.

— Et zut ! C'est fichu pour cette main-là.

Serena ramassa les pistaches, puis retourna la carte qu'elle avait gardée face cachée.

— Vingt-quatre pour le croupier.

— Donc je gagne. Et comme j'ai doublé ma mise, je ramasse deux fois le nombre de pistaches investies. Impeccable !

Serena la considéra avec satisfaction.

— Bravo. Ça commence à rentrer. Maintenant, si tu veux avoir l'avantage sur la maison, je te conseille de miser le tout sur la main suivante.

Darcy fit la moue.

— Vingt pistaches sur une seule main ? C'est osé, non ?

— Deux mille, rectifia Serena, les yeux pétillants.

Aurais-je oublié de préciser que chaque pistache a une valeur de cent dollars ?

— Grands dieux. Quand je pense que j'en ai croqué au moins une dizaine. Bon, allez, je joue le tout pour le tout.

— Ce jeu est-il ouvert, mesdames ?

Serena tendit les lèvres à son mari.

— Si tu as de quoi miser gros, l'ami, il y aura toujours une place pour un flambeur à notre table.

Avec un clin d'œil pour Darcy, Justin chipa un bol de cacahuètes sur la table voisine.

— Je crois que j'ai les moyens de me lancer.

— Et c'est parti ! Mille dollars la cacahuète, annonça triomphalement Serena. Nous avons un gros parieur. Le jeu se corse.

Ravie, elle se frotta les mains, battit les cartes et demanda à Darcy de couper.

— Et maintenant, prenez vos paris !

Lorsque Mac les retrouva une demi-heure plus tard, Darcy et son père étaient assis côte à côte, comme deux vieux camarades de jeux. Pliée de rire, Darcy entassait tant bien que mal un lot de cacahuètes sur sa pile de pistaches.

— Je croyais qu'on ne piochait pas lorsque le croupier montre un deux, dit la jeune femme.

— Mon père est un compteur de cartes, expliqua Mac en tirant une chaise pour s'asseoir entre ses parents. C'est une race de joueurs que nous n'apprécions pas beaucoup, dans cet établissement. Nous leur demandons poliment de reprendre leur argent et d'aller compter ailleurs.

— Mon fils, souviens-toi que je t'ai appris à compter les cartes au black-jack avant même d'enlever les petites roues de ta première bicyclette.

Mac eut un large sourire.

— Exact. C'est d'ailleurs pour ça que je repère les compteurs de cartes de loin.

Serena caressa la joue de Justin.

— Ton père est et reste imbattable, Mac. Le jour où il a parié avec moi une promenade de nuit sur le pont du paquebot où nous nous sommes rencontrés, il avait compté les cartes.

Cette évocation fit soupirer Darcy.

— C'est furieusement romantique, non ?

Justin échangea un long regard avec sa femme.

— Serena était furieuse tout court, à l'époque. Elle n'était pas tentée du tout par une flânerie main dans la main sous les étoiles. Mais j'ai réussi à la faire changer d'avis.

— Je te trouvais suffisant, inquiétant et d'une impudence rare, observa Serena en portant son verre de vin à ses lèvres. Et mon opinion n'a pas changé. J'ai juste appris à aimer tes défauts.

Mac secoua la tête.

— Dites, vous deux, vous êtes là pour flirter ou pour jouer aux cartes ?

— Oh, mais ils sont parfaitement capables de combiner les deux activités, précisa Darcy. Je les ai vus à l'œuvre.

— Et l'analyse a été instructive ?

Plus encore que la question, ce fut le regard qu'il laissa glisser sur elle qui troubla violemment Darcy.

— J'ai appris deux ou trois petites choses. Première leçon : pour gagner, il faut parier, rétorqua-t-elle d'une voix douce comme du velours.

— C'est un bon début… J'ai deux heures de libres, justement.

Même si l'information semblait avoir une portée générale, les yeux de Mac étaient rivés sur Darcy. Il lui tendit la main.

— Allez, viens. On sort d'ici.

— Sortir d'ici ?

— Il n'y a pas que le Comanche à Vegas… A demain, vous deux, dit-il en saluant ses parents.

— Bonne soirée, lança Darcy par-dessus son épaule alors que Mac l'entraînait déjà hors du bar.

Justin tira sur son cigare et échangea un regard avec son épouse.

— Tu penses ce que je pense ?

Les yeux de Serena scintillèrent.

— Je te l'avais bien dit, non ?

Au moment où elle franchissait les portes du Comanche, Darcy réalisa qu'elle n'avait encore jamais quitté le grand complexe hôtelier après la tombée de la nuit. Elle s'immobilisa un instant entre les eaux couleur saphir d'une fontaine et l'immense statue de guerrier indien dorée à l'or fin.

Les lumières étaient éblouissantes, la circulation compliquée, incessante. En regardant autour d'elle, Darcy fut frappée par le côté féminin de Vegas. Entre musique de bastringue et chant de sirènes, la ville roulait furieusement des hanches, étalant son côté toc et son charme de séductrice résolument décomplexée.

— J'en ai la tête qui tourne, déclara-t-elle en riant.

— Et il n'y a pas que le Strip, à Vegas. Avant, la ville ne vivait que de ses casinos. Mais depuis quelque temps, les activités se diversifient. D'autres distractions prennent de l'ampleur : numéros de cirque, spectacles de qualité, parcs à thème, attractions pour les enfants.

Se retournant vers le Comanche, Mac désigna l'arche immense.

— Nous avons agrandi il y a cinq ans, et construit mille chambres supplémentaires. Si nous en ajoutions mille de plus, nous les remplirions de même.

— C'est tellement énorme. La responsabilité doit être écrasante, non ?

— Stimulante, plutôt... Tout comme toi, d'ailleurs.

Mac recula d'un pas et lui prit la main pour la regarder. Dans le bar, il n'avait vu que son visage. Quelque chose dans ses grands yeux dorés capturait immanquablement son attention. Mais à présent qu'il découvrait sa tenue, il était sous le charme.

— J'aurais dû prendre plus de deux heures de liberté. Pour passer une nuit entière à aller de boîte de nuit en boîte de nuit.

— Deux heures, c'est déjà royal, même sans boîte de nuit. Où allons-nous, au fait ?

— Le délai est un peu court pour la balade en voiture dans les collines. Mais nous pouvons parcourir une partie de la ville à pied.

Il l'emmena à Freemont, la rue couverte surmontée d'un dôme. Au-dessus de leur tête tourbillonnaient de grands cercles de lumière. Et le claquement omniprésent des machines à sous contribuait à créer une atmosphère de fête foraine. La tête levée, Darcy admirait les trucages visuels, écoutait la musique et découvrait le plaisir innocent de marcher main dans la main avec Mac au milieu de la foule.

Il lui acheta une glace et de la barbe à papa. Et la fit

rire aux éclats en lui racontant des bêtises. Elle avait l'impression d'avoir quinze ans et de découvrir enfin ce qu'elle n'avait jamais connu : l'insouciance, la jeunesse, la vie.

Mac l'entraîna au sommet de la stratosphère.

— Des montagnes russes ? s'écria Darcy lorsqu'il lui fit signe de monter avec lui dans un des véhicules immobilisés sur les rails. Mais c'est la première fois que je monte là-dedans ! Tu es sûr qu'on ne risque rien ?

— Il paraît que la majorité des gens finissent par redescendre entiers. J'en conclus que le rapport de probabilités est favorable.

Mac rit de son expression terrifiée et en tira lâchement avantage comme il en avait eu l'intention depuis le début. Lorsqu'elle se cramponna à lui dans la montée, il lui annonça la couleur :

— J'ai envie de t'embrasser.

— C'est permis. Mais tu aurais pu le faire aussi bien sur la terre ferme.

Elle leva son visage vers lui, mais il se contenta de le saisir entre ses paumes.

— Pas encore. Dans un moment.

Rassurée par l'allure paisible à laquelle s'élevait le véhicule, Darcy sourit.

— Finalement, ça va. Je pensais que ce serait beaucoup plus rapide que ça.

A ce moment précis, ils amorcèrent la descente et ce fut la plongée en chute libre.

— Maintenant, déclara Mac en cueillant ses lèvres avec avidité.

Darcy avait le souffle coupé. Même crier aurait requis trop de forces. Ils tombaient dans le vide, s'élevaient, replongeaient au cœur du néant. Et pas un instant, Mac ne cessa de l'embrasser.

Il y avait les cris, la vitesse, le pointillé de lumières. Et puis le baiser de Mac, comme un ancrage au sein du chaos. Prise en étau entre peur et désir, elle s'agrippa à lui comme à une planche de salut.

Et lui donna exactement ce qu'il avait espéré obtenir : un abandon éperdu.

Darcy renversa la tête contre son épaule lorsqu'ils s'immobilisèrent enfin.

— C'est terrifiant. Je n'ai encore jamais eu aussi peur de ma vie. On peut refaire un tour ?

Mac lui décocha un large sourire.

— Sans problème.

Lorsqu'ils se retrouvèrent dans la rue, une demi-heure plus tard, elle riait comme en état d'ivresse.

— J'ai la tête qui tourne tellement qu'il me faudra des heures avant de pouvoir marcher de nouveau en ligne droite.

Il glissa un bras autour de sa taille.

— Parfait. Tu vas être obligée de t'appuyer sur moi. Cela faisait partie intégrante de mon plan machiavélique, d'ailleurs. Te voici à ma merci, Darcy du Kansas.

Riant aux éclats, elle renversa la tête en arrière, pour regarder un feu d'artifice exploser dans le ciel. De grandes fusées de lumière jaillissaient pour retomber en parapluie de couleurs éblouissantes.

— C'est comme s'il pleuvait des joyaux, à Vegas, commenta-t-elle rêveusement. Il n'y a rien qui soit trop haut ou trop grand ou trop rapide. L'impossible est un concept qui n'a pas cours, dans cette ville.

Nouant les bras autour de son cou, elle l'embrassa, tous ses sens en éveil.

— Je veux vivre à cent à l'heure, Mac. Rattraper les années perdues. J'ai envie de *tout* essayer.

Glissant les bras sous sa veste, il eut le plaisir de découvrir que sa robe rouge laissait son dos entièrement nu jusqu'à la taille.

— Il nous reste encore un peu de temps. De quoi aurais-tu envie ?

Les yeux de Darcy scintillèrent.

— Eh bien… je n'ai jamais vu de danseuses exotiques.

— Et quel serait ton second choix ?

— Mmm… J'ai entendu parler de clubs où les femmes dansent en se déshabillant.

— Une boîte de strip-tease, tu veux dire ? Il est hors de question que je t'emmène dans un lieu pareil.

— J'ai déjà vu des filles nues !

— J'ai dit non.

Elle haussa les épaules avec une royale désinvolture.

— Bon, très bien, comme tu voudras. J'irai toute seule, un de ces jours.

Mac s'immobilisa net et lui jeta un regard menaçant. Mais elle se contenta de sourire joyeusement et poursuivit son chemin. « Elle bluffe. Je suis sûr qu'elle bluffe. »

Mais comme elle bluffait vraiment très bien, il s'inclina quand même. Au cas où.

— Pas plus de dix minutes, alors, marmonna-t-il. Et tu ne prononces pas un mot tant que nous sommes à l'intérieur.

*
* *

— La grande brune était incroyablement souple, commenta Darcy, surexcitée, en pénétrant dans le bureau de Mac. Et tu as remarqué celle qui avait un petit drapeau sur le…

— Inutile d'entrer dans les détails. Je vois de qui tu parles, coupa-t-il en secouant la tête.

La personnalité de Darcy était infiniment plus complexe qu'il ne l'avait cru au premier abord. En dépit de son éducation très stricte, elle n'avait pas été le moins du monde embarrassée par le spectacle auquel ils avaient assisté.

— La façon dont elles s'enroulent à moitié nues autour de ce poteau est fascinante. Elles doivent s'exercer pendant des heures. Et quel contrôle musculaire !

— Je t'en ficherais, moi, du contrôle musculaire ! marmonna-t-il. Quand je pense que je me suis laissé convaincre de t'emmener voir des effeuilleuses dans un cabaret louche !

— J'avoue que je ne m'attendais pas à ça, commenta Darcy, pensive.

— A l'évidence, oui.

— Je ne parle pas des stripteaseuses, je parle de toi !

— Comment ça, de moi ? s'enquit Mac, sourcils froncés, en passant derrière sa table de travail, l'œil déjà rivé sur les écrans de contrôle.

— Je n'aurais jamais cru que sous tes airs de citadin aguerri qui a tout vu, tout vécu, tu es au fond un grand puritain.

Il secoua la tête en riant.

— Puritain, je ne sais pas. Mais je pensais en tout cas que tu l'étais, toi… Tu as faim, femme dépravée ?

— Pas vraiment, non.

Trop excitée pour s'asseoir, Darcy arpentait le bureau de long en large.

— Aujourd'hui a été la journée la plus belle, la plus riche en expériences de toute ma vie. Et pourtant, les expériences, je les collectionne, depuis quelque temps.

Mac la regarda aller et venir, avec sa robe courte qui tourbillonnait autour de ses jolies jambes nerveuses, sa veste ornée de strass et de paillettes qui brillait sous les néons. Mais c'était son visage — toujours son visage — qui retenait son attention, faisait vibrer en lui ces émotions singulières sur lesquelles il hésitait à mettre un nom.

— Champagne, alors ?

— Ah, pour du champagne, j'ai toujours une petite place.

Sans cesser de l'observer, Mac sortit une bouteille du bar. Il émanait d'elle un rayonnement comme il n'en avait encore jamais observé chez aucune autre femme. Tout en elle vibrait d'une énergie jeune et fraîche, d'une joie pure et sans mélange.

Sa présence le charmait, le bouleversait et le décontenançait à la fois. Dormir dans le lit de Darcy, marcher avec elle dans les rues, partager l'espace privé de son bureau avait quelque chose de simple, d'évident. « Attention quand même de ne pas en faire une habitude, mon vieux », se dit-il prudemment. Mais comment aurait-il pu détacher les yeux de son visage alors qu'elle dégageait un tel éclat ?

— J'aime te voir heureuse.

— Dans ce cas, tu as dû passer une bonne soirée, toi aussi. Car je n'ai jamais été aussi heureuse de ma vie.

Elle accepta la coupe qu'il lui tendait et fit tourner le liquide pétillant dans le verre avant d'y porter les lèvres.

— Je peux rester un moment avec toi pour regarder les joueurs dans la salle ?

Mac fut surpris par la timidité avec laquelle elle posa la question. Ne se rendait-elle pas compte à quel point il était fasciné — subjugué même ?

— Tu peux rester tant que tu veux.

— Qu'est-ce qui attire ton attention lorsque tu observes ta clientèle à l'écran ? Tout ce que je vois, ce sont des individus anonymes qui vont et viennent.

— J'observe la gestuelle, les expressions, les mimiques. L'attitude. Même sans ouvrir la bouche, les gens révèlent pas mal de choses sur eux.

Elle fronça les sourcils.

— Donne-moi un exemple.

— Toi, tu te tords les mains lorsque tu es anxieuse. Ça t'évite de te ronger les ongles. Lorsque tu te concentres, tu penches la tête sur la gauche.

— Ah oui. Et toi, tu fourres tes mains dans tes poches, quand tu es énervé. Ça t'évite de frapper.

Amusé, il haussa les sourcils.

— En effet.

— C'est facile de repérer les tics, les émotions, lorsqu'on a affaire à un nombre restreint de personnes proches. Mais lorsqu'on doit surveiller une salle pleine d'inconnus, ça doit être nettement plus compliqué, non ?

— On s'habitue vite à repérer certains signes. Et puis je ne suis là qu'en renfort. La première ligne de défense, c'est le croupier qui a été formé, lui aussi, pour repérer et prévenir les problèmes.

Mac la rejoignit pour lui poser la main sur l'épaule et ils regardèrent l'écran ensemble.

— Ensuite, il y a la sécurité. Les physionomistes à

l'entrée. Les chefs de table et les chefs de partie. Et l'œil invisible dans le ciel.

— Ici, tu veux dire ?

— Non. Nous avons un système de vidésurveillance. Une salle de contrôle avec des centaines d'écrans comme celui-ci. Jour et nuit, une équipe observe le casino sous tous les angles. Ils sont en liaison radio avec le personnel en salle. Ils repèrent immédiatement les tricheurs.

Darcy ouvrit de grands yeux.

— Parce qu'il y a des gens qui réussissent à tricher, malgré tout ?

— Certains ont une grande dextérité, en fait. Le vieux truc, c'est de glisser des cartes dans sa manche et d'opérer une rapide substitution. D'autres s'arrangent pour placer un miroir sous le sabot pour voir les cartes qui vont sortir. Ça, ce sont les méthodes classiques. Mais de nos jours, ça se corse avec l'électronique et la miniaturisation. Il est déjà arrivé que l'on pince des joueurs équipés d'une minicaméra, filmant le jeu de la partie adverse.

Darcy était fascinée. Elle savait d'ores et déjà dans quel univers elle situerait son prochain roman.

— Et comment faites-vous, lorsque vous prenez un tricheur la main dans le sac ?

— On le met à la porte. Et on fait en sorte qu'il ne revienne plus. Nos physionomistes les repèrent, même s'ils tentent de modifier leur apparence.

L'expression de Mac s'était durcie. Darcy frissonna. Elle n'aurait pas voulu être à la place de l'escroc qui aurait le malheur de tomber entre ses mains.

— La transparence est la règle dans les Comanches. Nous respectons scrupuleusement la loi. Gagner de l'argent n'est pas difficile, dans nos établissements. Si la maison fait des bénéfices, ce n'est pas parce que nous flouons nos clients, mais tout simplement parce que les gens sont rarement assez raisonnables pour repartir avec leurs gains.

Darcy hocha la tête.

— Tu veux dire que les joueurs les remettent en jeu jusqu'à ce qu'ils finissent par les perdre. Ils ne savent pas s'arrêter à temps, c'est ça ?

— Oui, c'est tout un art de savoir abandonner la partie au bon moment. Seuls quelques joueurs vraiment chevronnés maîtrisent le processus. Les autres pèchent par excès d'enthousiasme.

— Mais perdre ou gagner n'est pas si important que ça, au fond, si ? Dans la mesure où on s'amuse ?

— Tant qu'on sait ce qu'on fait…

Mac l'attira vers lui. Et elle vit dans ses yeux qu'il n'était plus question entre eux de tables de jeu ni de roulette.

— C'est justement le danger qui est attirant, murmura-t-elle. Sans parler de l'irrésistible attrait du péché.

Le regard de Mac erra sur son visage, s'attarda sur ses lèvres, puis glissa plus bas encore.

— Enlève ta veste, Darcy.

— Dans ton bureau ?

Ses yeux revinrent plonger dans les siens. Et son sourire se fit redoutable.

— Je t'ai désirée ici le premier jour où tu es venue. Maintenant, je veux te faire l'amour sur place. Enlève ta veste.

Comme hypnotisée par l'autorité sensuelle qui émanait de lui, elle retira le vêtement en question et le posa sur le bras du fauteuil. Réalisant qu'elle se tordait les mains, elle se hâta de les détacher l'une de l'autre.

Mac eut un redoutable sourire de prédateur.

— Ta nervosité ne me gêne pas. Elle me plaît, au contraire. C'est excitant de savoir que tu as un peu peur mais que tu céderas dès que je te toucherai.

Il joua un instant avec les brides de sa robe.

— Qu'est-ce que tu portes là-dessous, Darcy ?

Son cœur battit plus vite.

— Pas grand-chose.

Les yeux bleus de Mac étincelèrent, comme deux lames d'acier captant la lumière.

— Je n'ai pas l'intention d'être doux et patient, cette fois. Tu prends le risque ?

Elle fit oui de la tête.

Avant qu'elle ait pu prononcer un mot, Mac l'attira contre lui et s'empara avidement de sa bouche. Il mit dans son baiser une passion si brûlante et si désespérée qu'elle n'eut plus qu'une obsession : lui donner tout ce qu'elle avait et même au-delà.

Darcy n'en lâcha pas moins une exclamation de surprise lorsque Mac se laissa tomber sur la moquette en l'entraînant avec lui. Aussitôt, ses mains coururent sur elle, la soumirent corps et âme à leur magie.

L'image des montagnes russes s'imposa à l'esprit de Darcy et ne la quitta plus. Ce soir, l'amour avec Mac était aussi vertigineux qu'un parcours échevelé sur les rails. Gagnée par une même frénésie, un même besoin d'aller vite, elle s'acharna sur sa chemise pour sentir la nudité de sa peau sous ses doigts.

Elle gémit lorsqu'il lui retira sa robe et le son enchanta Mac, faisant rugir le sang à ses tempes. Il cueillit ses seins entre ses lèvres et elle le serra contre elle éperdument, le suppliant de prendre plus, d'aller plus loin. Avec la langue, avec les dents, il cueillit, lécha, mordit, comme s'il pouvait la marquer de son sceau et l'incorporer en lui pour la faire sienne à jamais.

Il descendit le long de son ventre, sentit les trémulations légères, les frémissements de sa peau, entendit avec délectation ses petits sanglots de plaisir. Le souffle lourd, il lui écarta les jambes, l'embrassa au plus intime de sa chair, la pénétra de sa langue.

Un cri monta de la gorge de Darcy sans qu'elle puisse le réprimer. Un feu liquide se répandit en elle, si intense, si brûlant qu'elle sentit sa conscience se diluer inexorablement. Alors même que tout en elle se défaisait, la jouissance la traversa comme un éclair — une lame de plaisir incandescent qui la projeta très haut puis l'aspira si bas qu'elle perdit pied et se laissa sombrer jusque dans les profondeurs insondables. Jetant un bras en travers de son visage, elle s'abandonna, impuissante, à la houle qui l'entraînait vers le fond.

Mac la vit inerte, comme absente, tandis qu'il achevait de se déshabiller en quelques mouvements rapides. Sa peau luisait doucement, ses lèvres étaient humides, gonflées de ses baisers. Lorsqu'il la souleva, sa tête retomba sans force.

Il repartit à l'assaut de sa bouche.

— Reste avec moi, murmura-t-il en couvrant son cou, ses épaules de baisers.

La faisant basculer sur lui, il la plaça de manière à ce qu'elle le prenne en elle. Et il sentit se refermer sur lui l'étau glorieux de sa chair offerte.

Des lèvres de Darcy monta un long gémissement entrecoupé. Il vit l'éclat du plaisir renaissant éclairer son visage, illuminer ses yeux obscurcis qui s'ouvrirent pour se fixer sur lui.

— Prends tout ce que tu veux, chuchota-t-il.

Lorsque les paumes de Mac se refermèrent sur ses seins, elle gémit, ferma les yeux et commença à se mouvoir sur lui. Animée par une énergie nerveuse, elle laissa monter en elle un mouvement puissant, animal. Et, le corps arqué, triomphant, dansa l'amour et la nuit.

Tout en elle était lumière, éclat, brillance, comme cet univers étincelant dans lequel elle vivait désormais. Un univers où rien n'était ni trop haut, ni trop grand, ni trop rapide, ni trop fou.

Mac l'accompagnait de ses mains qui broyaient ses hanches et elle eut un rire de triomphe, en sentant qu'elle portait son plaisir en même temps que le sien, qu'elle l'entraînait avec elle, le tirait toujours plus loin, toujours plus haut.

« Reste avec moi », lui avait-il dit. Et elle le garda avec elle, le prit sur les ailes de sa folie pour l'emporter dans la démesure d'une jouissance qui n'en finissait plus.

Chapitre 10

Le téléphone réveilla Darcy peu après 9 heures du matin. Elle ouvrit un œil hagard et hésita à laisser sonner. Il était 4 heures passées lorsqu'elle s'était endormie enfin dans les bras de Mac, la joue contre son épaule, leurs jambes étroitement mêlées. Notant cependant qu'elle était seule dans le grand lit, elle en conclut qu'il avait trouvé l'énergie nécessaire pour se lever. Et pour déployer son activité habituelle en dépit du manque de sommeil.

Et s'il était capable de fonctionner ainsi elle pouvait apprendre aussi.

Bâillant à s'en décrocher la mâchoire, elle saisit le combiné, marmonna un « Allô ! » ensommeillé et enfouit de nouveau la tête dans l'oreiller.

Un quart d'heure plus tard, Darcy était assise toute droite dans son lit, le regard fixe et le cœur battant.

Et si ce n'était qu'un rêve ? Se pouvait-il *réellement* qu'un éditeur de New York l'ait appelée, elle, Darcy Wallace, pour lui demander de lui soumettre son travail ?

Elle pressa la main sur son cœur et le sentit battre à un rythme rapide mais régulier. Non, elle ne rêvait pas. Elle n'avait même jamais été aussi réveillée.

Nouant les bras autour de ses genoux repliés, elle secoua la tête. En vérité, cet appel n'avait rien de très surprenant. Son aventure à Las Vegas avait eu un écho national. Et comme elle avait confié aux reporters qu'elle écrivait, l'éditeur espérait sans doute tirer profit de la popularité dont elle jouissait en ce moment.

Darcy laissa reposer son front sur ses genoux. Pendant quelques mois au moins, le nom de « Darcy Wallace » sur la jaquette d'un livre constituerait un bon argument de vente. L'éditeur tablait non pas sur son talent d'écrivain, mais sur sa notoriété éphémère.

Avec un léger soupir, elle se mordilla la lèvre. Ce n'était pas sur des critères aussi superficiels qu'elle avait espéré se faire publier.

Mais était-ce une raison pour renoncer ?

Relevant la tête, elle serra les poings. Il s'agissait malgré tout d'une ouverture, non ? D'une chance qui lui était donnée de soumettre son roman à des gens dont c'était le métier de lire et de juger. A elle ensuite de prouver qu'elle était un écrivain au sens fort du terme.

Elle enverrait son premier roman ainsi que les deux premiers chapitres du second. Et ses textes parleraient pour eux-mêmes. Repoussant les draps, elle courut enfiler un peignoir et descendit peaufiner ses deux premiers chapitres et les transformer en purs joyaux.

Deux heures durant, Darcy travailla d'arrache-pied. Sans rien dire à personne — pas même à Mac. Elle avait peur de se porter malheur si elle divulguait sa grande nouvelle.

Et tant pis si elle se comportait comme une idiote superstitieuse ! Elle avait besoin, pour l'instant, de garder ce secret pour elle seule. Pendant qu'elle imprimait ses pages, elle sortit sa liste d'agents littéraires d'un tiroir et, la tête entre les mains, parcourut ces noms inconnus qui ne lui disaient rien. S'en remettant à la chance une fois de plus, elle ferma les yeux et pointa une adresse au hasard.

Vingt minutes plus tard, elle avait eu un agent littéraire au téléphone. Tout était réglé : elle s'était engagée à lire son manuscrit et à négocier si l'éditeur lui faisait une proposition.

Le cœur battant, Darcy rédigea une lettre d'accompagnement et se hâta d'appeler la réception pour demander qu'on vienne lui prendre son courrier avant qu'elle ne change d'avis.

Ces ultimes minutes d'attente furent les plus difficiles. Saisie de panique, Darcy serra le manuscrit contre sa poitrine. Et si sa décision était prématurée ? N'était-il pas suicidaire de soumettre quoi que ce soit à la lecture avant d'avoir écrit la ligne finale de son second roman ? Et comment pouvait-elle confier à des inconnus ce travail sur lequel elle avait sué sang et eau ?

Se traitant de lâche, elle remit stoïquement son enveloppe au chasseur.

— Est-ce que ce paquet partira aujourd'hui ?

Avec un hochement de tête, l'employé vérifia la destination.

— Tout à fait, mademoiselle. Il sera à New York dès demain matin.

— Demain matin…

Ses jambes se dérobèrent mais elle sourit vaillamment.

— C'est parfait, merci, murmura-t-elle en lui glissant un pourboire.

Restée seule, elle s'effondra dans le fauteuil le plus proche et posa la tête sur les genoux. Cette fois, il n'y avait plus de retour en arrière possible.

Elle avait franchi le pas. Il y avait des années qu'elle

vivait avec ce seul but en tête : devenir écrivain. Mais pour cela, il ne suffisait pas d'écrire. Sans la rencontre avec des lecteurs, elle ne saurait jamais ce que valaient *vraiment* ses textes.

Et cette épreuve, elle n'avait cessé de la différer jusqu'à présent. Mais aujourd'hui, il n'y avait plus personne pour lui dire que cela ne servait à rien de se monter la tête, personne pour lui dire d'être raisonnable et d'accepter ses propres limites.

Elle n'avait plus d'excuses pour se montrer lâche.

Darcy se leva et prit deux inspirations profondes. Les dés étaient joués, de toute façon. Et il n'y avait plus rien qu'elle puisse faire à part attendre. Elle commençait juste à recouvrer son calme lorsque le téléphone sonna, provoquant une nouvelle montée d'adrénaline. Et si c'était l'éditeur qui la rappelait pour lui annoncer qu'il avait changé d'avis ?

— Allô ! murmura-t-elle faiblement.

— Bonjour, ma belle.

— Daniel ! s'écria-t-elle dans un sanglot. Dieu merci, c'est vous.

— Que se passe-t-il, fillette ?

Elle rit nerveusement.

— Rien. Rien du tout. Je me sens merveilleusement bien, en fait. Comment allez-vous ?

— Je me porte comme un charme, répondit Daniel de sa voix sonore. Mais j'ai une mauvaise nouvelle : j'ai perdu l'intégralité de ton argent lors d'une malencontreuse opération de rachat d'entreprise.

Elle cligna des paupières si vite que la pièce se mit à tourner autour d'elle.

— Vous voulez dire… jusqu'au dernier centime ?

Le rire tonitruant de Daniel éclata, si puissant qu'elle dut écarter le combiné de son oreille.

— C'est une blague, voyons !

Elle porta la main à sa poitrine pour contenir les battements de son cœur.

— Ah…

— Tu as eu peur, hein ? En fait, je voulais te prévenir que nous avions déjà réalisé une jolie plus-value, toi et moi.

— Ah oui ?

— Ça n'a pas l'air de te surprendre beaucoup. Tu as des nerfs en acier, Darcy.

Elle rit doucement.

— En acier, non. Mais des nerfs, oui.

— Tu ne les maîtrises pas si mal que ça, Darcy. J'ai donc joué en Bourse. Et non sans succès, ma foi. Tu peux aller t'acheter une babiole.

Elle s'humecta les lèvres.

— Quel genre de babiole ? Une petite ou une grosse ?

De nouveau, Daniel éclata de rire.

— Excellente question ! Cinquante en quelques jours, qu'est-ce que tu en dis ?

— Génial ! J'ai justement repéré une paire de boucles d'oreilles à cinquante dollars dont je meurs d'envie.

— Cinquante *mille* dollars, ma belle.

Darcy ferma les yeux.

— C'est encore une plaisanterie, n'est-ce pas ?

— Achète-la, ta babiole. Faire de l'argent, c'est bien ; en tirer du plaisir, c'est mieux. Et maintenant, dis-moi : quand pouvons-nous compter sur ta visite ? Anna a hâte de faire ta connaissance.

Darcy eut une pensée pour son éditeur de New York. Elle croisa les doigts.

— Il se pourrait que je fasse un saut dans l'Est dans quelques semaines.

— Parfait. Alors prévois un séjour ici à ton retour. Je te présenterai le reste de la famille. A condition que je parvienne à rassembler mes troupes, cela dit. Les enfants, c'est toujours difficile à réunir. Ma pauvre épouse en est malade de voir ses petits éparpillés comme ils le sont.

— Je vous promets que je viendrai, en tout cas. Vous me manquez terriblement.

— Tu es une bonne fille, Darcy.

— Euh… Daniel ?

Elle hésita, se demandant comment formuler sa demande. La question devait être posée avec tact, certes. Mais elle tenait à aborder le sujet avec son vieil ami.

— Oui ?

— Mac m'a laissé entendre que… Enfin, selon lui, vous vous seriez mis en tête qu'il pourrait y avoir un avenir pour lui et moi… ensemble. Et il pense que vous avez tenté de poser quelques jalons dans ce sens.

Daniel rugit comme un vieux lion offusqué.

— Des jalons ? J'ai une tête à poser des jalons, moi ? Non mais quelle idée ! Ce garçon mériterait une bonne claque. Comme si j'avais l'habitude de me mêler des affaires de ma famille ! Je ne t'ai pas jetée dans ses bras, si ?

— Non, bien sûr. Mais…

— Cela dit, ces jeunes gens auraient grand besoin qu'on les secoue. Je n'en reviens pas qu'ils soient aussi longs à la détente, ces garçons, de nos jours. Mac va quand même sur ses trente ans, que diable ! Il serait temps qu'il pense à faire quelque chose de sa vie, non ? Et quel mal y aurait-il à le bousculer un peu alors que tu es la compagne idéale pour lui ?

— Vous trouvez ? demanda Darcy rêveusement.

Daniel poussa un grognement.

— Je trouve, oui. Et j'ai du nez pour ce genre de choses. Je ne connais même personne qui m'arrive à la cheville dans ce domaine.

Le ton de Daniel se modifia, sa voix se fit douce comme du velours :

— D'ailleurs, que penses-tu de Mac, Darcy ? Il est plutôt beau garçon, non ?

— Il est magnifique.

— Il vient d'une lignée irréprochable et il a une solide intelligence. Même s'il joue parfois aux durs, c'est un cœur tendre, dans le fond. Avec un sens aigu des responsabilités. Il est stable dans ses affections et il a le respect de la famille. Je ne vois pas ce qu'une épouse pourrait vouloir de mieux.

— En effet. Elle serait comblée avec un homme comme lui.

Daniel l'interrompit avec impatience.

— Comment ça, « elle » ? C'est de toi qu'il est question en ce moment, Darcy. Et il ne te laisse pas indifférente, ce garçon, je crois ? L'étincelle est là ?

Fermant les yeux, elle songea au feu d'artifice qu'elle avait vu se déployer la veille au-dessus du ciel de Las Vegas. « L'étincelle » en question avait déjà atteint les proportions d'un spectacle pyrotechnique d'envergure.

— Je l'aime à la folie, Daniel.

— A la bonne heure !

L'exclamation triomphante à l'autre bout du fil lui fit regretter aussitôt sa confidence.

— S'il vous plaît, promettez-moi de n'en rien dire à

personne. J'avais besoin d'en parler à quelqu'un, mais je ne veux surtout pas qu'il le sache.

— C'est pourtant le premier intéressé ! bougonna Daniel.

— Je sais. Mais il ne faudrait pas qu'il prenne peur, vous comprenez ? précisa-t-elle à voix basse.

— Mmm… Donc tu adoptes un profil bas, tu attends qu'il te courtise dans les règles de l'art, et tu le laisses dans l'illusion que l'initiative vient de lui ?

Darcy fit la grimace.

— Je ne pensais pas à une stratégie aussi retorse !

— Que reproches-tu aux stratégies retorses, fillette ? Ce sont les plus efficaces, non ? Tant que le but est noble…

Un sourire hésitant se dessina sur les lèvres de Darcy.

— Mac est plein de sollicitude envers moi. Mais son « sens aigu des responsabilités » pèse un peu trop lourd dans notre relation. Alors j'attends qu'il cesse de se sentir responsable et on verra après s'il y a moyen d'arriver à quelque chose.

— N'attends pas trop longtemps quand même, grogna Daniel.

Elle sourit.

— Avec un peu de chance, ce ne sera pas très long. Je vais commencer par lui montrer que je ne suis pas qu'une pauvre innocente égarée dans un monde cruel, mais une grande fille débrouillarde capable d'organiser ma vie.

Darcy n'alla pas s'acheter une « babiole ». Elle avait des projets infiniment plus ambitieux en tête. Afin de faciliter ses déplacements, elle loua une voiture. Pour l'achat d'un nouveau véhicule, elle préférait attendre encore un peu. Le temps de déterminer si son futur mode de vie s'accorderait plutôt avec un cabriolet sport qu'avec une sage berline.

Armée de cartes et de plans, elle entreprit de se familiariser avec la ville. Avec l'*autre* Las Vegas, plus précisément. Le Las Vegas qui se trouvait à distance des casinos et des distractions pour touristes. Elle visita des centres commerciaux, entra dans des épiceries de quartier, parcourut des rues paisibles, avec des maisons, des jardins, des écoles et des églises. Elle repéra également quelques demeures plus isolées, ouvrant sur la calme magnificence du désert et sur les blocs de roche tourmentés qui formaient les montagnes au-delà.

Là, son cœur se mit à battre plus vite. Elle voyait déjà une vie se dessiner pour elle. Une vie qui lui ressemblerait.

Il était 7 heures passées lorsqu'elle regagna enfin le Comanche. Lessivée, Darcy se dirigea droit vers l'ascenseur. Elle n'avait qu'une envie : s'affaler sur le canapé et prendre un repos bien mérité. A force d'arpenter la ville, elle avait dû parcourir une vingtaine de kilomètres à pied. Et si elle n'avait pas acheté la moindre babiole, un rendez-vous était fixé le lendemain avec une agence immobilière.

Dès que les portes de l'ascenseur s'écartèrent, elle vit Mac, sourcils froncés, qui l'attendait de pied ferme.

— Ah, te voilà enfin ! Je me demandais où tu étais passée !

— Je suis désolée. J'étais juste partie explorer un peu la périphérie de Las Vegas.

Jetant son sac sur un fauteuil, elle se tourna dans l'intention de sourire à Mac. Mais il l'attira avec force contre lui et sa bouche se trouva sollicitée pour d'autres activités que le sourire.

Mac était conscient de l'absurdité de sa réaction. Le soulagement qu'il ressentait était totalement disproportionné. Il faisait encore grand jour et elle s'était juste absentée quelques heures.

— Tu n'aurais pas dû partir comme ça, toute seule, murmura-t-il contre ses lèvres. Imagine que tu te sois perdue.

Darcy réprima un soupir. Encore son « sens aigu des responsabilités » ! Quand cesserait-il enfin de voir en elle une malheureuse brebis égarée susceptible de se faire dévorer par le grand méchant loup chaque fois qu'elle faisait un pas toute seule hors de la bergerie ?

— Je me suis acheté un plan, Mac. Ça n'a pas été difficile de me repérer.

Darcy voulut enchaîner sur la maison de rêve qu'elle devait visiter le lendemain matin. Mais au dernier moment, elle tint sa langue. Tout comme l'appel de New York, cette nouvelle devait rester confidentielle. Elle avait un jardin secret à construire.

— Tu as pris le soleil, en tout cas, commenta-t-il en lui effleurant le bout du nez.

Elle fronça les narines.

— Il faut que je pense à m'acheter un chapeau si je ne veux pas me transformer en une immense tache de rousseur ambulante. J'imagine que le soleil d'ici doit être redoutable pour la peau. Mais j'adore cette chaleur sèche !

— Il faut être prudent, boire beaucoup. On se déshydrate facilement à Vegas.

— C'est vrai. J'ai vu plein de touristes avec des sacs à dos et des gourdes accrochées à la ceinture. Les gens se promènent en ville, habillés en randonneurs ou en explorateurs, raconta-t-elle avec enthousiasme. Partout, des constructions démesurées s'élèvent. D'en bas, on voit les ouvriers s'activer à des hauteurs invraisemblables. Et il y a même des machines à sous dans les épiceries de quartier.

— Tu es allée dans une épicerie !

— Je voulais me faire une idée de la façon dont les gens vivent.

— J'aurais pu te servir de guide si j'avais su que tu avais envie de t'échapper un peu du Strip.

— J'essaye de ne pas trop te détourner de ton travail.

— Ce soir, en tout cas, je suis libre comme l'air. Mes parents m'ont jeté dehors.

Avec un large sourire, Darcy lui noua les bras autour du cou.

— J'adore tes parents.

— Moi aussi.

Il lui offrit sa main tendue.

— Tu viens ? Allons voir le clair de lune.

Vue de loin, Vegas scintillait, comme un drôle de mirage dans le désert. Un désert qui s'étendait à l'infini, à peine altéré par le ruban de la route. Au-dessus de leurs têtes, le ciel était immense, profond comme la mer, transparent comme une eau claire.

Dans les collines au loin, on entendait l'appel mélancolique d'un coyote. Assis côte à côte dans la voiture décapotable de Mac, ils n'avaient qu'à renverser la tête en arrière pour se remplir les yeux de la vision du ciel étoilé. Un vent léger dansait sur le sable tandis qu'ils s'abandonnaient à leur contemplation tranquille.

— Quand je pense à toutes ces fourmis humaines là-bas, qui s'agitent devant des machines à sous, murmura rêveusement Darcy en désignant les formes et les lumières de Las Vegas. Quel contraste avec le grand silence d'ici !

Mac imagina Darcy dans son Kansas natal, à l'abri des vents arides du désert, loin du clinquant et des artifices de Vegas.

— La verdure ne te manque pas ? Et les grands champs fertiles ?

Elle secoua la tête sans une hésitation.

— Non. J'aime les harmonies d'ici. Tous ces ocres, ces terre de Sienne, ces rouges et ces verts épars. Mais toi non plus, tu n'es pas originaire d'ici. Tu as vécu toute ton enfance à Atlantic City, n'est-ce pas ?

— En fait, j'ai été élevé dans le New Jersey. Au début, mes parents avaient aménagé une suite dans le Comanche d'Atlantic City. Mais ils ont voulu nous assurer une vie « normale », à distance respectable des tables de jeu et des machines à sous. Cela dit, nous passions quand même pas mal de temps au casino, mon frère Duncan et moi. Notre grand truc, c'était de grimper dans une espèce de renfoncement au-dessus des tables de jeu qui servait de poste d'observation. C'était de là qu'on surveillait la salle, avant l'introduction des écrans vidéo. Ma mère m'aurait assassiné si elle avait su que j'entraînais mon petit frère là-haut.

— J'imagine que c'était dangereux ?

— Bien sûr. C'est ce qui faisait tout le charme de l'aventure.

Pour la plus grande joie de Darcy, Mac se mit à jouer distraitement avec une mèche de ses cheveux.

— On raconte qu'un soir, l'un des agents de sécurité chargé de la surveillance est tombé de son perchoir et s'est étalé la tête la première sur une table de craps.

— Ouille ! Il a été gravement blessé ?

— La rumeur ne le dit pas. Elle précise, en revanche, qu'un des joueurs aurait misé aussitôt cinq dollars sur sa peau. Il en faut beaucoup pour arrêter le jeu dans un casino.

Riant doucement, Darcy abandonna la tête contre son épaule.

— Et pourquoi as-tu choisi de venir travailler ici au lieu de rester à Atlantic City ?

— Parce que Vegas est le haut lieu du hasard. C'est un endroit unique, incomparable. Et tant qu'à diriger un casino, autant viser le sommet.

Le cœur de Darcy tressaillit dans sa poitrine. Mac visait-il le « sommet » dans tous les domaines ? Lorsqu'il déciderait de se marier, choisirait-il forcément la plus grande, la plus belle, la plus éblouissante ?

Elle refusa résolument de s'attarder sur cette question.

— Et tes frère et sœurs ? Ils ont tous choisi de rester dans l'univers des jeux de hasard, eux aussi ?

— Duncan, oui. Il a pris la direction d'un bateau à aubes sur le Mississippi. C'est exactement ce qu'il lui faut. Il navigue sur le fleuve, dirige son casino de main de maître, et s'exerce à son sport favori : la séduction.

— Vous vous entendez bien, tous les deux ?

Mac sourit.

— Oui. Nous sommes tous très proches ; et l'éloignement géographique n'y change rien. Gwen est médecin et vit à Boston où j'ai également d'autres cousins. Elle est mariée et mère de famille depuis quelques mois.

— D'un garçon ? D'une fille ?

— Une petite Anna, comme ma grand-mère. Je dois avoir une collection de deux à trois cents photos si ça t'intéresse de voir un nourrisson sous toutes les coutures.

— Tu peux me confier toute la série d'albums : j'adore les photos de bébés. Et tu as encore une autre sœur, n'est-ce pas ? La benjamine ?

— Mel, oui. Une fille redoutable. Elle a un regard d'ange et le direct du droit d'un boxeur professionnel.

— Je suppose que les deux ont dû lui être utiles pour se protéger de ses grands frères. Vous lui meniez la vie dure ?

Mac sourit.

— Pas plus que la tradition ne l'exige. D'autre part, c'est moi qui lui ai appris la boxe. C'est grâce à mes efforts pédagogiques qu'elle frappe comme une brute.

— Je parie que tous les enfants Blade sont beaux comme des dieux.

Il rit doucement.

— Ils sont pas mal dans l'ensemble, oui.

Tournant la tête, elle suivit du bout du doigt le tracé de ses lèvres.

— Et je suis sûre qu'ils ont de la classe, de l'allure et que rien n'entame leur assurance. J'ai toujours admiré les gens qui s'affirment et savent rester eux-mêmes en toute circonstance.

— Je croyais que le terme pour qualifier ce genre d'attitude était « arrogance » ? la taquina Mac.

Elle sourit.

— L'arrogance n'est pas forcément un défaut. Vous vous disputiez souvent ?

— Autant qu'il est humainement possible de le faire.

— Chez nous, il n'y avait jamais un mot prononcé plus haut que l'autre. Mes parents faisaient toujours appel à ma raison. C'était implacable. Dans une dispute, au moins, on a une chance de s'en sortir en criant plus fort que l'autre.

— Il me semble que tu as commencé à rattraper le temps perdu, non ? Tu t'es débrouillée comme une pro pour me faire une scène, l'autre fois, sur le toit.

— C'est la chance du débutant. Mais attends que j'améliore ma pratique. Je crois que je vais devenir une vraie terreur.

Elle sourit en frottant doucement ses lèvres contre les siennes.

— Et j'apprendrai également la boxe, au cas où mes arguments ne seraient pas assez frappants.

Mac l'embrassa pour ces bonnes paroles. Très vite le baiser prit son élan, trouva son souffle, gagna en ampleur. D'un même mouvement, ils changèrent de position pour se serrer l'un contre l'autre. Un désir si violent envahit Mac qu'il se cabra, effaré par le despotisme de sa propre libido.

— Je ne devrais pas avoir envie de toi à ce point. Ce n'est pas humain, bon sang.

Il écarta le visage de Darcy du sien dans l'espoir de se ressaisir. Mais il ne vit que l'or sombre de ses yeux et son propre reflet noyé dans leurs profondeurs.

— C'est trop. C'est beaucoup trop…

— Prends tout ce que tu veux, murmura-t-elle, se souvenant de ses paroles du soir précédent.

— J'ai essayé. Mais c'est sans fin. Je suis insatiable avec toi.

Son aveu éveilla en elle un élan sauvage où l'excitation, le triomphe, l'amour se mêlaient à parts égales. S'agenouillant devant lui sur le siège avant, elle déboutonna sa robe.

— Essaye encore, chuchota-t-elle.

« Je n'aurais jamais dû la toucher. A présent que j'ai commencé, je ne peux plus la lâcher. Plus ça va, plus j'ai envie d'elle. »

Inlassablement, ce même refrain tournait dans les pensées de Mac tandis qu'il conduisait en silence sur la longue route droite qui les ramenait à Las Vegas. Et pendant qu'il ressassait ces pensées lugubres, Darcy dormait comme un ange, la tête sur son épaule.

Une demi-heure auparavant, il l'avait prise sur le siège avant de sa voiture comme un adolescent incapable de maîtriser ses instincts. Aveuglé par le désir, il s'était enfoui en elle comme si elle constituait son unique terre d'asile. Et le pire, c'est qu'il n'avait qu'une envie : recommencer.

Toutes les règles qu'il s'était fixées, il les avait transgressées. Alors qu'il savait pertinemment à quoi il s'exposait.

Darcy était seule et innocente. Et elle lui vouait une confiance sans bornes.

A présent, il était pris dans une situation impossible, un enchaînement infernal où les liens entre eux se resserraient inexorablement.

Les mâchoires de Mac se crispèrent. Il ne pouvait pas continuer comme ça. Il devait s'effacer, laisser à Darcy la latitude nécessaire pour déployer ses ailes. Personne, jamais, ne lui avait donné la possibilité de s'épanouir librement, de tester ses limites, de devenir elle-même. Et à présent qu'elle avait enfin les moyens d'acquérir son indépendance, c'était lui, son « mentor », qui la freinait dans son élan. De quel droit la prendrait-il au piège alors qu'elle sortait à peine de vingt-trois années d'emprisonnement ?

La garder pour lui serait facile — beaucoup trop facile, même. Darcy était persuadée qu'elle l'aimait. Et il pouvait faire en sorte de prolonger l'illusion. Mais jusqu'à quand ? Tôt ou tard, le rayonnement de Darcy se ternirait, gommé par un trop-plein de strass, de paillettes et de néons clignotants. Tôt ou tard, elle perdrait son enthousiasme, sa fraîcheur, sa fascination émerveillée.

Si, égoïstement, il gardait cette fleur des champs pour lui, elle finirait par se faner, puis se désagréger. Et c'était un pari qu'il refusait de prendre.

Non seulement il tenait à elle, mais il ne voulait que son bien. Or il n'y avait qu'une solution décente possible, en l'occurrence : le renoncement. Il devait l'éloigner à tout prix de l'univers corrosif qui était le sien.

Et le pire, c'est qu'il lui faudrait agir sans attendre. Pour elle. Mais également pour lui-même.

Mac jura entre ses dents. Aucune fille, jamais, ne s'était glissée ainsi dans ses pensées sans y avoir été conviée, à toute heure du jour et de la nuit. L'image de Darcy le hantait. Même absente, elle était constamment là, constamment présente. Et loin de s'en irriter, il avait tendance à se complaire dans cette situation. Il redoutait le moment où le souvenir de Darcy finirait par perdre de son intensité. D'avance, il s'insurgeait contre l'inéluctable oubli qui l'éloignerait peu à peu de lui.

Quant à imaginer qu'il disparaîtrait de même de ses pensées à elle… Mac serra les poings. Mais peut-être garderait-elle une petite place, au fond de sa mémoire, pour l'homme qui avait été son premier amant ?

Oui, de temps en temps, le souvenir de Mac Blade reviendrait effleurer Darcy lorsqu'elle mènerait une existence calme et ensoleillée dans une jolie maison d'un quartier tranquille. Des enfants joueraient autour d'elle. Il y aurait un chien endormi dans l'herbe à ses pieds. Un mari qui rentrerait tous les jours de son travail à une heure décente.

Les mains de Mac se crispèrent sur le volant. Cet homme-là, ce mari, saurait-il l'apprécier à sa juste valeur ? Aimerait-il suffisamment sa fraîcheur, sa beauté intérieure, sa grâce et sa légèreté ?

Il jura tout bas.

— Bien sûr que oui, espèce d'idiot.

Pourquoi serait-il le seul à voir les qualités uniques qui faisaient de Darcy le joyau qu'elle était ?

De nouveau il visualisa la jolie maison, la pelouse verte, les enfants blonds. Oui, c'était là qu'elle avait sa place. Dans un monde propre, calme et protégé où elle se réfugierait d'elle-même dès qu'il aurait rassemblé le courage nécessaire pour rompre leurs liens. Des liens qui avaient poussé sur un douteux terreau fait de gratitude, de dépaysement et d'attirance physique.

De quel droit chercherait-il à la retenir alors qu'il ne pouvait que la corrompre ?

Tout en conduisant le long du Strip, il vit le jeu des lumières sur le visage endormi de Darcy.

Un visage d'ange sous les néons du vice.

Mac se jura qu'il la tirerait de là. Quoi qu'il arrive, il la délivrerait de Las Vegas et de lui-même.

Mais pas ce soir. Pas tout de suite.

Chapitre 11

La maison était grande et semblait née du désert, avec ses rondeurs, ses courbes, ses couleurs ocres qui s'inscrivaient tout naturellement dans le paysage. Darcy en tomba amoureuse au premier regard.

De grands palmiers lui offraient leur ombre et leur fraîcheur. Des cactées aux formes étranges poussaient tout autour de la grande terrasse. Avec ses décrochements, ses niveaux multiples, ses lignes de toit entrecoupées, c'était une demeure de rêve, conçue par un architecte manifestement amoureux de sa région. Il y avait même une tour pour laquelle Darcy se prit d'un enthousiasme immédiat. Non seulement, la tour appelait quantité d'images romantiques tout droit surgies de ses rêveries de petite fille. Mais Darcy y voyait également le lieu idéal pour écrire.

Avant même de franchir la porte d'entrée, elle sut que son choix était fait. Ce fut à peine si elle entendit le flot d'explications de l'employée de l'agence immobilière :

« Trois ans seulement... Maison d'architecte... Famille repartie vivre dans l'est du pays... Vient juste d'être mise en vente... »

Darcy se contentait de hocher la tête et d'émettre les « Mmm... » et les « Ah oui ? » qui lui paraissaient de circonstance. Elle nota le motif d'étoiles sur la vitre de la porte d'entrée. Et songea que les étoiles ne lui avaient jamais été aussi favorables que depuis qu'elle avait largué les amarres et rompu avec son passé.

Dans le vestibule, le carrelage était clair, couleur sable. Levant les yeux vers le plafond, elle se réjouit de découvrir une verrière. Une ouverture sur le ciel ! C'était exactement ce dont elle rêvait. La maison comportait des patios, des escaliers inattendus, d'autres terrasses encore. Si bien qu'intérieurs et extérieurs se succédaient et finissaient par se confondre. Darcy décida de ne garder que les bois blonds, les murs aux couleurs claires. Il n'y aurait rien de sombre chez elle. Tout ne serait que clarté et lumière.

A l'arrière scintillaient les eaux bleues d'une piscine. Que pouvait-elle rêver de mieux ? La cuisine était spacieuse, moderne, avec un très joli coin repas aménagé dans le renfoncement d'une baie vitrée courbe. Dans le salon, une cheminée avait été prévue pour combattre la fraîcheur occasionnelle des nuits d'hiver dans le désert.

Darcy se promit de ne mettre que très peu de meubles. De garder l'impression d'espace, de sobriété épurée. C'était un lieu où elle aurait plaisir à recevoir. Elle organiserait de joyeux et bruyants barbecues entre copains mais aussi des petits dîners intimes.

La chambre de bonne et la buanderie occupaient à elles seules la surface de son ancien appartement dans le Kansas. Non seulement Darcy en avait conscience, mais elle se promit de ne jamais oublier que l'opulence est un privilège. Même si la vie l'avait beaucoup gâtée depuis son arrivée à Las Vegas, elle garderait ses capacités d'émerveillement intactes.

Elle visita les quatre chambres à coucher, examina attentivement la vue de chacune d'entre elles, aima les sols en pin clair et adora les carreaux en céramique de couleur vive dans les salles de bains.

Quant à la chambre à coucher principale, c'était purement et simplement une merveille. Darcy se rendit compte qu'elle ouvrait des yeux comme des soucoupes, mais tant pis. C'était un espace sur deux niveaux, avec une terrasse privée, une cheminée, un immense dressing et une salle de bains de grand luxe avec une baignoire à remous qui valait celle du Comanche.

Au premier coup d'œil, sa décision fut prise. Elle mettrait d'immenses fougères dans de grandes bassines en cuivre. Et chaque bain se transformerait en une aventure au cœur de la jungle.

Pour finir, Darcy examina la tour. C'était là qu'elle viendrait tous les jours pour écrire, face au désert. Elle n'installerait pas un bureau, mais un grand plan de travail, d'un bleu intense, avec de larges tiroirs. Et il y aurait de vastes bibliothèques de bois blanc pour ses livres et ses trésors.

— C'est un endroit qui offre tous les avantages, commenta la jeune femme de l'agence. Le quartier est tranquille et vous trouverez des commerces à proximité. Et néanmoins, la maison est juste assez isolée pour que vous puissiez vous sentir seule au monde dans le désert.

— Ecoutez, madame Bairne…

— Appelez-moi Marion, l'interrompit l'agente immobilière avec un sourire encourageant.

—… je vous remercie, Marion, d'avoir pris le temps d'une visite détaillée.

— Mais c'est avec le plus grand plaisir. Vous estimez peut-être que la maison est un peu grande pour vous. Vous m'avez dit que vous étiez célibataire, n'est-ce pas ?

— Oui, je suis célibataire.

— N'oubliez pas qu'une maison vide paraît toujours plus grande qu'elle ne l'est réellement. Mais une fois meublée, vous verrez que ça donne un espace tout à fait cohérent.

Darcy avait déjà meublé la maison en pensée. De fond en comble. Et, cohérent ou non, l'espace lui convenait à merveille.

— Je la prends.

Le sourire de Marion Bairne s'élargit.

— Excellente initiative. Je suis ravie que vous soyez décidée à faire une proposition. Si vous le désirez, nous pouvons remplir les formulaires dans la cuisine. Et je verrai les propriétaires cet après-midi même.

— J'ai dit que je la prenais. Au prix où elle est mise en vente.

Marion Bairne marqua une hésitation.

— Ecoutez-moi, Darcy… Ce n'est pas vraiment à moi de vous dire cela, mais j'ai cru comprendre que c'était votre premier achat immobilier. Il est habituel pour l'acheteur, dans ce genre de transaction, de tenter de faire baisser le prix fixé au départ. Négocier fait partie du jeu.

Avec un léger sourire, Darcy s'approcha de la fenêtre et contempla les étendues de désert au-delà de la piscine aux eaux limpides.

— Oui, je sais que cela se passe généralement ainsi. Mais si les actuels propriétaires veulent en tirer ce prix-là, pourquoi ne pas leur donner satisfaction puisque de mon côté j'ai exactement ce que je désire ?

*
* *

Acheter une maison, finalement, n'avait rien de compliqué. Quelques papiers à remplir, un chèque à signer et l'affaire était réglée. Après avoir écouté les explications sur les crédits, les assurances et les hypothèques, Darcy décida de faire simple et de payer cash.

Une fois la date de la vente fixée, elle regagna sa voiture de location et retourna au Comanche sur un petit nuage. Dans trente jours, elle aurait sa maison. Son lieu à elle. Son paradis privé.

De retour dans sa suite, elle se jeta sur son téléphone. Elle savait qu'elle aurait dû appeler Caine, bien sûr, et lui demander de l'assister dans la transaction ou de lui indiquer un notaire sur place. Elle devait souscrire une assurance, visiter des magasins de meubles et commencer à choisir sa vaisselle et son linge de maison.

Sans compter qu'elle s'était promis de commander au plus vite des stores vénitiens de bois clair.

Mais avant tout, elle voulait partager sa grande nouvelle avec Mac.

— Bonjour, Deb. Puis-je parler à M. Blade, s'il vous plaît ? demanda-t-elle à l'assistante. C'est de la part de Darcy Wallace.

— Ah, bonjour, mademoiselle Wallace. Je suis désolée, M. Blade est en réunion. Souhaitez-vous lui laisser un message ?

— Un message ? Euh… non, ce ne sera pas nécessaire. Si vous pouviez juste lui demander de me rappeler ?

Déçue, Darcy reposa le combiné. Elle avait fomenté le projet d'arracher Mac à son casino, de l'emmener jusqu'à la maison sans rien lui dire, puis de lui annoncer sa grande nouvelle. Enfin… Ce n'était que partie remise. Ils avaient encore tout l'après-midi et toute la soirée devant eux.

En attendant que Mac se manifeste, Darcy s'attela à son livre et travailla d'arrache-pied. Mais lorsqu'elle leva le nez deux heures plus tard, il n'avait toujours pas donné de nouvelles. Résistant à la tentation de lui passer un second coup de fil, elle se fit un café, puis consacra l'heure qui suivit au remaniement de son avant-dernier chapitre.

Lorsque le téléphone sonna, elle se jeta sur le combiné.

— Darcy ? Deb m'a dit que tu cherchais à me joindre ?

En songeant à la surprise qu'elle s'apprêtait à lui faire, Darcy sentit monter une nouvelle bouffée d'excitation.

— Oh, Mac... Je me demandais si tu pouvais me consacrer une petite heure. Je voudrais te montrer quelque chose.

Il y eut un drôle de silence à l'autre bout du fil. Puis la voix de Mac, étrangement neutre et distante :

— Je suis désolé, mais je suis un peu charrette en ce moment. Je ne pourrai pas te voir aujourd'hui.

— Oh, c'est dommage ! Tu es débordé à ce point ?

— Assez, oui. Si tu as un problème, je peux t'envoyer le directeur de l'hôtel.

— Non, non, tout va bien. Ça peut attendre. Tu crois que tu auras le temps demain ?

— Je verrai. Je te tiendrai au courant.

— D'accord.

— Bon, il faut que je te laisse. A plus tard.

Songeuse, Darcy demeura un instant figée, le combiné à la main. Sourcils froncés, elle finit par raccrocher. Rêvait-elle ou avait-elle perçu une nuance d'irritation dans sa voix ?

Mais non. Mac était surchargé de travail, tout bêtement, et il n'avait pas eu le temps de s'attarder au téléphone.

Pourquoi tout de suite imaginer le pire ? Elle se faisait tout un monde pour pas grand-chose.

Il lui avait consacré sa soirée de la veille, après tout. Et ils avaient fait l'amour sous les étoiles. Avec passion. On ne pouvait pas désirer quelqu'un éperdument un jour pour le repousser le lendemain comme on chasse un vulgaire moucheron.

« Ah non ? Tu crois ça, toi ? Ne sois pas naïve, Darcy Wallace. Non seulement c'est possible, mais ce sont des choses qui arrivent tout le temps. »

— C'est vrai, murmura-t-elle tout haut. Ce sont des choses qui arrivent. Mais pas avec quelqu'un comme Mac. Ce n'est pas son genre. Daniel l'a dit lui-même : il est stable dans ses affections.

Mac était occupé, tout simplement. Depuis deux semaines qu'elle séjournait au Comanche, elle avait monopolisé une part importante de son temps. Alors qu'il avait d'énormes responsabilités à assumer. Une fois qu'il aurait rattrapé son retard, il redeviendrait plus disponible.

Pourquoi perdre un temps précieux à imaginer des scénarios-catastrophes, alors qu'elle avait un livre à écrire ? Tant mieux si sa soirée promettait d'être solitaire : elle aurait la nuit devant elle pour avancer dans son roman.

Pendant six heures d'affilée, Darcy but café sur café et laissa courir les doigts sur son clavier. Lorsqu'elle sortit de son état de transe à l'issue de ce gymkhana, elle découvrit avec stupéfaction qu'elle venait de boucler le dernier chapitre. Victoire sur toute la ligne : son roman était terminé !

Pour célébrer l'événement, elle sortit une bouteille de champagne du minibar, batailla un peu pour l'ouvrir, puis, avec une exclamation de triomphe, réussit à faire sauter le bouchon. Elle se servit un verre, posa la bouteille à côté d'elle sur le bureau et entama un long travail de relecture, en alternant le champagne et le café pour se tenir éveillée.

A bout de forces, elle finit par s'effondrer tout habillée sur son lit et plongea dans un sommeil agité, peuplé de rêves étranges.

Dans le premier, elle se trouvait dans la tour de sa nouvelle maison. Seule. Sur son plan de travail trônait un énorme ordinateur et elle était entourée de montagnes de papier. De l'autre côté de la vitre se déroulaient toutes sortes de scènes joyeuses auxquelles elle assistait comme dans un film tourné en accéléré. Des couples s'embrassaient, des enfants jouaient, des gens dansaient et faisaient la fête.

Le son était étouffé par la vitre. De temps en temps, elle frappait du poing pour se faire entendre, mais personne ne lui prêtait la moindre attention. Elle était invisible, inaudible — comme inexistante.

Puis le décor bascula et elle se retrouva assise à une table de black-jack. Mais elle avait beau faire, pas moyen de compter ses cartes. Impassible dans un smoking noir, Serena la regardait sans broncher. « Passe ou pioche, Darcy. Il faut choisir. »

« Tu vois bien qu'elle ne sait pas jouer », disait Mac en lui tapotant l'épaule d'un geste paternel comme s'il avait affaire à une petite fille perdue. « Tu n'as rien compris aux règles, fillette. Il ne faut jamais miser gros, si tu n'as pas les moyens de perdre. D'ailleurs tu sais bien que le casino a toujours l'avantage. »

Dans la troisième scène de ce rêve décousu, elle était à pied dans le désert. Mais elle avait beau marcher, marcher, Las Vegas restait à distance, telle une chimère inaccessible. Mac passait en voiture, cheveux au vent et lui adressait un sourire indifférent : « Ce n'est pas la bonne direction, Darcy. Oublie Vegas et va tenter ta chance ailleurs. »

— Non ! Je suis ici chez moi !

Ce fut son propre cri de fureur qui la réveilla en sursaut. Assise dans son lit, elle respirait par à-coups, folle de colère et le cœur battant.

— Plus de champagne pour toi avant d'aller dormir, Darcy Wallace ! marmonna-t-elle en se frottant le visage comme pour effacer les traces du cauchemar.

Notant qu'il était déjà 9 heures du matin, elle prit son téléphone. Serena répondit dès la seconde sonnerie.

— Bonjour, c'est Darcy. Je n'appelle pas trop tôt, j'espère ?

— Pas du tout. Nous attaquons juste notre première tasse de café, Justin et moi.

— Vous avez des projets pour aujourd'hui ?

— Pas encore, non. Mais je suis ouverte à toute proposition.

Darcy se tordait nerveusement les mains pendant que Serena parcourait les pièces du rez-de-chaussée.

— J'imagine que j'aurais dû en visiter d'autres avant de me décider. Mais j'avais une image très précise en tête. Et dès que je suis arrivée ici, j'ai su que ce n'était pas la peine d'aller voir ailleurs.

Serena se retourna lentement pour lui faire face.

— On frappe souvent juste du premier coup, Darcy. Et il me semble que c'est le cas pour cette maison. Elle est très aérée, très lumineuse — ouverte sur un monde minéral, fait de pierre et de sable. Et je trouve qu'elle te convient à la perfection.

— Vraiment ? Vous le pensez sincèrement ?

Submergée par un élan de joie, Darcy tourbillonna sur place dans le salon.

— J'avais peur de votre réaction. Je craignais que vous ne me trouviez terriblement capricieuse et légère.

— Acheter un endroit où vivre n'a rien d'un caprice. C'est une envie parfaitement légitime. Et puisque tu as les moyens de la satisfaire, il me semble que tu ne peux que te féliciter d'avoir eu la main aussi heureuse.

Darcy contempla ses paumes retournées en souriant.

— La main heureuse, oui. J'aime bien cette expression ! Merci d'être venue, Serena. Je mourais d'envie de montrer ma maison pour avoir un avis. Hier, après avoir signé le contrat, je me suis précipitée au Comanche pour aller chercher Mac et le ramener ici. Mais il était surchargé de travail et il n'a pas pu se libérer. C'est dommage.

Sourcils froncés, Serena suivit Darcy au premier étage. Pour autant qu'elle pût en juger, son fils n'avait pas été spécialement débordé la veille.

— Tu lui as annoncé que tu avais acheté une maison et il n'a même pas pris le temps de se déplacer jusqu'ici ?

— Non, je voulais lui faire la surprise. J'ai juste dit que j'avais quelque chose à lui montrer. C'est sans doute idiot, mais j'avais envie qu'il soit le premier à la voir. Vous ne le répéterez pas à Mac, n'est-ce pas ? supplia Darcy en rougissant.

— Ne t'inquiète pas, ça reste entre nous. Pourquoi as-tu acheté une maison ici, à Las Vegas, Darcy ?

La jeune femme s'avança sur l'une des terrasses en hauteur. D'un geste large du bras, elle désigna la vue.

— A cause de ça. Je ne saurais pas vraiment expliquer à quoi ça tient. Certains succombent à l'attrait de l'océan, d'autres tombent amoureux des montagnes ou d'une ville particulière. Moi, c'est le désert. Je l'ignorais avant d'arriver ici, mais dès que j'ai vu cette immensité vide sous ce ciel d'un bleu électrique, j'ai su que j'étais chez moi.

— Et Vegas ?

Darcy se retourna, les yeux étincelants.

— La ville qui ne dort jamais ? J'adore le Strip. Sa folie, sa démesure. Vegas est un vaste pied de nez à la sombre Décence et à l'austère Raison, ces deux tristes reines qui ont gouverné mon enfance. Il y a un je-ne-sais-quoi dans l'air qui fait que tout devient possible. Même le bonheur.

— Le bonheur, je suis contente que tu l'aies trouvé, déclara gravement Serena en lui passant la main dans les cheveux. Mais si tu as choisi de poser tes valises à Vegas, ce n'est pas tout à fait sans rapport avec Mac, n'est-ce pas ?

Comme Darcy ne répondait pas, Serena sourit doucement.

— Je ne suis pas aveugle, tu sais. Je vois bien ce que tu éprouves pour lui.

— C'est plus fort que moi. Je ne peux pas m'empêcher d'être amoureuse.

— Comment s'empêcherait-on d'être amoureuse, en effet ? Mais la maison lui est-elle destinée, Darcy ?

La jeune femme secoua gravement la tête.

— Non. Enfin… ce n'est pas dans cette optique que je l'ai achetée, en tout cas. J'ai d'abord pensé à moi. Je ne prends pas mes décisions en fonction de Mac car je sais qu'il tient à sa liberté. Mais je ne veux pas non plus couper les ponts sous prétexte qu'il y a peu d'espoir. Je sais qu'il n'a pas envie de se lier mais je ne vais pas non plus me soustraire à la relation. Il faut toujours tenter sa chance, non ? Si je perds, j'aurai au moins la consolation d'avoir essayé. Je ne veux plus rester assise, le nez collé contre la vitre, à regarder les autres s'amuser.

— C'est la bonne attitude, Darcy.

Les traits de la jeune femme s'illuminèrent.

— Je ne sais pas si je devrais le dire, mais je suis aussi tombée amoureuse de la famille de Mac.

— Oh, ma chérie.

Serena l'entoura de ses bras et frotta sa joue contre la sienne. En se rappelant que Justin et elle avaient fait du bon travail en tant que parents. Ils n'avaient pas élevé des imbéciles, après tout. Mac finirait par ouvrir les yeux.

— Tu me montres la piscine, Darcy ?

Elle battit des mains.

— Vous allez voir, elle est magnifique... Et je me demandais si vous accepteriez de m'aider à choisir les meubles ?

— Ah, quand même ! J'ai cru que tu ne te déciderais jamais à poser la question !

Mac faisait des efforts démesurés pour maintenir une activité constante. Tant qu'il avait l'esprit occupé, il parvenait à oublier Darcy, parfois jusqu'à cinq minutes d'affilée. Du temps et de l'espace. Voilà ce qu'il leur fallait à l'un comme à l'autre. Afin de prendre la distance nécessaire pour analyser leur relation.

Résultat : Darcy lui manquait tellement qu'il en aurait hurlé d'exaspération, d'ennui. De solitude.

Arpentant son bureau comme un lion en cage, Mac

renonça à faire semblant de travailler. Darcy ne l'avait plus rappelé après le mémorable coup de fil où il avait réussi l'exploit de se montrer froid et distant. Et il n'avait pas la moindre idée de ce qu'elle devenait. D'après les maigres renseignements qu'il avait réussi à glaner auprès du personnel, elle passait beaucoup de temps à l'extérieur de l'hôtel. Mais personne n'avait pu lui préciser où elle se rendait.

Une chose était certaine : elle était parfaitement capable de se distraire sans lui. Las Vegas semblait lui offrir mille occasions de déployer ses petites ailes de fée et de vivre pleinement sa liberté nouvellement acquise.

Alors qu'avec lui, ces mêmes ailes seraient restées atrophiées. Il s'était raconté des histoires en pensant pouvoir jouer un rôle de mentor désintéressé. S'il s'était tant occupé d'elle, c'était uniquement parce qu'il la désirait de façon quasi maladive.

Un état de choses qui n'avait pas changé, entre parenthèses.

Mac repoussa avec impatience une chaise qui lui barrait le chemin. Darcy lui était tombée dans les bras comme un oiseau blessé tombé du nid. Et au lieu de la protéger et de la guider, il avait tiré avantage de sa faiblesse.

Le pire, c'est qu'il était cruellement tenté de persister dans ses erreurs. De la garder pour lui et de ne plus la lâcher. En la laissant dans l'illusion qu'elle l'aimait.

Darcy n'avait aucune expérience de l'amour. Aucun homme ne l'avait touchée avant qu'elle ne se donne à lui. Elle était passée directement d'un monde étriqué, régi par une morale très stricte, à un univers coloré, étourdissant, où toutes les fantaisies semblaient permises. Il ne tenait qu'à lui de la maintenir dans cet état d'éblouissement.

De l'entraîner dans un tourbillon d'expériences. Et de l'attacher égoïstement à sa personne.

Ce serait si simple. Et si méprisable, aussi.

Mac serra les poings. Il l'aimait trop pour accepter de la mettre en cage en rognant ses jolies ailes de papillon. Il ne voulait pas voir son innocence se ternir. Elle était si jeune encore ! Alors que Darcy était à l'orée de sa vie, il avait déjà une existence toute tracée devant lui.

Il en était là de ses réflexions lorsque la porte s'ouvrit à la volée. Darcy fit irruption dans son bureau, pâle comme un linge, les yeux écarquillés.

— Mac, je suis désolée, je sais que tu es très occupé et que je ne devrais pas te déranger mais… mais…

— Que se passe-t-il ? Il est arrivé quelque chose ? Tu es blessée ?

Effaré, il se précipita pour la saisir par les épaules. Elle s'agrippa aux pans de sa chemise.

— Non, non, tout va bien. J'ai vendu mon livre… Tu te rends compte ? Oh, mon Dieu, j'ai le vertige.

— *Vendu ton livre ?* Respire plus lentement… Voilà. Prends des inspirations profondes… Parfait. Je croyais que ton roman n'était pas encore terminé ?

— Il s'agit de mon premier manuscrit, en fait. Mais ils ont également accepté de publier le second. Avant même de le lire ! Tu imagines ? C'est de la folie !

Incapable de garder ses distances plus longtemps, Darcy posa la joue contre la poitrine de Mac.

— Accorde-moi juste une minute… Je suis tellement heureuse que je n'arrive plus à penser. Oh, Mac…

Rejetant la tête en arrière, elle se mit à rire.

— C'est aussi excitant que de faire l'amour. Il me faudrait peut-être une cigarette.

— A mon avis, c'est plutôt d'une chaise que tu as besoin.

— Oh, non. Surtout pas. Je ne tiendrais pas en place. Mes deux romans vont être publiés, tu te rends compte ? J'ai encore défié la loi des probabilités !

— Qui a acheté les droits de tes romans, Darcy ? Et quand ?

Elle secoua la tête, rit de plus belle, puis prit une profonde inspiration pour tenter de recouvrer son sérieux.

— Je vais essayer de me calmer et de te raconter toute l'histoire. Il y a quelques jours, j'ai reçu un coup de fil d'un éditeur, à New York : Eminence Publishing. Il m'avait vue aux actualités et m'a proposé de lui envoyer quelques-uns de mes textes.

Mac était sidéré. Comment Darcy, qui ne cachait jamais rien à personne, avait-elle pu garder un secret pareil ?

— Il y a quelques jours, déjà ? Et tu ne m'en as rien dit ?

— Je ne voulais pas que ça se sache. Pas avant d'avoir la réponse.

Darcy pressa les doigts sur ses paupières pour contenir les larmes de joie qui montaient irrépressiblement.

— Et pour avoir une réponse, j'ai eu une réponse… Bon, il ne faut pas que je pleure, murmura-t-elle en s'essuyant les yeux. Pas tout de suite, en tout cas. Le jour même où j'ai eu l'éditeur, j'ai pris un agent. Je savais que c'était dans un but purement commercial qu'on avait demandé à voir mon manuscrit. Mais j'ai quand même voulu mettre toutes les chances de mon côté. Donc je me suis assuré les services d'un agent au cas où il y aurait quelque chose à négocier.

Mac fronça les sourcils d'un air désapprobateur.

— Et tu as choisi un agent comme ça ? Au hasard ? Par téléphone ?

Darcy soupira.

— Oui, je sais, c'était un peu risqué. Mais il fallait que je me décide sans attendre. L'agent — qui est en fait une agente — m'a appelée ce matin pour m'annoncer que l'éditeur avait proposé d'acheter les droits. Pour une somme tout à fait convenable. Et elle m'a conseillé de refuser.

Terrassée rétrospectivement par la décision qu'elle avait dû prendre, Darcy pressa la main sur son estomac.

— Tu te rends compte ? On m'offrait la possibilité d'être publiée, moi, Darcy Wallace. Un rêve que je caresse en secret depuis des années ! Et cette femme me prie gentiment de dire non !

— Et pour quelle raison ?

— C'est ce que j'ai demandé, bien sûr. Et Kelly — l'agente — m'a répondu que j'avais un style très personnel et que mon intrigue était bien construite. Elle estimait donc que je pouvais obtenir plus. Si Eminence Publishing refusait, elle se faisait fort d'en tirer un meilleur prix ailleurs. Elle croit réellement en moi, Mac ! J'étais sidérée. Alors, je lui ai laissé carte blanche et l'éditeur a fini par acheter les droits pour les deux romans… Bon, je crois que je vais m'asseoir un petit moment, tout compte fait.

Elle tomba plus qu'elle ne s'assit sur la chaise. Mac s'accroupit devant elle.

— Je suis vraiment très heureux pour toi. Et très fier.

— Je pensais que cela resterait un rêve irréalisable, admit-elle en essuyant ses joues humides de larmes. Personne autour de moi n'y croyait. « Sois raisonnable, Darcy », me répétaient mes parents. « Garde les pieds sur terre, ma chérie. C'est une vocation exigeante où seuls les meilleurs réussissent. » Alors je me suis toujours efforcée d'être réaliste. Et de ne rien espérer. J'étais convaincue de ne pas être à la hauteur.

— Tu es sacrément à la hauteur, Darcy. Et sur tous les plans.

Elle secoua tristement la tête.

— Pas sur tous les plans, non. A l'école, je me suis accrochée pour me classer parmi les premiers. Mes deux parents étaient enseignants et je savais à quel point mes performances scolaires comptaient pour eux. Mais j'avais beau déployer des efforts démesurés, je ramenais des notes correctes — jamais brillantes. Chaque fois, c'était le même petit soupir désolé lorsque je leur apportais mes carnets à signer. Ils me disaient que c'était pas mal, qu'il n'y avait rien à redire. Mais que si *seulement* je consentais à y mettre un peu du mien, j'obtiendrais des résultats brillants. Malheureusement, ce n'était pas le cas. J'étais déjà au maximum et je le savais. C'était dur d'être condamnée à les décevoir.

— Tes parents ont été profondément injustes avec toi. Ils te demandaient d'être un prolongement idéalisé d'eux-mêmes au lieu de respecter tes qualités propres.

Darcy haussa les épaules.

— Ce n'était pas de la méchanceté délibérée. Juste un manque d'imagination de leur part, sans doute. Au début, je leur montrais ce que j'écrivais. J'espérais que, pour une fois, ils seraient surpris, impressionnés, voire enthousiastes. Mais très clairement, ma prose ne les intéressait pas. Alors j'ai cessé de rechercher leur approbation.

Elle s'essuya le visage avec les mains.

— Quoi qu'il en soit, je n'ai jamais trouvé le courage d'envoyer mon premier roman à un éditeur. Je crois que j'avais besoin qu'on me dise que j'avais mes chances, que je n'étais pas vouée à l'échec. Et vous avez été tellement formidables, ta famille et toi…

— Tiens, dit Mac en sortant son mouchoir.

Elle renifla, se tapota les yeux et les joues.

— Je ne suis pas triste, tu sais. Juste folle de joie. Il s'est passé tant de choses en si peu de temps. Je suis désolée d'avoir déboulé dans ton bureau sans m'annoncer, mais il fallait que je partage la nouvelle avec quelqu'un, sous peine d'exploser !

— Je suis heureux que tu sois venue me trouver, déclara Mac gravement. Des nouvelles comme celle-là, on ne peut pas les garder pour soi.

Il cueillit son visage entre ses paumes et, après une brève lutte interne, posa un baiser léger sur son front plutôt que sur ses lèvres.

— Il faut que nous fêtions ça, déclara-t-il avec une gaieté forcée en se redressant. Nous boirons du champagne et tu me parleras de tes projets.

— Mes projets ?

— J'imagine que tu vas passer quelques jours à New York. Rencontrer ton éditeur, ton agente.

— Oui, bien sûr. La semaine prochaine, en principe. J'ai prévu de faire un saut dans l'Est.

La semaine suivante, déjà. Mac dévora des yeux son fin visage maculé de larmes. Il éprouvait une souffrance presque paralysante à l'idée de la perdre. Mais plus il attendrait, plus la rupture serait cruelle.

— Tu vas nous manquer, Darcy du Kansas. J'espère que tu nous donneras des nouvelles de temps en temps, une fois que tu seras installée dans ta nouvelle vie.

— Installée dans ma nouvelle vie ? Mais je reviens ici !

— Ici ?

Il haussa un sourcil amusé.

— Darcy, tu sais que c'est un plaisir de t'avoir au Comanche, mais nous ne pouvons pas te garder indéfiniment dans une suite réservée aux flambeurs. Une chose est certaine, c'est que tu n'entres pas dans cette catégorie. Cela dit, nous continuerons à t'héberger avec le plus grand plaisir jusqu'à ton départ pour New York.

Horrifiée, Darcy se mordit la lèvre. Depuis deux semaines, elle abusait de l'hospitalité de Mac en occupant une suite de luxe à ses frais.

— Je suis désolée, j'aurais dû y penser plus tôt. Je prendrai une chambre à mon retour, en attendant de…

— Darcy, tu n'auras plus aucune raison de revenir à Las Vegas, une fois que tu auras signé avec ton éditeur.

Son cœur tressaillit douloureusement dans sa poitrine.

— Mais, Mac ! C'est ici que j'habite, désormais !

— Sois raisonnable. Tu ne peux pas passer le reste de tes jours au Comanche.

Mac avait cessé de sourire. Il n'avait plus qu'une envie : en finir au plus vite pour ne plus voir la douloureuse stupéfaction qui altérait les traits de Darcy.

— Il est temps pour toi de construire une nouvelle vie, enchaîna-t-il doucement. Et ce n'est pas ici que tu pourras le faire. Avec l'argent que tu as touché et ta carrière d'écrivain qui se dessine, tu as tous les atouts en main, désormais.

Elle le regarda droit dans les yeux.

— Tu es en train de rompre, n'est-ce pas ? Il ne s'agit pas seulement de me jeter hors de ton hôtel. Tu me jettes hors de ta vie.

— Personne ne te jette hors de quoi que ce soit.

— Ah bon ?

Elle émit un rire sans joie.

— Aie au moins le courage d'être franc, Mac. Tu me prends vraiment pour une attardée mentale, n'est-ce pas ? Cela fait plusieurs jours maintenant que tu m'évites. Tu m'as à peine touchée depuis que je suis entrée dans cette pièce. Et maintenant, tu me tapotes gentiment la joue en me recommandant d'aller vivre une bonne petite vie ailleurs. Le plus loin possible de ta personne, de préférence.

— J'ai envie que tu sois heureuse, Darcy. Sincè-rement.

— Heureuse, oui. Mais à condition que je le sois ailleurs qu'ici. Malheureusement pour toi, c'est à Vegas que j'ai envie de m'installer. J'ai acheté une maison à quelques kilomètres d'ici. Et j'ai la ferme intention d'y vivre.

Mac s'était préparé mentalement à affronter une scène, des larmes, des récriminations. Mais il ne s'était certainement pas attendu à une nouvelle de ce genre.

— Tu as acheté quoi ?

— Une maison.

— Tu es folle, ou quoi ? Une maison ? Ici ? Mais qu'avais-tu en tête ?

— Mon bonheur, Mac. Mon avenir.

— On n'acquiert pas une propriété immobilière comme on achète un sandwich au bar du coin, bon sang ! Tu ne peux quand même pas passer ton temps à faire n'importe quoi !

— Garde tes jugements insultants pour toi. Il s'agissait d'un acte mûrement réfléchi, en l'occurrence.

— Mais c'est absurde, Darcy ! Tu aurais dû m'en parler d'abord. Je ne t'aurais jamais laissée faire une chose pareille !

Elle lui jeta un regard étincelant de défi.

— Ah non ? Parce que tu es le maître de toute la ville ainsi que de ses environs maintenant ? Tu peux me forcer à quitter le Comanche, mais tu ne peux pas m'empêcher de rester dans le secteur. J'aime Vegas et je m'y installe. Point final.

— Mais *réfléchis*, Darcy. La vraie vie, c'est autre chose qu'une joyeuse balade sur le Strip !

— Vegas ne se résume pas à ses casinos, Mac. C'est une ville en pleine expansion qui offre quantité d'avantages pratiques. Le logement y est accessible, on y trouve des commerces, des emplois et une vie communautaire comme n'importe où ailleurs. Las Vegas est la ville du futur par excellence. Investir dans l'immobilier ici est un choix on ne peut plus raisonnable.

— Raisonnable, c'est ça ! Il n'y a rien de plus raisonnable que de choisir la capitale de la débauche pour en faire son « *home, sweet home* ». Tu sais ce qui prolifère ici, Darcy ? Les prêteurs à gages, les prostituées, les entraîneuses de tous bords. Et je ne te parle pas de la Mafia, du blanchiment de l'argent, de l'alcoolisme, de la toxicomanie et du jeu.

Elle le regarda froidement.

— Je suis tout à fait consciente de ces réalités, Mac. Je sais que les gens d'ici ne sont pas tous des enfants de chœur. Et il se trouve qu'en tant qu'écrivain, je suis justement passionnée par cet univers. Cela te pose un problème ?

— Tu ne sais pas ce que tu dis, Darcy.

— Tu te trompes. Je sais ce que je dis et je sais aussi ce que je fais en choisissant ce lieu comme port d'attache. Le désert nourrit mon inspiration. Quant aux comportements humains que j'observe à Vegas, ils m'apportent un matériau passionnant. Contrairement à ce que tu penses, je n'ai pas acheté cette maison dans l'idée de me cramponner à toi. Je l'ai choisie pour moi et rien que pour moi. Alors, sois sans crainte. La ville est assez grande pour que je puisse y vivre sans être dans tes jambes. Tu ne seras pas incommodé par ma présence, Mac Blade.

En deux pas, Darcy avait atteint la porte.

— Hé, une seconde ! Laisse-moi t'expliquer. Je…

Il lui posa la main sur l'épaule pour la retenir. Mais elle lui imposa silence d'un seul regard.

— Laisse tomber, Mac. Inutile de te confondre en explications embarrassées. Je n'ai pas l'intention de te faire une scène. Tu as droit à ma reconnaissance, et je ne l'oublierai pas. D'autre part, j'ai l'intention de maintenir des liens d'amitié avec ta famille et je n'ai pas envie de les mettre dans une position difficile. Mais tu as été blessant et cruel, précisa-t-elle calmement. Alors que rien ne t'y obligeait.

Le laissant pétrifié sur place, Darcy sortit et ferma doucement la porte derrière elle.

Chapitre 12

— Donc nous sommes d'accord ? reprit patiemment Justin en faisant mine de ne pas remarquer l'état de distraction de son fils. Nous accordons une remise de dette à Harisuki et à Tanaka. Et nous prenons leurs chambres et leurs repas à notre charge. Ainsi, ils reviendront et dépenseront leurs prochains millions ici et non pas dans le casino d'en face.

Justin se renversa contre le dossier de son fauteuil et alluma un cigare.

— Tu t'es occupé de réserver une limousine pour eux, demain matin, au fait ?

Il attendit une fraction de seconde.

— Mac ?

— Ah, pardon. La limousine, tu dis ? Oui, oui, j'ai fait le nécessaire.

— Bien. Maintenant que nous avons réglé cette question, nous allons pouvoir parler de tes soucis personnels.

— Mes soucis personnels ? Je n'en ai aucun, en l'occurrence. Tu veux une bière ?

Justin inclina la tête en signe d'assentiment.

— Tu as toujours été très indépendant, Mac. C'est la croix et la bannière pour t'arracher un mot d'explication lorsque quelque chose te ronge. Ta détermination à vouloir résoudre toutes tes difficultés par toi-même est aussi admirable qu'énervante... Mais dans ce cas précis, je sais exactement ce qui te tourmente. Le problème est âgé de vingt-trois ans, a un visage d'ange et a plus de chance au jeu que tous les flambeurs de Vegas réunis, déclara Justin en acceptant sa bière.

Mac haussa les épaules.

— Si c'est de Darcy que tu veux parler, elle a vendu les droits pour son roman. Pour *deux* romans, même.

— Il me semble que c'est plutôt une bonne nouvelle, non ? C'est pour ça que tu affiches cet air lugubre ?

— Non. Je suis ravi. Pour Darcy, c'est une consécration. Je crois que je n'avais pas mesuré à quel point l'écriture comptait pour elle. Apparemment, elle fait un beau départ dans sa carrière.

— C'est ça qui te chiffonne ? Tu t'imagines qu'elle n'aura plus besoin de toi ?

Mac fit les cent pas dans son bureau.

— Le fait qu'elle n'ait plus besoin de moi me paraît très positif, au contraire. Son séjour au Comanche n'était qu'une étape sur son parcours, une halte reconstituante, disons.

Justin tira pensivement sur son cigare.

— Tu es amoureux d'elle, Mac ?

— Là n'est pas la question.

— Comment ça ? C'est une question qui me paraît cruciale, au contraire !

— Je ne suis pas l'homme qu'il lui faut. Et elle n'est pas faite pour vivre dans un endroit comme Vegas, rétorqua Mac en s'immobilisant face à la fenêtre pour contempler les néons scintillants et les fontaines multicolores devant la façade de l'hôtel. Dès que sa première excitation sera retombée, Darcy s'en rendra compte par elle-même. Elle n'a pas les pieds sur terre, en ce moment.

— Et qu'est-ce qui te fait penser que tu n'es pas l'homme qui lui convient ? Quand je vous vois tous les deux, vous me paraissez très complémentaires.

Mac enfonça les poings dans ses poches.

— Je dirige un casino, papa ! Pas une librairie papeterie ! A l'heure où les honnêtes gens dorment sur leurs deux oreilles, je déambule dans des salles enfumées, entouré de joueurs compulsifs, de noctambules à la dérive et d'allumeuses de luxe. Darcy est issue d'un milieu plus conventionnel que le nôtre. Elle a eu une éducation très répressive et s'est toujours conformée aux diktats formulés par ses parents. Elle commence tout juste à vivre un peu. Ce n'est vraiment pas le moment de lui mettre des freins.

— Je suis d'accord avec toi. Mais pourquoi constituerais-tu forcément un obstacle à son épanouissement ? Il me semble que tu as une vue un peu manichéenne de la situation, Mac. Ce n'est pas parce que tu tiens un casino que tu es un monstre cynique baignant dans le vice et la corruption. Tu as un métier passionnant, des responsabilités importantes et tu les assumes avec une intégrité et un sérieux que pourraient t'envier bien des chefs d'entreprise. Quant à Darcy, c'est une jeune femme pleine de spontanéité et de joie de vivre qui promet de devenir un écrivain célèbre. Je ne vois aucune incompatibilité majeure là-dedans !

Mac soupira avec impatience.

— Tu en parles comme si nous nous fréquentions depuis dix ans ! Darcy est arrivée ici il y a quelques semaines à peine, papa. Et son existence a été bouleversée de fond en comble. Comment veux-tu qu'elle soit lucide sur ses sentiments ?

— A mon avis, tu la sous-estimes. Mais même à supposer que tu aies raison, que fais-tu de tes sentiments à toi ? Ils ne comptent pas ?

— Je me suis déjà suffisamment laissé déborder par ma libido comme ça. Lorsque Darcy est arrivée ici, elle était encore innocente, bon sang !

Le regard assombri par la culpabilité, Mac se détourna de la fenêtre pour lui faire face.

— Aujourd'hui, elle l'a perdue, son innocence ! Je m'étais pourtant promis de ne pas la toucher. Mais je n'ai rien maîtrisé. Même un gamin de dix-huit ans aurait eu un comportement plus responsable que le mien.

Justin fronça les sourcils.

— Tu ne crois pas que tu en rajoutes un peu, Mac ? Darcy est jeune, belle et amoureuse. Et toi tu es un homme, pas son confesseur attitré ! Tu es en train de t'empêcher de vivre une histoire qui te rend heureux parce que tu t'imagines être nocif pour Darcy. Mais c'est à elle d'en juger, non ? De quel droit déciderais-tu à sa place ce qui est bon pour elle ou non ?

Avec un second soupir encore plus exaspéré que le premier, Mac recommença à arpenter la pièce.

— En temps normal, je ne me le permettrais pas, bien sûr. Mais Darcy est complètement aveuglée, en ce moment. Vous ne voyez pas qu'elle se croit en plein conte de fées ? Ce n'est pas Vegas qu'elle voit, mais une heureuse chimère, avec des gondoles qui passent devant le palais des Doges, la tour Eiffel et la statue de la Liberté enfin réunies ! Du coup, elle s'est acheté un logement sur place. C'est de la folie furieuse, bon sang.

— Pourquoi ? La maison qu'elle a trouvée a un charme fou.

Mac demeura un instant bouche bée.

— Parce que tu es au courant ?

— Darcy l'a montrée à ta mère le lendemain du jour où elle a signé le compromis. J'ai eu l'occasion de la visiter moi-même. Elle est très originale. Très attachante. Je ne pense pas qu'elle regrettera son achat.

— Quoi qu'il en soit, c'est absurde de vouloir se fixer définitivement dans une ville que l'on connaît à peine ! Darcy ne vit pas dans la réalité. Elle plane à quinze mille !

Justin secoua la tête.

— Tu te trompes, Mac. Darcy sait parfaitement ce qu'elle veut. Et elle est très cohérente dans ses choix. Si toi, tu ne veux pas d'elle, en revanche, c'est une autre paire de manches.

— Si je ne veux pas d'elle ? murmura-t-il tout bas. J'ai envie d'elle. Sans arrêt. C'est une obsession. Je ne me reconnais pas.

— Désirer, c'est facile. J'ai eu envie de ta mère dès le premier regard que j'ai posé sur elle. Ça, c'était aussi simple que de respirer. Aimer est infiniment plus terrifiant, en revanche. Je ne suis même pas encore certain d'avoir complètement surmonté ma peur.

Sidéré, Mac se laissa tomber dans un fauteuil face à son père.

— Attends… Tu me fais marcher ou quoi ? Quand je vous vois tous les deux, maman et toi, j'ai toujours l'impression qu'aimer, ça va tout seul, pour vous deux, au contraire ! Vous êtes tellement… tellement *assortis*, elle et toi, qu'on n'imagine même pas que vous ayez jamais pu vivre séparés.

Justin se pencha pour poser la main sur son genou.

— Ton problème ne se situerait-il pas de ce côté-là, Mac ?

— Je ne sais pas... Dans notre famille, le mariage défie les statistiques. Il n'y a ni divorce, ni couples bancals.

Mac contempla pensivement l'alliance au doigt de son père. Ses parents étaient mariés depuis trente ans. Et leur amour n'avait pas pris une seule ride.

Le regard vert de Justin se fit étrangement perçant.

— A tes yeux, ta mère et moi, ça va de soi. Parce que nous sommes tes parents et que tu nous as toujours connus ensemble. Mais, au départ, nous formions un couple complètement improbable, Serena et moi. D'un côté, un métis parti de rien qui s'était enrichi au poker après avoir traîné dans la rue une bonne partie de son adolescence ; de l'autre, une jeune femme de la meilleure société, brillante, cultivée, bardée de diplômes. Qui aurait pu penser, a priori, que ça fonctionnerait entre nous ?

— Mais vous aviez des intérêts communs. Et vous vous dirigiez vers le même but.

Justin secoua la tête.

— C'était loin d'être aussi évident que ça, crois-moi. Entre nous, il y avait plus de différences que de similitudes. Notre chemin, nous l'avons tracé ensemble. Et il était creusé d'ornières.

— Tu essayes de me faire comprendre que j'ai commis une erreur en repoussant Darcy, murmura Mac en se passant la main sur les paupières. Tu as peut-être raison. Je ne sais plus.

— Tu veux des garanties ? Des certitudes ? Une recette miracle ? Ça n'existe pas, fiston. L'amour est un jeu risqué où on navigue au jugé en jouant une carte après l'autre, sans appliquer de règle prédéfinie. Personne ne peut te fournir les rapports de probabilités à l'avance. C'est Darcy que tu veux, Mac ?

— Oui.

— Tu es amoureux d'elle ?

Les mâchoires crispées, Mac inclina la tête. Jamais vérité n'avait été aussi difficile à admettre.

— Oui, je suis amoureux d'elle. Et oui, ça me terrifie.

Justin sourit.

— Je sais ce que c'est. Et qu'est-ce que tu comptes faire ?

— Tenter le tout pour le tout et essayer de la récupérer.

— Tu as l'air de penser que ce n'est pas gagné d'avance ? Tu as gravement compromis la situation ?

Mac scruta la pointe de ses chaussures d'un œil sombre.

— Disons que je l'ai plus ou moins mise à la porte.

— Il va falloir que tu joues serré, si tu veux qu'elle t'ouvre encore la sienne, murmura pensivement Justin.

— Tu as raison. Je vais descendre lui parler tout de suite. La pauvre, elle doit être enfermée dans sa suite, à ressasser notre rupture, au lieu de fêter son double contrat comme elle le devrait.

— Mmm... Tu crois ? murmura Justin, les yeux rivés sur l'écran vidéo.

— J'ai repéré des boucles d'oreilles avec des petites étoiles en diamant, dans la bijouterie au rez-de-chaussée. Ce serait une bonne idée, non ?

Sourcils froncés, Mac tenta de combattre une sensation de nervosité comme il n'en avait encore jamais éprouvé.

— Tu crois que ce serait excessif de lui offrir les boucles d'oreilles et un grand bouquet de roses rouges en plus ?

Justin réprima un sourire.

— Je n'aurais pas peur d'en faire trop à ta place. Mais tu ne trouveras pas Darcy dans sa chambre.

— Mmm… ?

— Vois par toi-même. L'écran numéro 3. La deuxième table en partant de la gauche.

Pressé de passer à l'action, Mac regarda distraitement l'écran en question. Puis il plissa les yeux en se demandant s'il rêvait. Quoi ? Sa pauvre petite fée blessée avait enfilé sa robe rouge, sexy en diable. Perchée sur des talons hauts, elle riait aux éclats en soufflant sur ses dés.

— Bon sang ! Qu'est-ce qu'elle fabrique ?

— Elle mise sur le huit… Ha ! Un cinq et un trois ! La voilà qui gagne. Cette Darcy a une chance insolente, commenta Justin avec un large sourire en entendant claquer la porte derrière Mac.

— Allez-y, poupée ! Continuez ! Vous êtes en veine comme ce n'est pas permis !

Darcy souriait aux anges. L'homme qui l'encourageait ainsi avait l'âge d'être son père. Elle ne s'offusqua même pas lorsqu'il lui donna une petite tape amicale sur le derrière.

Se penchant sur la table, elle lança ses dés. Des cris et des applaudissements s'élevèrent. L'argent et les jetons changèrent de mains si vite qu'elle n'eut pas le temps de suivre le mouvement.

— Sept !

Ramassant ses jetons, elle les répartit au hasard.

— Voilà. Je mise ça sur le point.

— C'est parti, belle blonde. Faites rouler les dés ! lança un parieur en jetant un billet de cent dollars sur la table.

Elle s'exécuta, plissa des yeux pour voir le résultat à travers les volutes de fumée. Un trois et un quatre. Extraordinaire. Comment avait-elle pu croire un seul instant que le craps était un jeu compliqué ?

Un spectateur dans la foule compacte autour d'elle lui tendit un verre de champagne. Surexcitée, Darcy leva les bras au ciel et esquissa un pas de danse.

— Mmm… Merci, ça va me porter chance ! s'exclama-t-elle en buvant une gorgée.

Puis elle tendit le verre à l'homme qui lui avait tapoté les fesses.

— Tenez-moi ça deux secondes, O.K. ?

Elle allait reprendre les dés lorsque Mac se fraya un chemin dans la foule. La première chose qu'il vit fut la robe rouge qui lui moulait les fesses. Il lui attrapa le coude alors qu'elle finissait son lancer.

— Qu'est-ce que tu fabriques au juste ?

Ivre de chance et de victoire, Darcy redressa la tête.

— Ce que je fabrique ? Je gagne de l'argent sur ton dos. Alors écarte-toi, que je puisse continuer à vider tes caisses. Ton casino en prend pour son grade.

Il lui saisit le poignet avant qu'elle puisse rejouer.

— Encaisse tes gains. J'ai à te parler.

— Tu veux rire ? Pas question que j'arrête avec la chance que j'ai !

— Hé, l'ami ! Vous n'allez quand même pas l'empêcher de jouer alors qu'elle gagne coup sur coup !

Mac tourna la tête et réussit à glacer d'un seul regard le joueur enthousiaste assis à l'autre bout de la table.

— Remettez-lui son dû, ordonna-t-il au croupier avant d'entraîner Darcy avec lui, malgré les vigoureuses protestations de ses nouveaux groupies.

— Mais fiche-moi la paix, à la fin ! Tu n'as pas le droit de m'empêcher de jouer, protesta-t-elle.

— Je fais ce que je veux. Le casino m'appartient.

Dégageant son bras prisonnier, Darcy lui jeta un regard noir.

— Très bien. J'irai poursuivre ma soirée ailleurs. Et je ferai savoir à la concurrence que la direction du Comanche ne recule devant aucune pratique déloyale pour éloigner ses clients trop chanceux.

— Darcy, montons dans ta suite. Il faut que je te parle.

Elle le repoussa si énergiquement que de nombreuses têtes se tournèrent dans leur direction.

— Ecoute, Mac, je t'ai promis que je ne te ferais pas de scène, mais si tu continues à me provoquer comme ça, je reviens sur mes engagements. Tu peux me chasser de *ton* hôtel et me jeter à la porte de *ton* casino. Mais ce n'est pas à toi de décréter ce que je dois et ce que je ne dois pas faire. C'est clair ?

Mac s'arma de patience.

— Je te demande simplement de m'accorder un moment. J'ai des choses à te dire en privé.

— Je n'ai pas envie de les entendre.

— Eh bien tant pis pour toi. Tu les entendras quand même.

Se penchant pour lui prendre la taille, Mac la balança sans façon sur une épaule. Il avait déjà fait dix pas lorsque Darcy, revenue du choc initial, trouva enfin la présence d'esprit de se débattre.

— Lâche-moi ! Tu es fou à lier !

— Aux grands maux les grands remèdes, maugréa-t-il, indifférent aux réactions stupéfaites des clients et du personnel.

— Je n'ai plus rien à te dire, Mac Blade ! Mes bagages sont faits et je pars demain matin. Descends-moi de là ou je hurle.

Il pénétra dans la cabine d'ascenseur avant de la reposer sur ses pieds.

— Je ne me comporterais pas ainsi avec toi si tu étais raisonnable, Darcy. Mais…

Il s'interrompit lorsque le poing de la jeune femme lui percuta l'estomac.

— Pas terrible… pas terrible du tout, même, commenta-t-il avec un soupir découragé. Il va falloir que nous travaillions ta technique.

Consciente que le recours à la violence ne servirait qu'à la ridiculiser, Darcy se croisa les bras sur la poitrine et s'enferma dans un silence orageux. Lorsque les portes de l'ascenseur s'ouvrirent, elle sortit la tête haute en regardant droit devant elle.

— Je sais que c'est *ton* casino et *ton* hôtel. Mais il n'en reste pas moins que, jusqu'à demain matin, il s'agit de *ma* suite, Mac. Et je n'ai pas souvenir de t'y avoir convié.

— Darcy ! Je voudrais clarifier une fois pour toutes la…

— La situation entre nous est déjà on ne peut plus *claire*.

— Si tu pouvais arrêter de me contredire chaque fois que j'ouvre la bouche ! Tu ne comprends donc pas que… ?

Elle repoussa violemment la main qu'il tentait de poser sur son épaule.

— Comment ça, « je ne comprends pas » ? Je comprends parfaitement bien, au contraire. Arrête de me prendre pour une idiote écervelée.

— Je ne t'ai jamais prise pour une idiote !

— Juste une écervelée, alors. Quoi qu'il en soit, je

n'ai pas besoin d'un doctorat pour *comprendre* que tu t'es lassé de moi et que tu n'as pas trouvé d'autre solution pour me le faire savoir que de me repousser d'un geste irrité comme si j'étais une gamine de trois ans qui te collait aux basques.

Désespérant de réussir à se faire entendre, Mac se passa la main dans les cheveux.

— Darcy ! Tu veux bien *essayer* de m'écouter une minute ? Je sais que j'ai été maladroit et que j'ai tout gâché. Mais laisse-moi au moins m'expliquer, bon sang !

Elle lui tourna ostensiblement le dos pour se planter devant la fenêtre.

— Il n'y a rien à expliquer. Tu n'as plus envie de moi, c'est tout. C'est comme ça et personne n'y peut rien. Inutile de te fatiguer à te justifier. Si tu as peur que je me jette du cinquantième étage, je te rassure tout de suite : je suis jeune, je suis riche et je débute dans un métier qui me passionne. Quant aux hommes… le monde en est plein.

— Comment ça, le monde en est plein ?

Elle lui jeta un regard noir par-dessus son épaule.

— Tu es le premier, c'est vrai. Ça ne veut pas dire que tu seras le dernier.

La remarque atteignit Mac en pleine poitrine. C'était précisément pour lui donner la possibilité de rencontrer d'autres hommes qu'il avait tenu à lui rendre sa liberté. Mais entendre cette déclaration d'indépendance de la bouche de Darcy, voir ses yeux briller d'un éclat sensuel et la trouver si follement désirable le mit en rage.

— Fais attention à ce que tu dis, Darcy. Tu t'aventures en terrain miné.

— Et alors ? Toute ma vie, j'ai été prudente, mesurée. Aujourd'hui j'ai découvert le plaisir de foncer sans regarder où je mets les pieds. Et jusqu'à maintenant, ça m'a plutôt bien réussi. Si je dois me casser la figure, ça ne regarde que moi, de toute façon.

Saisi de panique, Mac comprit qu'il pouvait la perdre. Qu'elle était parfaitement capable de le planter là et d'aller vivre ses expériences ailleurs.

— Tu m'aimes, Darcy, et tu le sais !

— Parce que j'ai couché avec toi ? Sérieusement, Mac… Tu me prends pour une héroïne de roman à l'eau de rose ?

Chargé de dérision, le ton était convaincant à souhait. S'il ne l'avait pas vue se tordre les mains, il se serait laissé bluffer.

— Tu n'aurais pas couché avec moi si tu n'avais pas été amoureuse. Si je te tenais dans mes bras maintenant, si je posais mes lèvres sur les tiennes, ton corps me le dirait, même si tu n'as jamais prononcé les mots.

Les dernières défenses de Darcy s'écroulèrent. Vaincue, elle détourna les yeux.

— Tu le savais, murmura-t-elle. Et tu t'en es servi contre moi.

— C'est possible. Et je m'en suis voulu. J'ai commis pas mal d'erreurs avec toi.

— Tu es en colère ou tu te sens coupable, Mac ? Tu m'as fait mal en me rejetant comme tu l'as fait.

— C'était pour ton bien. Enfin… je pensais que c'était pour ton bien.

Elle émit un petit rire étranglé.

— Pour mon bien ? Je te remercie de ta considération.

— Darcy…

Il voulut s'approcher, la prendre dans ses bras, mais elle

se recroquevilla sur elle-même, comme si elle ne pouvait supporter son contact. Blessé, il laissa retomber ses bras.

— Très bien. Je ne te toucherai pas. Mais regarde-moi, au moins.

— Qu'est-ce que tu attends encore de moi, Mac ? demanda-t-elle d'une voix lasse. Ma bénédiction ? Que je te dise que ce n'est pas grave, que tout va bien, que je ne t'en veux pas ?

Elle laissa échapper un bref sanglot.

— J'essaye de ne pas te tenir rigueur de ton comportement, mais j'ai du mal à le comprendre. Rien ne t'obligeait à m'aimer en retour. Mais pourquoi cette cruauté gratuite ?

— Si je n'avais écouté que mes sentiments, nous ne tiendrions pas cette conversation en ce moment. Et ce n'est pas le lieu, d'ailleurs… Montre-moi ta maison, Darcy, demanda-t-il brusquement.

— Quoi ?

— J'aimerais que nous allions chez toi. Maintenant.

Elle se passa la main sur les paupières.

— Il est tard. Je suis fatiguée. Et je n'ai pas les clés.

— Tu connais le nom de l'agence ? Tu dois bien avoir une carte de visite quelque part.

— Là, sur le bureau. Mais…

Sans écouter ses protestations, Mac attrapa le téléphone d'autorité et composa le numéro. Moins de deux minutes plus tard, il appelait Marion Bairne par son prénom et notait son adresse privée.

— Elle accepte de nous remettre les clés, annonça-t-il en raccrochant. Nous ferons un crochet par chez elle.

— Tu es très convaincant lorsque tu as une idée en tête, Mac… Mais à quoi bon ?

— Prends le risque. Fonce sans regarder où tu mets les pieds. Qu'as-tu à perdre ? Tu veux une veste ?

Darcy refusa. Et se laissa conduire en silence. En songeant que cette ultime explication leur permettrait peut-être de se séparer, non pas en amis, mais au moins sur une note de respect mutuel.

Mac récupéra les clés et trouva la maison sans difficulté. Il contempla le bâtiment ocre dont l'étonnante silhouette se découpait sur fond de lune décroissante.

— J'aurais dû m'en douter. Tu as acheté un château.

Darcy faillit sourire.

— C'est ce que j'ai pensé en la voyant. Tu comprends pourquoi le choix s'est imposé de lui-même...

— Invite-moi à entrer.

— C'est toi qui as les clés, dit-elle d'une voix lasse en ouvrant sa portière.

Il la rejoignit et lui tendit le trousseau.

— Invite-moi chez toi, Darcy.

Haussant les épaules, elle résista à la tentation de lui arracher les clés des mains. Puisqu'il faisait des efforts méritoires pour rendre la rupture moins douloureuse, elle pouvait coopérer un peu.

— Il y a une alarme ? s'enquit Mac, sourcils froncés, en constatant l'isolement des lieux.

— Oui. Je connais le code.

Darcy ouvrit la porte et déconnecta le système de sécurité avant d'allumer. Mac ne dit rien. Il parcourut méthodiquement le rez-de-chaussée, exactement comme l'avait fait sa mère. Mais pour Darcy, son silence fut plus difficile à endurer que celui de Serena.

— C'est grand, commenta-t-il, enfin.

— C'est vrai. En séjournant au Comanche, j'ai découvert que j'appréciais d'avoir de l'espace.

Elle mettrait des plantes sur les terrasses, songea Mac. Des quantités de plantes qu'elle soignerait avec amour. A l'intérieur, elle choisirait la clarté, des couleurs douces. Etrangement, il n'avait aucune difficulté à imaginer la façon dont elle aménagerait les lieux. Comment pouvait-on connaître quelqu'un aussi intimement au bout de quelques semaines à peine ?

Il mit l'éclairage extérieur, vit la piscine et les paisibles étendues de sable, comme une mer immobile qui s'étirait vers l'horizon des montagnes. La vue lui fit comme un électrochoc. Enfin, il comprenait ce qui avait motivé le choix de Darcy. Il sentit la calme puissance qui émanait du paysage, tellement à l'opposé de l'ambiance survoltée du Strip.

Le désert.

Il avait occulté le désert. Et la fascination qu'il exerçait sur elle. Comment avait-il pu décréter de façon aussi arbitraire qu'elle n'avait pas sa place ici, dans ce coin du Nevada ?

— Cette maison, ce paysage… c'est exactement ce qu'il te faut, n'est-ce pas ?

Elle inclina la tête.

— J'ai trouvé mon port d'attache, oui.

— Et il y a la tour. C'est là que tu te boucleras des journées entières pour écrire.

Darcy sentit comme une pointe aiguë lui traverser le cœur. Ainsi il savait. Comment pouvait-il être aussi proche et en même temps si lointain ?

— Oui. La tour sera effectivement mon lieu de travail.

Je compte m'attaquer à mon troisième roman bientôt. L'action se déroulera ici, à Vegas.

— Nous devions fêter ton contrat avec l'éditeur. Et nous ne l'avons pas fait.

Il se retourna et la vit debout, plantée au milieu de la pièce vide, en train de se tordre les mains.

— C'est ma faute, Darcy. Entièrement ma faute. Je veux que tu saches à quel point je me réjouis pour toi et comme je suis désolé d'avoir gâché ton plaisir.

Darcy soupira. Que Mac se sente coupable n'avait rien pour la surprendre.

— Ça ne fait rien, murmura-t-elle.

— Si. Cela fait beaucoup, au contraire. J'aimerais t'expliquer la façon dont j'ai vécu les choses afin que tu comprennes pourquoi j'ai réagi comme je l'ai fait... Tu m'es tombée dans les bras — littéralement — la première fois que je t'ai vue. Tu étais affamée, perdue, au bout du rouleau, totalement vulnérable et irrésistiblement attirante. J'ai eu envie de toi, trop tôt, trop vite, trop fort. Normalement, je résiste bien à la tentation. Mais avec toi, je n'ai pas pu.

Elle haussa les épaules.

— Tu ne m'as pas forcé la main. C'était une attirance mutuelle.

— Oui, mais les jeux n'étaient pas égaux.

Il fit un pas dans sa direction.

— Lorsque nous avons fait l'amour ensemble, je savais que tu méritais plus et mieux que cela. Mais je n'avais pas l'intention de te donner autre chose que quelques moments de plaisir et d'insouciance.

— Je sais. Tu m'avais dit avant même que nous soyons amants que tu ne voulais pas de relation sérieuse. Je ne suis pas tombée dans ton lit en aveugle. Mais j'étais prête à prendre un pari sur l'avenir.

Mac marqua une pause.

— Un pari ? *Quel* pari ? Celui que tu réussirais à me faire changer d'avis ? s'enquit-il, stupéfait.

— Et alors ? Je savais que mes chances étaient faibles. Mais elles ne paraissaient pas inexistantes pour autant. Ton grand-père considère que nous sommes admirablement assortis. Et ta mère partage son avis.

Il faillit s'étrangler.

— Parce que tu as abordé le sujet avec ma mère ?

— J'ai beaucoup d'affection pour ta mère, s'emporta Darcy. Quel mal y a-t-il à confier ses sentiments à quelqu'un que l'on apprécie ?

Mac leva la main d'un geste apaisant.

— Ce n'est pas ce que je voulais dire. D'ailleurs, nous nous écartons du sujet... Pour en revenir à mon histoire, voici comment je voyais les choses : il me semblait qu'il te fallait un peu de temps pour toi. J'estimais que ton petit séjour à Vegas te permettrait de t'habituer à ton nouveau mode de vie. Ce serait pour toi une sorte de halte festive que tu mettrais à profit pour explorer les différents jeux de hasard, te faire dorloter dans les salons de beauté, t'offrir quelques bricoles — découvrir ta sexualité.

— Et toi, tu te posais en mentor et en Pygmalion, c'est ça ? Tu te rends compte à quel point tu es insultant avec moi, Mac ?

Il soupira.

— Je ne cherche pas à t'insulter. J'essaye de t'exposer le point de vue que *j'avais*. Et je reconnais que je me trompais.

— Ah oui ? Pour l'instant, tu ne m'as pas encore dit

une seule fois que tu étais dans ton tort. Il serait peut-être temps que tu commences.

Mac enfonça les mains dans ses poches.

— Tu sais que tu peux être désagréable et sarcastique, parfois ? Tu ne m'avais encore jamais montré cet aspect de ta personnalité.

— Je l'avais mis en réserve… Résumons-nous : la gentille souris des champs rencontre le rat rusé des villes qui l'initie aux premiers rudiments du péché. Puis le rat se hâte de claquer la porte au nez de la pauvre petite, de crainte qu'elle ne finisse de ternir le clair miroir de son âme si pure.

Il leva les yeux au ciel.

— Résolument sarcastique, en effet. Tu étais seule, anxieuse, dépassée par les événements.

— Et tu m'as charitablement lancé une bouée.

— Tais-toi.

Perdant patience, il lui agrippa les bras.

— Personne ne t'avait jamais laissé le choix. En rien. Tu me l'as dit toi-même. Personne ne t'accordait une chance, ne te donnait la possibilité de t'épanouir… Mais enfin, Darcy, regarde comme tu prends de l'assurance depuis que tu as ce choix, cette chance, cette liberté ! Tu resplendis, bon sang ! J'ai pensé que je n'avais pas le *droit* de te garder pour moi. Tu n'as jamais connu d'autre homme, Darcy ! Et moi, je t'aurais enfermée dans un hôtel, bouclée dans un casino ?

Elle secoua la tête.

— Alors, par égard pour ma liberté, tu as décidé à ma place de ce qui serait bon pour moi. Comme tous les autres avant toi, tu agissais « pour mon bien ».

— Je sais. Je regrette.

— Moi aussi, déclara-t-elle en le repoussant. Ça y est, cette fois ? La conversation est terminée ?

— Pas encore.

Avec un soupir exaspéré, elle se détourna pour s'avancer vers les portes-fenêtres ouvertes, ses talons hauts résonnant sur le carrelage.

— Et tu en as pour combien de temps encore ? Nous nous sommes déjà expliqués, Mac.

— Pas jusqu'au bout.

— Honnêtement, je ne vois pas l'intérêt d'insister davantage, murmura-t-elle en se mordillant la lèvre. D'ailleurs, pourquoi cette soudaine lubie de vouloir visiter ma maison ? On est censés être de bons camarades, c'est ça ? Que faisons-nous ici, Mac ?

— Je voulais que la discussion se déroule ici, car nous sommes sur ton territoire. Pas sur le mien. L'avantage de la maison joue donc en ta faveur.

— L'avantage de la maison ? Je ne comprends absolument pas où tu veux en venir.

— Mon père m'a dit quelque chose ce soir à quoi je n'avais encore jamais réfléchi. Il affirme que désirer est facile et qu'aimer est terrifiant.

Il riva son regard au sien.

— Tu me terrifies, Darcy. Quand je te regarde, je suis mort de peur.

Effarée, elle replia les bras sur sa poitrine.

— Arrête ce jeu, Mac. Ce n'est pas juste.

— J'ai essayé d'être juste. Et tout ce que j'ai réussi à faire, c'est te blesser et me rendre malheureux. Alors je change de tactique. Et comme la maison a l'avantage, je joue pour gagner.

Comme elle reculait d'un pas, il s'avança à son tour.

— Non, Darcy, inutile de fuir, je ne te lâcherai plus, cette fois. J'étais prêt à te laisser partir, tu sais. Mais tu n'as pas eu l'air d'apprécier que je te rende ta liberté.

Il s'approcha jusqu'à la toucher et fit glisser les paumes de ses épaules à ses poignets, en un lent mouvement de va-et-vient.

— Tu trembles ?

Il effleura la commissure de ses lèvres.

— J'en conclus que tu m'aimes encore.

Le souffle de Darcy se suspendit quelque part au milieu de sa poitrine.

— Je ne veux pas de ta pitié. Je refuse…

Le baiser qui lui imposa silence fut aussi soudain que passionné. Son cœur malmené battit un galop effréné.

— Tu crois que c'est de la commisération, ça ? Ça te fait l'effet d'être un acte de pure charité ? s'enquit-il d'une voix rauque tandis que son souffle glissait sur sa bouche.

De nouveau, il l'embrassa. Passionnément. Avec une faim insatiable.

— Tu sais que cette petite robe rouge me rend fou ? J'aurais pu tuer tous les hommes qui se pressaient autour de toi à cette table de craps. Je t'en achèterai au moins une douzaine d'autres comme celle-ci.

— Mac, tu délires ! Qu'essayes-tu de me dire, à la fin ?

— Que je t'aime.

Cette fois, son cœur fit un seul bond joyeux dans sa poitrine.

— Tu m'aimes ?

— J'aime tout chez toi.

Il lui prit les mains, les dénoua, porta chacun de ses doigts à ses lèvres.

— Et je te demande de m'accorder une seconde chance.

Les lèvres de Darcy tremblèrent, puis s'incurvèrent en une timide ébauche de sourire.

— Tu tombes bien. Il se trouve que je suis une fervente adepte des secondes chances.

Il l'embrassa encore. Avec une tendresse infinie, cette fois.

— Tu me feras une place chez toi, Darcy ?

— Ici ?

Elle flottait sur un nuage de pure langueur. Les ailes largement déployées, elle dérivait doucement dans l'azur du ciel.

— Tu veux vraiment habiter dans cette maison avec moi, Mac ?

— J'imagine que tu préfères élever nos enfants ici que dans une suite du Comanche.

— Nos enfants ?

Elle darda sur lui un regard ébloui.

— Ça a l'air de t'étonner ? Tu veux pourtant des enfants, n'est-ce pas ?

Il sourit lorsqu'elle hocha vigoureusement la tête en signe d'acquiescement.

— J'aime les grandes familles, Darcy. Mais comme je suis un incorrigible conservateur, il faudra que tu m'épouses si tu veux que nous nous aimions et que nous nous multipliions.

— Mac…

Ce fut tout ce qu'elle parvint à prononcer : la seule syllabe de son prénom.

— Tu es prête à prendre le risque, mon amour ? chuchota-t-il en lui saisissant les deux mains pour les poser contre sa poitrine. Tu veux bien parier sur nous ?

Bouleversée, elle perçut les battements du cœur de

Mac sous ses paumes. Et constata qu'ils n'étaient guère plus réguliers que les siens.

Un grand rire heureux monta soudain du tréfonds de son être.

— Pari tenu. Il se trouve que je suis en pleine période de chance en ce moment, déclara-t-elle, aux anges.

Mac la souleva dans ses bras et la fit virevolter avec lui dans la maison vide.

— C'est ce qui se dit, oui. Tu sais quoi, Darcy de Vegas ? Je suis sûr désormais que Las Vegas est bel et bien ta ville.

— Mmm… C'est ce qu'on appelle une prise de conscience tardive, Mac Blade ! Mais mieux vaut tard que jamais.

Il se pencha sur ses lèvres.

— Et tu sais quoi d'autre, encore ?

— Dis-moi !

Il lui adressa un clin d'œil.

— Surtout ne le lui répète pas, mais je finis même par croire que mon vieux forban de grand-père a un don très particulier pour les choses de l'amour.

collection NORA ROBERTS

Vous avez aimé

L'orgueil du clan ?

Découvrez dès maintenant

un extrait du huitième roman de

La saga des MacGregor

Dès le 1er juin 2013

dans vos points de vente habituels

— Vraiment, tante Myra ?

En sous-vêtements, Layna Drake portait une cascade de soie blanche sur le bras. Elle avait un air mortifié.

— C'est un inconnu ?

— Pas vraiment, ma chérie. Tu l'as déjà vu, quand tu étais petite. Je sais que c'est un peu agaçant, mais Daniel me demande rarement un service. Ce n'est que pour une soirée. Et de toute façon, tu voulais bien y aller ?

— Je voulais y aller avec toi !

— Je serai là quand même. Tu verras, ma chérie, c'est un jeune homme charmant. Un peu irritable, mais charmant quand même.

Avec un sourire radieux, elle effleura d'une main légère ses cheveux blancs comme neige. Malgré son grand âge, elle avait gardé un esprit vif et acéré, et quand la situation l'exigeait, elle pouvait adopter un air fragile, voire désarmé.

— Daniel MacGregor s'inquiète pour son petit-fils, continua-t-elle. Moi aussi, je dois l'avouer. Il le trouve trop solitaire. Mais franchement, qui aurait cru que Daniel allait se jeter sur l'occasion, quand j'ai dit que tu revenais à Washington, et que j'ai mentionné cette fête de charité ?

Myra agita les mains.

— Je ne savais pas comment refuser. Cependant, je me rends compte que c'est une véritable contrainte pour toi.

Ne supportant pas de lui voir ce petit air désolé, Layna s'empressa de dire :

— Cela n'a aucune importance, tante Myra. De toute façon, je devais y aller, à cette fête.

Avec des gestes gracieux, elle enfila sa robe de soie blanche.

— Va-t-il venir me chercher ici ?

Myra regarda sa montre.

— Oh, mon Dieu ! Il ne va pas tarder à arriver ! Nous nous retrouverons là-bas. Mon chauffeur doit se demander où je suis passée.

— Mais…

— Il faut absolument que je parte. Nous allons nous revoir dans moins d'une heure, ma chérie.

Myra se leva et se précipita vers la porte avec une agilité surprenante pour une femme de son âge. En haut de l'escalier, elle se retourna.

— Tu es splendide, dit-elle d'un air admiratif.

Stupéfaite, Layna poussa un profond soupir. C'était typique de sa marraine. Il fallait toujours qu'elle jette des hommes sur son chemin. C'était assommant. D'autant plus qu'après, il n'était pas si facile de s'en débarrasser.

Layna Drake avait rayé le mariage de ses projets une bonne fois pour toutes. Après avoir grandi dans une maison où les bonnes manières primaient sur les manifestations affectives, et où les aventures légères étaient poliment ignorées, elle n'avait aucune intention de se retrouver dans le même genre de relation.

Layna poussa un soupir. Les hommes étaient parfaits pour le décor, tant que c'était elle qui menait la danse. Et pour le moment, sa carrière était bien trop importante pour qu'elle se soucie d'avoir quelqu'un avec qui dîner en tête à tête le samedi soir.

Elle était bien décidée à grimper l'échelle de l'entreprise familiale. Dans dix ans, selon ses estimations, elle serait à la tête de la chaîne de magasins Drake's.

Layna sourit à son miroir. Oui, elle avait des projets grandioses pour sa carrière, et cela seul comptait.

Drake's n'était pas qu'une simple chaîne de magasins. C'était une institution. En restant célibataire, elle pourrait consacrer tout son temps et toute son énergie à l'entreprise familiale pour maintenir sa réputation et son style.

Plantée au milieu de la pièce dans sa robe dont la fermeture Eclair n'était pas remontée, Layna était plongée dans ses pensées. Elle n'était pas comme sa mère, qui considérait Drake's comme son cabinet personnel. Ni comme son père, qui s'était toujours senti plus concerné par les marges de profit que par les innovations ou les traditions. Elle avait elle-même une vision des choses bien personnelle. Pour elle, Drake's représentait à la fois un défi et un plaisir. C'était sa véritable famille.

Certains pouvaient trouver cela triste, mais pour elle, c'était plutôt réconfortant.

D'un geste précis, elle remonta sa fermeture. Elle avait des responsabilités variées chez Drake's, et c'était cela le plus excitant. C'était une somme de travail importante, mais le travail ne lui avait jamais fait peur, au contraire.

En se coiffant, Layna eut un petit rire. Dieu merci, cette fois, sa marraine ne semblait pas avoir la moindre intention de lui faire rencontrer un éventuel futur mari. Elle n'aurait qu'à bavarder tranquillement avec cet étranger pendant toute la soirée. Et Dieu sait qu'elle était experte en la matière !

Se tournant vers sa commode, elle sortit les boucles en perles de culture et diamants qu'elle avait reçues en cadeau pour ses vingt ans. Elle les fixa à ses oreilles et se contempla dans la glace. Hmm, ce n'était pas trop mal... Satisfaite, elle jeta un coup d'œil dans sa chambre. Elle avait été si heureuse de la retrouver. Chaque détail était raffiné, et le mobilier était chaleureux : tête de lit en cerisier sculpté, petites tables anciennes de bois ciré sur lesquelles étaient posés de délicieux bouquets de fleurs ou des objets soigneusement choisis.

Layna redressa fièrement les épaules. C'était sa maison, désormais.

Il y avait un coin salon très confortable en face de la cheminée de marbre, et une coiffeuse en poirier présentant une collection de flacons aux formes audacieuses.

Choisissant le parfum qu'elle adopterait pour la soirée, elle suspendit son geste. Elle aurait mille fois préféré rester chez elle, ce soir. La journée avait été longue, plus de dix heures chez Drake's. Elle avait mal aux pieds, et une faim de loup.

Repoussant ces pensées, elle se tourna vers sa psyché pour s'assurer que sa robe tombait bien. Le corsage, qui laissait ses épaules nues, épousait les lignes de son corps, et la jupe descendait en plis souples jusqu'aux chevilles. Elle enfila la veste assortie, se glissa dans ses chaussures et vérifia le contenu de son petit sac de soirée.

Quand la sonnette retentit, elle soupira. Au moins, ce Daniel Campbell était ponctuel.

Elle se souvenait vaguement de lui, elle était alors bien trop impressionnée par son père, le Président, pour faire attention à autre chose. Cependant, au fil des années, il lui était arrivé d'entendre parler de lui. Fronçant les sourcils, elle se concentra. N'avait-il pas provoqué un scandale, quelques années plus tôt, en sortant avec une danseuse ? Ou une actrice, peut-être ?

Bah, quoi d'étonnant à ce qu'un fils de Président alimente les colonnes des journaux à scandales ? Et le fait qu'il soit le petit-fils de Daniel MacGregor ne pouvait qu'intensifier la lumière des projecteurs. Layna sourit. Elle préférait mille fois travailler dans l'ombre de l'arrière-scène.

Et le pauvre garçon ne devait pas être véritablement un séducteur, s'il n'était même pas capable de trouver lui-même une partenaire pour ses samedis soir.

Affichant son sourire le plus convivial, Layna ouvrit la porte. Seules les années passées à étudier dans un couvent suisse, avec toute la discipline que cela impliquait, l'empêchèrent de pousser un cri de surprise.

L'homme au regard de braise qui se tenait sur le seuil de sa porte avait besoin de son grand-père pour obtenir un rendez-vous ? Elle ne pouvait pas le croire…

— Layna Drake ? demanda Daniel Campbell.

Médusé, il resta un instant sans bouger. Il avait dû se tromper d'adresse. Ce petit roseau scintillant revêtu de soie blanche n'avait rien à voir avec la fillette qu'il se rappelait. Les touffes de cheveux qui se dressaient autrefois sur sa tête comme des pissenlits étaient devenues des boucles dorées, qui encadraient un visage au teint de pêche éclairé par des yeux vert émeraude.

Se ressaisissant aussitôt, il lui tendit la main sans cesser de sourire. Layna la prit en interrogeant :

— Daniel MacGregor ?

— Daniel Campbell, répondit Dan. MacGregor est mon grand-père.

Layna hocha la tête. En temps normal, elle aurait joué les maîtresses de maison en l'invitant à entrer, et elle aurait fait en sorte qu'ils soient tous deux à l'aise. Mais Daniel Campbell n'était pas particulièrement… *sécurisant.* Il était trop grand, trop viril, et son regard était bien trop audacieux.

Sans hésiter une seconde de plus, elle sortit et referma la porte.

— Eh bien, nous y allons ? dit-elle du ton le plus léger possible.

— Nous y allons !

Il hocha la tête. Daniel MacGregor lui avait dit qu'elle était « décontractée ». Hmm… Ce n'était pas précisément la définition que lui-même en aurait donnée. Layna Drake faisait plutôt penser à une princesse de glace, malgré l'aspect glamour qu'elle affichait. Dan retint un soupir. La soirée allait être très longue.

Layna jeta un coup d'œil sur la voiture de sport ancienne garée devant la maison. Elle fronça les sourcils. Comment diable allait-elle pouvoir se plier en deux pour entrer dans cette boîte à sardines, avec la robe qu'elle portait ?

« Tante Myra, pensa-t-elle, dans quelle galère m'as-tu mise ? »

Dès le 1er février,
5 romans à découvrir dans la

collection NORA ROBERTS

L'orgueil du clan - *Saga des MacGregor*

Si elle rêve parfois de changer sa vie d'un simple coup de baguette magique, Darcy Wallace ne croit pas pour autant aux contes de fées. Jusqu'au jour où, jouant ses derniers dollars dans une machine à sous d'un des plus grands casinos de Las Vegas, elle devient millionnaire… Une fortune qui lui offre enfin la liberté dont elle rêve. Mais c'est quand elle voit le directeur de l'établissement s'avancer vers elle que Darcy prend *vraiment* conscience que la chance a tourné pour elle. Car devant le regard sombre et pénétrant de Robert MacGregor, elle devine aussitôt qu'elle vient de faire la rencontre la plus importante de son existence. Mais elle devine aussi que pour avoir cet homme hors du commun dans sa vie, elle va devoir faire un pari plus fou encore que celui qu'elle a fait en entrant dans son casino...

Un printemps à San Francisco

Au cours d'une promenade sur les quais de San Francisco, Cassidy a la surprise de se voir aborder par un homme très séduisant, au physique époustouflant : Colin Sullivan, le célèbre peintre… et don Juan invétéré ! Celui-ci lui propose bientôt de poser pour lui quelques heures par jour pendant deux mois. Une offre inespérée pour Cassidy, qui pourrait ainsi gagner sa vie, tout en se consacrant à sa passion, l'écriture. Mais elle ne tarde pas à se rendre compte qu'elle a peut-être commis une erreur en acceptant. D'abord parce qu'il va lui falloir supporter la présence de l'associée de Colin, une femme très belle mais jalouse et antipathique, qui se montre tout de suite très hostile. Ensuite, parce qu'elle n'est pas sûre d'avoir la force de résister au désir que Colin lui inspire… Tout en sachant qu'elle ne sera pour lui qu'une conquête de plus. Et qu'il la chassera sans l'ombre d'un regret lorsqu'il aura terminé sa toile.

collection NORA ROBERTS

Clair-obscur

Ile de Cozumel, Mexique.
Au cours d'une sortie en bateau qu'elle a organisée pour des touristes, Liz découvre avec effroi, au fond de l'eau, le corps sans vie d'un de ses employés, tué d'une balle dans la tête. Qui a pu commettre ce meurtre atroce ? Cette question angoissante la hante toujours lorsque, quelques jours plus tard, arrive sur l'île le frère jumeau de la victime, Jonas Sharpe, avocat à Philadelphie. Un homme sombre, déterminé, et visiblement prêt à tout pour découvrir la vérité. Un homme auprès de qui Liz ressent aussitôt un trouble déstabilisant.
Alors que son instinct lui dicte de rester en dehors de cette affaire qui pourrait se révéler très dangereuse, elle accepte à contrecœur de louer une chambre à Jonas le temps que durera son enquête, tout en se promettant de rester prudemment à distance. Mais quand elle comprend que le tueur semble désormais prêt à s'en prendre à elle, Liz n'a plus le choix : il va lui falloir faire confiance à Jonas...

La rebelle amoureuse

Lorsqu'elle apprend qu'elle a été choisie pour accompagner en reportage une célèbre journaliste, Foxy est folle de joie : nul doute qu'elle pourra ainsi se faire un nom comme photographe ! Mais cette joie sans mélange fait place au trouble et à la confusion lorsque son travail l'amène à croiser le chemin de Lance Matthews… Lance, dont elle était follement amoureuse six ans plus tôt, alors qu'elle n'était qu'une jeune fille, avant de comprendre que ce séducteur représentait pour elle un trop grand danger. Aujourd'hui, alors qu'elle est devenue une femme, est-elle de taille à vivre la passion qu'il lui inspire, avec la même force que naguère ? Des doutes vite balayés lorsque Lance l'embrasse pour la première fois. Un baiser sensuel, enivrant, qui lui fait tout oublier. Oublier qu'il se lassera d'elle. Oublier que même s'il l'aimait vraiment, sa famille, une des plus anciennes et des plus fortunées de Boston, ne l'acceptera jamais en son sein…

La Saga des Stanislaski - _Tome 2_ Un bonheur à bâtir

Natasha, Mikhail, Rachel, Alexi, Frederica, Kate : tous sont membres de la famille Stanislaski. De parents ukrainiens, ils ont grandi aux Etats-Unis. Bien que très différents, ils ont en commun la générosité, le talent, et l'esprit de clan. Et pour chacun d'entre eux, va bientôt se jouer le moment le plus important de leur vie.

Sculpteur passionné au succès grandissant, Mikhail est l'artiste de la famille Stanislaski. Autant dire que rien ne le préparait à tomber sous le charme de Sydney Hayward, la femme d'affaires new-yorkaise sophistiquée et sûre d'elle avec laquelle il a rendez-vous… Et sa surprise ne fait que grandir lorsque la jeune femme accepte de lancer les travaux qu'il réclame depuis de longs mois pour l'immeuble de Soho où il vit. Cette décision est si inespérée qu'il renonce même à la détromper lorsqu'il comprend qu'elle le croit charpentier de métier, et qu'elle veut l'embaucher pour réaliser lesdits travaux ! Intrigué, subjugué, Mikhail décide de jouer de ce quiproquo pour apprivoiser la belle Sydney…

Prochain rendez-vous le 1er juin 2013

Best-Sellers n°543 • suspense

Le manoir du mystère - Heather Graham

Quand l'agent Angela Hawkins accepte de devenir la coéquipière du brillant et séduisant enquêteur Jackson Crow, elle est loin d'imaginer ce qui l'attend.Tout ce qu'elle sait, c'est que la femme d'un sénateur est morte en tombant du balcon de l'une des plus belles demeures historiques du quartier français de La Nouvelle-Orléans. Et que, pour presque tout le monde, elle s'est jetée dans le vide, désespérée par la mort récente de son fils. Mais à peine Angela commence-t-elle son enquête avec Jackson dans l'étrange demeure du sénateur que l'hypothèse du suicide lui semble exclue. Guidée par son intuition et par des visions inquiétantes où elle voit la jeune femme en danger, Angela est en effet rapidement persuadée que dans l'entourage du sénateur, chacun est moins innocent qu'il n'y paraît. Mais de là à tuer ? Et pour quel motif ? Décidés à dévoiler la sombre vérité, Angela et Jackson vont non seulement risquer leur vie... mais, aussi, leur âme.

Best-Sellers n°544 • suspense

Meurtre à Heron's Cove - Carla Neggers

Lorsqu' Emma Sharpe est appelée d'urgence au couvent de Heron's Cove, sur la côte du Maine, c'est en partie en qualité de détective spécialisée dans le trafic d'œuvres d'art au sein du FBI, et aussi en raison des années qu'elle a elle-même vécues ici. Mais elle n'a pas le temps d'en savoir plus, car quelques minutes à peine après son arrivée, la religieuse qui l'a contactée est retrouvée morte. Pour unique piste, Emma doit se contenter de la disparition mystérieuse d'un tableau représentant d'anciennes légendes. C'est alors qu'elle découvre, stupéfaite, que sa famille n'est pas étrangère à l'histoire de cette toile. Se pourrait-il qu'il y ait un lien entre ce vol, le meurtre et son propre passé ? Emma ne sait où donner de la tête. Heureusement, elle peut compter sur la précieuse collaboration de Colin Donovan, un agent secret du FBI solitaire et mystérieux. Même si elle conserve une certaine méfiance vis-à-vis de cet homme qui se moque des règles et semble n'en faire qu'à sa tête. Lancée dans une folle course contre la montre, elle s'immerge avec Colin dans un héritage fait de mensonges et de tromperies. Sans savoir qu'un tueur impitoyable les a déjà dans sa ligne de mire.

BestSellers

Best-Sellers n°545 • thriller

Dans l'ombre du bayou - Lisa Jackson

Lorsque Eve Renner accepte en pleine nuit le mystérieux rendez-vous fixé par Roy, son ami d'enfance, dans un cabanon du bayou, non loin de La Nouvelle-Orléans, elle n'imagine pas qu'elle met le pied dans un véritable guet-apens. Car elle découvre son ami poignardé, le chiffre 212 tracé sur un mur en lettres de sang. Pis encore : Cole, son fiancé, se trouve sur les lieux du crime et tente de la tuer elle aussi…Trois mois plus tard, Eve se remet difficilement de la trahison de Cole, qu'elle aime depuis toujours. Devenue amnésique, elle ne comprend pas ce qui a pu se passer lors de cette nuit de cauchemar. Jusqu'à ce qu'un mystérieux courrier l'incite à chercher dans ses souvenirs d'enfance. Et c'est là que se dissimule non seulement le secret du meurtre de Roy, mais aussi la clé d'autres mystères, plus troubles, plus dangereux encore…

Best-Sellers n°546 • thriller

Face au danger - Brenda Novak

Traumatisée par la violente agression dont elle a été victime trois ans auparavant, Skye Kellermann a mis du temps à surmonter ses angoisses. Ce n'est que depuis peu qu'elle reconstruit son existence autour de l'association d'aide aux victimes qu'elle a créé en Californie avec deux amies. Mais quand elle apprend que son agresseur est sur le point d'être libéré pour bonne conduite, bien avant la fin de sa peine, toutes ses peurs ressurgissent brutalement : comment oublier que c'est son propre témoignage qui a permis d'envoyer cet homme derrière les barreaux ? Lui n'a certainement pas oublié qu'il a tout perdu par sa faute. Le temps presse et Skye n'a qu'une solution : faire ce qu'il faut pour qu'il ne sorte pas de prison, en commençant par prouver son implication dans trois affaires de meurtres survenues à l'époque de son agression, et qui n'ont jamais été résolues... Heureusement, elle peut compter sur l'aide et le soutien inconditionnel de l'inspecteur David Willis, qui est venu la trouver. Car lui aussi en est convaincu : Burke n'en restera pas là.

Best-Sellers n°547 • roman

Le secret d'une femme - Emilie Richards

Lorsqu'elle arrive à Toms Brook, le village natal de sa mère, en Virginie, Elisa Martinez sait que ce qu'elle est venue chercher ici pourrait bien bouleverser sa vie à tout jamais. Aussi courageuse que farouche, elle a appris à cacher derrière une apparente réserve les lourds secrets de son passé. Un passé qui l'a toujours contrainte à fuir de ville en ville, à changer de nom, à taire tout ce qui pourrait la trahir. Pourtant, quand Sam Kincaid lui propose de travailler avec lui, elle sent qu'il lui sera difficile de ne pas ouvrir son cœur à cet homme séduisant et attentionné. Bientôt prise au piège de son attirance pour Sam, Elisa se retrouve déchirée entre la nécessité de protéger ses secrets et le désir de vivre cet amour qu'elle n'attendait plus – un amour qui pourrait bien être la promesse d'une vie nouvelle…

Best-Sellers n°548 • roman

Un si beau jour- Susan Mallery

Vivre enfin ses rêves. C'est le souhait le plus cher de Jenna lorsqu'elle retourne s'installer à Georgetown, dans sa famille, après un divorce douloureux et une vie professionnelle décevante. Aussi, sur un coup de tête, décide-t-elle de lancer un concept innovant : une boutique dans laquelle elle proposera à la fois des accessoires et des cours de cuisine. Une entreprise qui s'avère rapidement être un véritable succès. Mais à peine Jenna retrouve-t-elle sa sérénité et sa joie de vivre, qu'un couple de hippies, Serenity et Tom, débarque dans son magasin et se présente comme ses parents naturels. Bouleversée, Jenna s'insurge contre cette arrivée intempestive. D'autant plus que celle qui prétend être sa mère ne tarde pas à se mêler de sa vie privée. C'est ainsi qu'elle lui présente Ellington, un ostéopathe, certes séduisant, mais qu'elle n'a nullement l'intention de fréquenter ! Et pour couronner le tout, son ex-mari tente désormais de la reconquérir… Submergée par ses émotions, Jenna doute : peut-elle croire à une seconde chance d'être heureuse ?

Best-Sellers n°549 • historique

La rebelle irlandaise - Susan Wiggs

Irlande, 1658.

Lorsque John Wesley s'éveille sous un soleil brûlant, sur le pont d'un bateau voguant au beau milieu de la mer, il peine à croire qu'il est vivant. Autour de son cou, il sent encore la brûlure de la corde… Il aurait dû être exécuté pour trahison, alors pourquoi l'a-t-on épargné ? C'est alors qu'une voix s'élève au-dessus du vacarme des flots : Cromwell, l'homme qui a ordonné son exécution avant de lui offrir un sursis inespéré... Aussitôt, John comprend que son salut ne lui a pas été accordé sans conditions : s'il veut rester en vie et récupérer sa fille de trois ans que Cromwell retient en otage, il doit se rendre en Irlande et infiltrer un clan de rebelles pour livrer leur chef aux Anglais. Une mission simple en apparence, à condition de ne pas tomber sous le charme de la maîtresse des rebelles, la ravissante Catlin MacBride…

Best-Sellers n°550 • historique

Les amants ennemis - Brenda Joyce

Cornouailles, 1793

Fervente opposante à la monarchie, Julianne suit avec passion la tempête révolutionnaire qui s'est abattue sur la France. Et de son Angleterre natale, où les privilèges font loi, elle désespère de voir la société évoluer un jour. Aussi se réjouit-elle quand, au beau milieu de la nuit, un Français blessé débarque au manoir familial de Greystone et lui demande son aide. Julianne ne tient-elle pas là l'occasion rêvée d'apporter sa modeste contribution au mouvement qu'elle soutient ? Et puis, elle rêve d'en apprendre davantage sur le fascinant étranger qui l'a envoûtée dès le premier regard. Mais Julianne est loin de se douter que l'arrivée du mystérieux Français à Greystone ne doit rien au hasard…vivre sous son toit pendant trente jours…

Composé et édité par les

éditions HARLEQUIN

Achevé d'imprimer en France (Malesherbes)
par Maury-Imprimeur
en janvier 2013

Dépôt légal en février 2013
N° d'imprimeur : 178402